담덕

광개토태왕

5

광개토태왕 담덕 5

초판 1쇄 발행 | 2023년 3월 15일

지은이 엄광용
발행인 한명선

책임편집 김세권 **편집** 김수경
마케팅 김예진 **관리** 박미실 **디자인** 모리스

주소 서울시 종로구 평창길 329(우편번호 03003)
문의전화 02-394-1037(편집) 02-394-1047(마케팅)
팩스 02-394-1029
전자우편 saeum98@hanmail.net
블로그 blog.naver.com/saeumpub
페이스북 facebook.com/saeumbooks
인스타그램 instagram.com/saeumbooks

발행처 (주)새움출판사
출판등록 1998년 8월 28일(제10-1633호)

ⓒ 엄광용, 2023
ISBN 979-11-92684-48-2
ISBN 979-11-90473-88-0 04810(세트)

엄광용 역사소설

담덕

광개토태왕

5

영락태왕

새움

제**5**권 **영락태왕**

제1장

무명검
武名劍

1

높은 산 아래 둥근 호수가 있어, 서녘으로 붉은 기운의 해가 기울 때 수면은 온통 핏빛의 반사경으로 변하곤 했다. 그것은 노을에 짙게 물든 하늘이 물에 잠겨 또 다른 빛으로 시시각각 변색되는 과정이기도 했다. 그렇게 저녁을 맞는 호수는 산그늘과 하늘이 빠져 한 덩어리로 뒤엉키며 형용하기 어려운 황홀경을 연출하고 있었다.

동굴에서 나온 흰머리의 늙은 사내는 산 중턱에 선 채 핏빛 호수를 한참 동안 내려다보다가 번쩍 칼을 들어 올려 허공을 그었다. 칼이 예리하고 빨라서 석양 그림자가 드리운 허공에는 상흔조차 남지 않았다. 사내의 몸동작은 바람 같았다. 나무 이파리조차 숨을 죽인 듯 적요한 가운데, 그의 몸짓이 바람을 일으키고 있었다. 두 발의 놀림은 마치 질주하는 말의 네 발이 땅 위에 떠서 헤엄치는 것 같았다. 칼을 든 그의 손은 춤을 추는 듯 크게 곡선을 그리는데, 몸짓에는 한결 여유가 있어 보였다. 다만 그의 손에 들린 예리한 칼날만은 찰나의 시간을 난도질하듯 번뜩이는 빛으로 그 존재감을 과시했다.

이제는 사내의 흰옷 위로도 저녁노을이 짙게 물들더니, 이내 산 그림자가 그 위로 그물망처럼 뒤덮이기 시작했다. 그때까지 쉬지 않고 칼을 휘두르던 사내는 서서히 동작을 멈추고, 이마에 흐르는 땀을 닦으며 고개를 들어 서녘 하늘을 쳐다보았다. 그의 눈길이 머문 곳에는 막 구름 사이로 드러나는 초승달과 큰 별들이 있었다. 초승달과 금성·목성·토성·수성·화성의 다섯 행성이 일렬로 늘어서 있었던 것이다. 그중 금성이 가장 밝았다.

"흠, 태백성이로구나! 오행성이 일렬로 늘어서다니……. 예사롭지 않은 일이로세."

사내가 혼잣소리로 중얼거렸다.

천문은 하늘의 현상을 보고 인간 세계의 시시비비를 예측하는 것으로, 도를 닦는 선인들은 깊은 산속에 은거해서도 세상을 읽을 줄 알았다. 예로부터 지혜로운 사람은 자신을 하늘에 비추어 그 뜻을 읽고, 그 본을 겸허하게 받아들여 수련의 정도로 삼았다. 별들의 세상인 밤하늘뿐만 아니라 낮에 뜬 태양의 색깔과 밝기의 변화도 예의 주시하여 세상 읽는 법을 연구하였다.

늙은 사내가 수성·금성·화성·목성·토성 오행성이 밤하늘에 일렬로 나란히 배치된 모양을 본 것은 실로 오랜만의 일이었다. 오래도록 그는 검술을 도(道)로 인식하여 '무명검'을 연구하고 있었다. 그가 늘 마음으로 이야기를 주고받는 대상은 같은 사람이기보다 하늘이었다.

"……사부님! 저녁 진지 드셔야지요."

어느 사이 동굴 쪽에서 걸어 나온 여인이 늙은 사내의 등 뒤에 와서 조용히 머리를 숙였다.

"방금 구름 사이를 빠져나온 저 태백성을 보아라. 오행성이 나란히 섰구나."

늙은 사내는 돌아보지도 않고 여인에게 말했다.

"금성 말씀이옵니까?"

"그래, 흔히들 금성이라고 하지. 그러나 우리 고구려의 하늘에 뜬 것은 태백성이라고 해야 옳다. 태백성이야말로 우리 고구려를 빛내줄, 하늘이 낸 인걸을 이르는 말이기도 하지. 내일부터는 산 위에 제성단을 쌓고 저 태백성을 향해 지성으로 기원을 드려야겠다."

늙은 사내의 말에 여인은 흠칫 놀란 몸짓이더니, 이내 멈추었던 숨을 조심스럽게 몰아쉬었다.

"내일부터 따로 제물을 마련하오리까?"

"아니다. 물 한 그릇만 떠놓으면 될 것을……. 지극정성으로 기원을 드려야 하니, 내가 직접 첫새벽 샘물을 길어다 쓰면 되느니."

여인을 향해 돌아서는 늙은 사내의 얼굴은 어떤 감화로 인하여 취한 듯 붉게 물들어 있었다. 노을빛이 어려서 그렇겠지만, 그의 얼굴에선 화사한 꽃이 피어나는 듯 엷은 미소가 번지고 있었다.

"사부님! 혹…… 무명검법을 완성하셨나이까?"

여인이 조심스럽게 물었다.

"그렇게 보이느냐? 무릇 검법이란 혼자서는 완성할 수 없는 것이니라. 검술에 대련이 필요하듯, 반드시 상대가 있어야 하지. 그래도 오늘 저녁 저 태백성이 유난히 밝은 것을 보니, 머지 않아 무명검법을 완성시켜 줄 주인이 나타날 모양이구나. 그래서 내일부터 제성단을 차려 저 하늘의 태백성에게 기원을 드리려는 것이다."

늙은 사내는 동굴을 향해 천천히 걸음을 옮겼다. 사내는 바로 고국원왕 시절의 뛰어난 무장이자 왕제王弟인 무였다.

늙은 사내를 사부님이라 부른 여인은 대사자 우신의 딸 소진이었다. 한때 그녀는 왕자비 간택 때 후보에 올랐다가 석녀라는 억울한 멍에를 쓰고 고민하다 뜻한 바가 있어 가출을 했다.

그리고 평소 무술 사부 우적이 말하던, 무명검법을 연구한다는 무명선사를 찾아 나섰던 것이다.

벌써 그로부터 10여 년의 세월이 흘렀다. 고구려 서북방으로 거란의 비적 떼가 쳐들어와 8개 부락을 폐허로 만들 때, 때마침 그곳을 지나던 소진은 농가의 여인을 겁탈하려던 비적 둘을 칼로 베어버리고 어린 생명 하나를 얻어 이 산으로 들어왔다. 전날 소진에게 "어찌 칼로 사람을 살릴 수 있는가?"라고 물었던 약초 캐는 노인이 바로 왕제 무, 즉 무명선사였던 것이다. 소진의 품에 안긴 어린 생명을 보고 난 무명선사는 그때서야 비로소 본인의 정체를 밝히며 제자로 받아들였다.

당시 소진이 품에 안고 온 여자아이 수빈이 어느덧 열네 살이 되었다. 무명선사를 모시며 산속에서 생활하는 동안 시간이 멈추어버린 것처럼 느껴졌으나, 곁에서 크는 수빈을 보면 세월의 흐름이 그토록 빠르다는 사실을 실감할 수 있었다.

소진은 스승 무명선사가 동굴에 들어가 저녁 식사를 마치기를 기다렸다가 식기들을 챙겨가지고 산 아래 초막으로 내려왔다. 벌써 어둠이 내려 숲길은 어두웠다. 그러나 나무숲 사이로 별빛이 새어들었고, 늘 다니던 길이라 발길은 이미 어둠에 익숙해져 있었다.

초막은 세 동이었다. 한 동에는 소진과 수빈이가 머물고, 맞은편에 있는 다른 한 동은 우적과 선재가 거처로 사용하고 있었다. 두 초막 사이의 너른 마당은 그들의 무술 수련장이었다. 그리고 마당에서 좀 떨어진 곳에 있는 초막에는 마구간, 무기와 식량 창고가 같이 있었다.

소진이 초막에 도착하자, 저녁을 먹고 나서 마당을 서성이던 우적과 선재가 다가왔다.

"사부님께선 진지를 잘 드시던가?"

우적이 물었다.

"네, 스승님! 오늘은 아주 기분이 좋아 보이시더군요."

"그래요? 그럼 혹 무명검법이라도 완성하신 겐가?"

선재가 얼굴에 기대감을 띠며 소리 없이 웃음을 날렸다.

"그것은 알 수 없으나 저녁 하늘에 뜬 금성을 바라보시며 연신 감탄사를 발하시긴 하더이다."

소진은 선재보다는 무술사범 우적과 눈길을 마주치며 말했다. 벌써 10여 년간 한솥밥을 먹으며 생활했지만 소진과 선재는 여전히 서먹했다. 아퀴가 잘 맞지 않는 문틀과 문처럼, 남녀 사이란 항용 그런 법인지도 모른다.

"허면, 이제 우리도 그 무명검법을 익힐 수 있게 되었구면!"

선재가 조바심을 견디지 못하고 나섰다.

"흐음, 우리가 벌써 십 년 성상을 두 번이나 넘기며 기다리지 않았던가?"

우적의 목소리에도 감개가 어려 있었다.

둘의 말을 듣고 있던 소진이 나섰다.

"그보다 사부님께서는 따로 기다리는 손님이 계신 모양입니다."

"무슨 소리야? 손님이라니?"

우적이 말했고, 소진은 하늘을 가리켰다.

"사부님께서는 저 금성을 태백성이라 하시더이다. 금성은 세상 어디에서나 빛나지만, 우리 고구려에서 빛나는 금성은 따로 태백성이라 부른답니다. 사부님께서는 태백성처럼 우리 고구려를 빛내줄 타고난 인걸을 기다리시는 모양입니다. 그래서 내일부터 산정에 제성단을 차리고 태백성을 향해 기원을 드리시겠답니다. 하오니, 내일 아침 일찍 두 분께서는 동굴로 올라가 보셔야 할 거예요. 사부님께서 제성단을 쌓아야 한다고 두 분을 부르셨습니다."

소진은 말을 마치고 등을 돌려 부엌으로 향했다.

소진이 부엌으로 들어서자 설거지를 하던 수빈이 방금 마당에서 세 사람이 주고받는 말을 우연히 듣고 물었다.

"어머니, 태백성이 누구예요? 젊은 남잔가? 나이가 어떻게 돼요?"

목소리는 여자였으나 수빈이의 말투나 행동은 변성기에 접어든 사내아이 같았다.

"성질하고는……. 뭐 그리 급하고 궁금한 게 많으냐?"

소진이 엄히 말했지만 수빈은 그런 것에 전혀 개의치 않았다.

"태백성이 누구냐니까요? 젊은 남자였으면 좋겠다. 이곳에는 나만 빼고 다 나이 많은 사람들뿐이라니까. 사부님들하고 대련하기도 그렇고, 매일 어머니와 무술 연습을 할 수도 없고……."

수빈은 한창 사춘기였다. 심심하니까 저 혼자 생각나는 대로 주절거리길 잘했다. 깊은 산속에서만 살다 보니 또래의 이성을 만나본 적이 거의 없었다. 여성이라고는 소진밖에 없었고, 무명선사를 비롯한 세 사람의 나이 많은 남자들과 무술 연습만 하다가 지금의 나이에 이른 것이다. 그런 수빈이 우스갯소리인지 진짜 그렇게 생각하는지 평소처럼 혼자 조잘거렸다.

"왜 이렇게 수다스럽니? 설거지 끝냈으면 어서 방으로 들어가자."

소진은 딸을 가볍게 나무랐다.

"어머니! 혹시 그 태백성이라는 사람이 백마 타고 오는 왕자님 아닐까요?"

소진은 이제 수빈이 그러거나 말거나 먼저 방으로 향했다.

"어머니! 전에 그랬잖아요. 언젠가는 내 앞에도 백마 타고 오는 왕자님이 나타날 거라고. 아아, 그 사람이 태백성이었으면 좋겠다. 그러면 태백성과 함께 사부님께 무명검법을 배울 수 있잖아?"

수빈의 말을 어깨너머로 들으며 소진은 방에 들어가 등잔에 불을 붙였다. 곧 송진기름 냄새가 방 안을 가득 채웠다. 불꽃이 너울거릴 때마다 그을음으로 얼룩진 흙벽에서 사람 그림자가 춤을 추었다.

"얼른 문 닫아라. 불 꺼지겠다."

소진은 자리에 주저앉았다. 산속의 하루가 편하지만은 않았다. 무술 연습도 게을리할 수 없는 일이지만, 채소를 가꾸고 나물을 뜯거나 때로 숲속에 들어가 버섯을 채취하며 하루 종일 부지런을 떨어야 다섯 식구 끼니를 거르지 않게 마련할 수 있었다.

소진은 수빈으로 인해 문득 자신의 지금 처지를 돌아보게 되었다. 혼인도 못한 채 어느덧 나이 마흔을 넘겼다. 왕자비 후보에 오르지 않고 수빈의 나이만 할 때 보통 남자를 만나 가정을 꾸렸다면 자신의 인생이 완전히 달라질 수 있었을 것이란 생각이 들자, 후회와 번민과 회한이 한꺼번에 겹쳐져 짧은 한숨으로 흘러나오고 말았다.

소진의 배필이 될 뻔했던 당시의 왕자 이련은 지금 고구려를 호령하는 대왕이 되어 있었다. 부여 땅 깊은 산속에 있지만, 풍문으로 그런 소식이 자연스럽게 들려왔다.

주로 이 깊은 산속까지 그런 소식을 가져다주는 사람은 선재였다. 그는 가끔 다섯 식구가 먹을 곡식을 구하러 산 아래로 내려갔고, 한 해 걸러 한 번씩 요하 상류의 대흥안령을 넘어 염수에 다녀오기도 했던 것이다.

염수는 소진의 아버지 우신이 집사 장쇠와 함께 가서 소금 대상 노릇을 하고 있는 곳이었다. 10여 년 전 아버지 우신이 선재와 함께 무명선사를 찾아 초막을 방문했을 때, 소진은 정말 놀라지 않을 수 없었다. 고구려 대사자로 권력을 누리던 아버지가 딸 하나 때문에 방랑자가 되었고, 결국 저 멀리 염수까지 가서 소금대상이 되겠다고 했을 때 그저 한숨밖에 나오지 않았다. 그때 딸 소진을 만나고 나서 우신은 거란의 비적들 때문에 산적이 되어버린 자들과 함께 염수로 가서 소금을 캐기 시작했다. 우신은 가산을 정리할 때 마련한 금붙이가 있었고, 그것을 장사 밑천으로 하여 소금 대상이 되었던 것이다.

소진의 생각은 저절로 아버지에게서 선재에게로 옮아갔다. 선재는 전에 소진이 남장을 하고 객줏집을 찾았을 때 선선히 자신에게 방을 내주었던 사람이었다. 만약 선재가 방을 양보하지 않았다면 막돼먹은 장사꾼들과 함께 봉놋방에서 하룻밤 신세를 져야 할 판이었다. 그때까지만 해도 선재가 무명선사의 제자일 거라고는 꿈에도 생각지 못했던 일이다. 하산했던 선재 역시 세상을 떠돌다 무명선사를 찾아 부여 땅 곳곳을 헤매고 다녔던 것이다.

코 고는 소리에 문득 소진은 생각의 사슬에서 풀려났다. 태백성이니, 백마 탄 왕자니 해대던 수빈은 어느새 무릎 아래 엎드려 깊은 잠에 빠져 있었다. 코 고는 소리를 들어보면 영락없는 사내아이였다.

수빈도 자신이 친딸이 아니라는 것을 알고 있었다. 소진은 아버지가 초막을 다녀간 그즈음, 아이가 더 크기 전에 사실을 알리는 게 좋겠다는 생각에 기회를 보아 미리 이야기했던 것이다. 그 말을 듣는 수빈은 어려서 그런지 생각보다 그리 충격을 받는 것 같지는 않았다. 실제 그곳에 살면서 다른 사람들을 거의 만날 일도 없었기에, 세상을 잘 몰라 그런 것인지도 몰랐다.

자신이 낳지는 않았지만 친딸이라 생각하고 있는 소진은, 일렁이는 등잔불에 드러난 수빈의 얼굴을 바라보다 말고 왠지 모르게 눈물이 솟는 걸 어쩌지 못했다.

2

말 세 마리가 거친 들판을 질주하고 있었다. 오랜 가뭄으로 껑충하게 키만 자란 채 수수들이 허옇게 말라비틀어진 이파리들을 매달고 있었다. 그래서 한여름인데도 들판은 추수가 끝난 뒤처럼 을씨년스럽기만 했다. 땅은 거북의 등처럼 갈라져 있었고, 퍽퍽한 흙은 말발굽에 밟히면서 뿌연 먼지를 일으키고 있었다. 그래서 말 세 마리가 지나간 뒤쪽에선 먼지구름이 일었다가 제풀에 스르르 꺼져버렸다.

앞서 달리던 말이 개울 앞에 멈추어 섰다. 뒤미처 따라온 말들도 그 옆에 말 머리를 나란히 하고 멈추면서 숨고르기를 하고 있었다.

"갈증이 나는구나. 어디 목을 축일 만한 샘이 있는지 찾아보자."

이렇게 말한 것은 앞장서서 말을 달리던 고구려 태자 담덕이었다.

"잠깐 기다리십시오."

말에서 훌쩍 뛰어내린 것은 호위무사 마동이었다. 이제 그는 건장한 청년이 되어 있었다.

"나도 같이 가세. 태자 전하께선 말에서 내려 저기 나무 그늘에서 잠시 쉬시지요."

또 한 명이 말에서 뛰어내리며 마동을 향해 급히 소리쳤다. 그는 다름 아닌 북흉노 출신의 대장장이 김슬갑이었다.

"그렇게 함세."

담덕도 말에서 내려 근처의 소나무 그늘로 들어섰다.

세 사람이 국내성을 떠난 지 벌써 반년이 지나가고 있었다. 그들은 부여 땅 어딘가 깊은 산속에 숨어서 고구려의 검법을 통합하여 무명검법을 새롭게 정립하고 있다는 무명선사를 찾아 나선 길이었다.

담덕은 이미 태자로 책봉된 지 3년이 지났고, 나이도 열다섯의 건장한 청년이 되어 있었다. 이미 열 살 때부터 체구가 남달라 어른 덩치였지만, 당시만 해도 어린 티를 벗어나지는 못했었다. 그러나 이제는 변성기를 지나 목소리도 어른스러워진 데다, 얼굴 또한 뚜렷한 이목구비가 모난 데 없는 어엿한 청년의 모습을 갖추고 있었다. 이마는 번듯했고, 굵직하고 짙은 호랑이 눈썹은 그 끝이 위로 약간 치켜져 올라가 자못 위엄을 느끼게 했다. 그리고 그 눈썹 밑에 자리 잡은 두 눈은 호수처럼 맑고 그윽해 보였으며, 코는 우뚝하고 입술은 두터웠다. 귓밥이 두툼하고, 그 아래로 둥그스름하게 흘러내린 턱이 입술 밑을 든든하게 받쳐주었다.

소나무 그늘에서 담덕은 간혹 부는 바람결에 더위를 식히며 깊은 생각에 빠져들었다. 반년 동안 부여 땅 여기저기를 수소문하며 찾아다녔으나 무명선사의 거처를 발견하지 못했다. 소문만 무성할 뿐, 대체 어느 곳에 있는지 그 종적을 알 수가 없었다.

'무명선사를 찾아가 보거라.'

담덕이 태자 책봉을 받고 나서 하가촌의 도장으로 사부 을두미 묘택을 찾아갔을 때였다. 도장 근처의 나지막한 야산 자락에 압록강을 바라보고 묘택이 자리를 잡고 있었다. 그가 절을 두 번 하자 어디선가 스승의 목소리가 들려오는 듯했다.

'나를 찾아와 무엇을 하겠느냐? 부여 땅으로 무명선사를 찾아가 보거라. 나는 영혼 없는 귀신이지만, 거기 가면 살아 있는

귀신이 있느니라.'

"사부님!"

담덕은 목이 메었다. 실제로 묘택 속에서 울려나오는 을두미의 목소리를 들은 듯했기 때문이다. 그가 열한 살 때 해평의 반역으로 배를 타고 압록강에 표류된 이후 처음 찾아온 길이었다.

무술사범이었던 유청하의 말에 의하면 사부 을두미는 바로 담덕, 그의 목숨을 구하기 위해 자신의 생명을 던졌다고 했다.

담덕은 엎드린 자세에서 다시 외쳤다.

"사부님, 담덕이 이렇게 살아 돌아왔습니다."

'…….'

그러나 묘택 속의 을두미는 더 이상 대답이 없었다.

"사부님 말씀 명심하겠사옵니다. 반드시 무명선사를 찾아가 고구려 검법의 가르침을 받겠나이다."

담덕은 전부터 그런 결심을 하고 있어서, 사실 그의 마음 저 깊은 곳에서 흘러나온 그 소리를 스승 을두미의 명령이라 생각했던 것이다. 그의 마음자리와 스승의 가르침은 이미 일치된 어떤 경지에 와 있었다. 그런 두 영혼의 만남은 저승과 이승 사이의 간극을 뛰어넘어 존재하는 공간이었다.

때마침 그때 호위무사 마동의 친구인 개마고원 말갈 부락의 호랑이 사냥꾼 두치가 찾아왔다. 태자 담덕이 하가촌에 왔다는 소문을 듣고 달려온 것이었다. 담덕은 오래전 태백산(백두

산)에서 호랑이 사냥을 하던 때의 기억이 떠올라 그를 반갑게 맞았다.

"태자 전하! 앞으로 이 두치를 믿어주십시오. 전하의 원수가 누굽니까? 우리 말갈부대를 이끌고 가서 그놈들부터 때려잡겠습니다."

두치는 씩씩하게 어깨까지 들썩이며 말했다.

"정말 내가 원수를 말하면 갚아줄 수 있겠소?"

담덕은 두치에게 경어를 썼다. 그는 두치가 말갈족이지만 함부로 대하지 않았다.

"말씀만 하십시오."

"지금 당장 나는 할아버지의 원수인 백잔의 무리부터 혼내주고 싶소."

"좋습니다. 태백산에 산재해 있는 말갈 출신 장정들을 다 끌어모아 군사 훈련부터 철저히 시키겠습니다. 그런 연후 백잔의 무리들을 치겠습니다. 두고 보십시오."

두치는 자신 있게 말했다.

그러고 나서 해를 넘겨 9월이 되었을 때 두치가 이끄는 말갈 전사들은 관미령에서 백제 군사들과 전투를 벌였다. 호랑이 사냥으로 단련을 받은 말갈 전사들은 용맹스러웠다. 관미령을 넘지는 못했으나, 백제군 수백의 수급을 벤 후 두치의 말갈군은 다시 태백산으로 돌아갔다. 관미령을 넘으면 바다가 나오고, 그 바다를 건너면 바로 백제의 요새 관미성이 있었다. 관미령은 육상으로 관미성을 칠 때 반드시 선점해야 할 군사요충지였다.

국내성에서 두치가 이끄는 말갈 전사들의 소식을 들은 태자 담덕은 호위무사 마동을 보내 격려를 아끼지 않았다. 그때 그는 두치의 말갈군이 관미령을 넘지 못한 것이 조금 아쉬웠지만, 언젠가 때가 오면 반드시 그곳부터 점령하고 다시금 관미성을 공략하여 백제의 기를 꺾어놓고야 말겠다고 마음속으로 다짐하고 또 다짐을 했다.

이렇게 담덕이 소나무 그늘에서 땀을 들이며 생각에 잠겨 있는 동안 식수를 구하러 갔던 마동과 김슬갑이 돌아왔다. 그런데 빈손이었다.

"태자 전하! 개울에도 물이 바닥났습니다. 물웅덩이가 다 말라서 송사리들조차 배를 하얗게 뒤집고 말라 죽어 있었습니다."

마동이 마른 혀를 억지로 굴리며 말했다.

"어서 깊은 산속을 찾아 들어가야 할 것 같습니다. 산이 깊으면 샘물이 있겠지요."

김슬갑은 먼저 말 위에 오르며 갈 길을 서둘렀다.

세 사람은 갈증을 참은 채 다시 말을 타고 들판을 달렸다. 한 식경이 지나 그들이 막 산모퉁이를 돌아섰을 때였다.

뽀얗게 먼지를 일으키며 급히 달려오는 수레가 있었다. 두 마리의 말이 끄는 수레는 휘장이 화려해 보였는데, 그 앞뒤에서 말을 탄 기병들이 호위하고 있었다. 그런데 다시 그 뒤에서 소란스러운 소리가 왁자지껄 일어나며 한 떼의 군마가 무리지어 쫓아오고 있었다.

"이랴! 이럇!"

수레를 모는 마부는 다급하게 소리치며 말채찍을 휘둘러대고 있었다. 뒤에 달려오는 한 떼의 군마에게 쫓기고 있는 것이 분명했다.

"뭔가 수상하다. 잠시 숨어서 살펴보자!"

담덕은 마동과 김슬갑을 이끌고 급히 나무숲으로 들어갔다.

그때 이미 수레는 군마들에게 추격을 당하여 앞뒤로 길이 막혀버리고 말았다. 말을 타고 수레를 호위하던 무리들과 그들을 추격하던 군마의 무리들 사이에 일대 격전이 벌어졌다. 싸움은 거의 일방적일 수밖에 없었다. 수레를 호위하는 병력은 적었고, 추격하던 무리들의 숫자는 많았다.

"안 되겠다. 수레에 누가 탔는지 모르지만 도와줘야 하지 않겠는가?"

담덕이 말고삐를 단단히 틀어쥔 채 박차를 가했다. 마동과 김슬갑이 말릴 틈도 주지 않았으므로, 그들도 그 뒤를 따라 힘차게 말채찍을 휘두를 수밖에 없었다.

"게 섰거라!"

이렇게 외치며 담덕을 앞질러 말을 달려간 것은 마동이었다. 태자 담덕을 보호하기 위해서였다. 어려서부터 말 타는 데 이력이 붙었으므로, 마동은 두 손을 놓고도 말 위에서 자유자재로 몸을 놀릴 수 있었다. 그는 채찍을 말안장에 걸어두고, 허리에 차고 있던 수리검을 양손에 뽑아 들었다.

수레를 몰고 호위해 가던 군마들도 마동의 외치는 소리를 들은 모양이었다. 후미에 뒤따르던 무리들 중 서너 명이 말 머리를 돌려 마주 달려오는 세 사람을 보고 칼을 겨누었다.

마동은 양손을 놀려 칼을 어깨 높이로 치켜든 자들을 향해 수리검을 날렸다.

슛, 슈, 슛!

허공을 가르는 수리검 소리와 함께 순식간에 세 명이 말 위에서 떨어졌다.

그러자 뒤늦게 위급함을 알아차린 군마들은 먼저 수레를 보내고 나서, 말 머리를 돌려 세 사람을 향해 방어자세를 취했다.

"너희들은 누구냐?"

우두머리인 듯한 자가 물었다.

"그건 내가 묻고 싶은 말이다. 대관절 너희들은 누구인데 저 수레를 탈취해 가는 것이냐?"

담덕이 말을 세우며 소리쳤다.

"보아하니 털도 안 난 애송이들 같은데, 감히 우리에게 대들다니?"

"하룻강아지 범 무서운 줄 모르는 놈들이군! 목숨이 아깝지 않은 모양이로구나!"

우두머리인 듯한 사내가 소리쳤고, 그 졸개가 엄포를 주었다.

불끈 화가 치솟은 마동이 우두머리를 향해 수리검을 날렸다.

"어림없는 일!"

그것을 칼등으로 가볍게 쳐내더니 우두머리가 곧바로 칼을 곧추세우고 공격을 가해 왔다.

그때 담덕이 칼을 빼어들고 우두머리를 상대했다. 몇 번 허공에서 칼 부딪치는 소리가 들리더니 우두머리가 왼팔을 감싸 쥐며 말 아래로 굴러떨어졌다.

그러는 가운데 마동과 김슬갑도 칼을 빼어들고 무리들 가운데로 뛰어들었다. 어지러운 싸움이 한동안 계속되었다.

마동도 칼 다루는 솜씨가 뛰어나지만, 대장장이 출신인 김슬갑도 그에 못지않은 실력을 갖추고 있었다. 그들의 칼날이 허공을 가를 때마다 상대하던 무리들이 하나 둘 비명을 지르며 말 아래로 떨어져 땅바닥에 나뒹굴었다. 땀과 뒤범벅이 된 그들의 얼굴은 마치 흙으로 빚어낸 토우 같았다.

한편, 우두머리를 가볍게 제압한 담덕은 저 멀리 달려가고 있는 수레를 향해 질풍같이 내달았다.

"서라! 수레를 멈추어라!"

담덕은 수레 가까이 다가가서 큰 소리로 외쳤다. 벽력을 치는 듯한 소리에 수레가 우뚝 멈추었다.

수레를 몰던 자가 뛰어내려 털썩 무릎을 꿇더니 담덕을 향해 두 손을 싹싹 비비며 목숨을 구걸했다.

"대장님, 제발 목숨만은 살려주십시오."

"너희들의 정체는 무엇이냐? 그리고 대체 이 수레에는 누가 타고 있는 것이냐?"

담덕이 말을 세우고 숨을 고르며 물었다.

"대장님! 저희들은 아, 아무 것도 모릅니다. 그저 누군가가 시켜서 한 일입니다요."

무릎을 꿇은 자는 몸을 바들바들 떨었다.

그때 수레의 문이 열리며 귀부인이 내려섰다.

"고맙습니다. 대장님 덕분에 우리 모녀가 목숨을 건졌습니다. 이 은혜를 어찌 갚아야 할지……."

귀부인이 담덕을 향해 고개를 숙이며 말했다. 그러고 보니 수레 안에는 또 다른 여인이 타고 있었다. 문 사이로 언뜻 보이는 얼굴은 젊고 아리따운 여인의 모습이었다. 담덕과 눈이 마주치자 소저는 가볍게 고개를 숙여 보이더니, 수줍은 듯 얼굴을 외로 꼬았다.

3

"부인, 우리가 안전하게 댁까지 모시겠습니다. 어서 수레에 오르시지요."

담덕이 귀부인에게 말하고 나서, 방금 수레를 몰던 사내를 향해 시선을 돌렸다.

"네가 이 부인의 저택을 아느냐?"

고개조차 들지 못하던 사내가 번쩍 얼굴을 쳐들었다.

"예, 얼추 짐작은 하고 있습니다요."

"허면 다시 수레를 몰아 부인과 소저를 안전하게 모셔라. 우리가 수레를 호위하겠다. 허튼수작을 부리면 당장에 네 모가지가 달아날 것이다."

담덕의 명령에 사내는 앞자리에 올라 수레를 끄는 두 마리의 말을 몰기 시작했다. 수레 양옆을 마동과 담덕이, 후미를 김 슬갑이 맡아 호위했다. 혹시 뒤에 쫓아올 무리들이 있을지 의심스러웠기 때문이다. 그러나 세 사람에게 칼과 수리검을 맞아 쓰러진 무리들은 더럭 겁을 먹고 더 이상 추격할 엄두조차 내지 못했다.

한 식경 남짓 달려 수레는 제법 큰 고을로 들어섰다. 솟을대문이 높은 대저택 앞에 수레가 멈추었다. 말 울음소리가 들리자 대문 안에서 하인들 여럿이 달려 나와 급히 수레에서 내리는 귀부인과 소저를 도왔다.

"저 말을 탄 세 무사는 우리 목숨을 구해 준 은인들이니 잘 모시도록 하여라. 그리고 수레를 몰고 온 저자는 포박하여 단단히 죄를 묻도록 할 것이다."

귀부인은 담덕 일행에게 고개 숙여 다시 한번 고마움을 표시한 후 소저와 함께 먼저 집 안으로 들어갔다.

하인들 중 하나는 수레를 몰고 온 자를 포박하고, 다른 하인들은 담덕 일행을 객사로 안내했다.

담덕 일행이 찬 우물물로 갈증을 달래고, 객사 마루에 앉아 더위를 식히고 있을 때 안에서 전갈이 왔다.

"공자님, 대사자 어르신께서 뵙자고 하십니다. 안으로 드시지요."

이 같은 말을 담덕에게 전하는 자는 대저택의 집사 같았다. 예의와 범절을 제대로 갖추어 말했다.

"대사자라 하시면……?"

"우가牛加 족장님을 모시는 어르신입니다."

"음, 우가라면 부여의 동쪽 지방을 다스리는 어른이 아니시오?"

담덕은 부여의 귀족들 명칭을 잘 알고 있었다.

"예, 그러하옵니다. 공자님!"

집사인 듯한 자는 다시 담덕을 향해 고개를 숙였다. 그는 아마도 안주인인 귀부인을 통하여 들은 바가 있어 담덕을 '공자'로 대하는 것 같았다.

부여에서는 왕 다음에 동쪽을 다스리는 족장으로 우가가 있었다. 그리고 서쪽에 저가猪加, 남쪽에 구가狗加, 북쪽에 마가馬加가 족장으로 있으면서 각기 그 지역을 다스렸다. 이를테면 그들은 부여왕의 명을 받아 동서남북 4개 지방의 행정을 총책임지고 있었다. 대저택의 주인은 바로 동쪽을 다스리는 족장을 모시며 그 지역의 조세를 걷고 공물을 징수하는 역할을 맡고 있는 대사자였다.

곧 담덕은 대사자의 사랑방으로 안내를 받았다.

우가의 대사자가 문간에서 담덕을 맞았다. 방 안으로 들어서니, 거기 수레를 타고 온 귀부인과 소저가 서서 공손하게 머리를 숙였다.

"내자와 딸아이의 생명을 구해 주신 은인이라 들었소이다. 이 은혜를 어찌 다 갚아야 할지······."

자리에 앉기 무섭게 대사자가 담덕에게 먼저 인사를 건넸다. 의례적인 것이었지만 그 말투나 자세가 예법에 전혀 어긋나지 않았다. 나이로 보면 아들뻘밖에 안 되는 담덕에게 깍듯한 예의를 갖추었던 것이다.

"아니, 별말씀을요. 지나가던 길에 보니 사연이야 어찌 되었든 그냥 지나칠 수 없는 일 같아서……."

그때 대사자는 아내와 딸에게 눈짓을 보내 물러가도록 했다. 두 모녀는 곧 담덕을 향해 허리를 숙여 인사를 차린 후 조용히 물러갔다.

"내자와 딸자식이 공자 덕분에 봉변을 면하기는 했습니다 만……."

이렇게 말하는 대사자의 얼굴엔 수심이 가득했다.

"그 일과 관계된 무슨 근심거리가 있으신 모양이군요?"

담덕은 금세 눈치를 챘다.

"우리 가족이야 어찌할 수 없는 노릇이나, 당장 공자께서 저들의 미움을 받아 어떤 위해를 입을까 그것이 염려됩니다."

"저들이 대체 누구이기에 그러십니까?"

"잘 아시겠지만 우리 부여는 대왕 밑에 동서남북 각 지방을 관장하는 사출도四出道가 있지요. 나는 동부의 우가 족장 밑에서 행정업무를 총괄하는 대사자입니다. 아진비라고 하지요. 그런데 저들은 북쪽 지방을 담당하는 마가 족장의 수하들입니다. 일전에 마가 족장의 아들이 동부로 사냥을 나왔다가 날이 저물어 우리 집에서 하룻밤 묵어간 적이 있었지요. 그때 아마 딸아이를 본 모양입니다. 다짜고짜로 내게 딸과 혼인하게 해달라는 것을 일언지하에 거절했습니다. 그럴 수 없는 것이 혼사에는 예법과 절차가 있는 것이고, 더구나 안 될 일은 우리 조상 대대로 마가 족장 집안과는 앙숙이어서 사돈 관계를 맺을 수 없습니다. 아마 마가 족장도 그런 이유로 아들을 말린 모양입니다. 그러나 아들은 누구의 말도 듣지 않고 강제로라도 딸을 납치하여 자기 욕망만 채우려고 호시탐탐 노리고 있었던 모양입니다. 이번에 내자와 딸아이가 외출한 것을 알고 수하들을 보내 길목을 지키고 있다가 그런 일을 저지른 것 같습니다. 공자께서 어느 대갓집 자제인지 모르나 마가 족장의 눈에 나게 됐으니, 그것이 큰일 아닙니까? 내 딸아이보다 공자의 신상에 위험이 닥칠까, 그게 두렵습니다. 이곳으로 수레를 몰고 온 자가 마가 족장 아들의 수하임을 알고, 무슨 화가 미칠지 몰라 오라를 풀어주게 하여 그냥 돌려보냈습니다. 수하의 말을 듣고 나면 내일이라도 당장 마가 족장의 아들이 이곳으로 들이닥칠 것입니다. 그러니 우리 가족은 어떻게 내가 수단껏 모면을 시킨다 하더라도, 공자님 일행이 걱정되어 하는 말입니다."

대사자 아진비의 얼굴에는 진정으로 담덕을 걱정하는 빛이 담겨 있었다. 부여에서 대사자의 직책은 각 족장의 가신으로 대리인 역할을 겸한 자리였다.

"하하하! 우리들에 대해서는 너무 걱정 마십시오. 우리는 고구려에서 왔습니다. 아무리 부여의 마가부 족장이라 하더라도 고구려 사람을 함부로 해치지는 못하겠지요."

"고구려에서 왔다구요? 허면 고구려 어느 대갓집 도령이신가?"

아진비가 심히 걱정스러우면서도 반가운 마음에 담덕을 다시금 바라보며 물었다. 그러나 담덕은 자신의 정체를 선뜻 밝힐 수가 없었다. 얼떨결에 사부 을두미에게 평소 들었던 그의 고향 서압록곡을 떠올렸다. 그래서 고국천왕 시절 국상을 지낸 을파소의 후손이라고만 대답했다.

"을미담이라 불러주십시오."

"허허, 고구려의 귀공자가 이곳까지 오셨구려. 허나 마가 족장의 아들은 워낙 성질이 포악하여 이것저것 가리지 않는 자이니, 귀공자께선 내일 아침 일찍 이곳을 떠나셔야 합니다. 무슨 일로 이곳 부여 땅에 오셨는지 모르나 다시 고구려로 돌아가시는 게 어떨지요?"

"이곳에 온 것은 사람을 찾기 위해서입니다. 그분을 찾지 않고는 돌아갈 수 없습니다."

"찾는 분이 누구요?"

"혹시, 무명선사라고 들어보신 적이 있으신지요?"

담덕의 말에 아진비는 눈을 반짝이며 무언가 기억이 나는 듯 고개를 갸우뚱거렸다.

"무명선사라면? 언뜻 들어본 것 같기는 한데……. 잠깐만 기다려보시오. 내가 잠시 내자를 만나보고 오리다."

아진비는 방을 나갔다가 얼마 되지 않아 다시 나타났다.

"무명선사에 대해 알아보셨습니까?"

"실은 내자도 고구려 사람입니다. 압록곡이 고향이지요. 아까 공자께서 서압록곡에서 왔다고 해서 속으로 무척 반가웠습니다만……. 아무튼 그건 그렇고, 내게는 손위 처남이 하나 있는데 언젠가부터 깊은 산속에 들어가 무명선사 밑에서 검술을 익히고 있다 들었습니다. 아마도 틀림이 없을 것입니다."

그러면서 아진비는 자신의 아내 성이 부여씨라고 했다.

아주 오랜 옛날 부여 금와왕의 큰아들 대소가 피살되자 막내아들은 형이 죽어 부여가 곧 망할 것으로 알았다. 그래서 수하 1백여 명과 함께 고구려 압록곡으로 도망쳐 와서 갈사국을 세우고, 그 소국의 왕이 되었다. 압록곡은 고구려 땅이었으므로 제후국으로 대우했는데, 갈사국왕의 손녀가 대무신왕의 둘째 왕비가 되어 왕자 호동을 낳았다. 그리고 태조왕 대에 와서는 갈사왕의 손자 도두가 고구려에 나라를 바쳐, 그를 우태로 삼았다. 이때부터 압록곡의 부여씨는 고구려인이 되었다.

"바로 압록곡의 부여씨 후손이 나의 내자이고, 무명선사 밑에서 검술을 배우고 있는 부여선재가 내 손위 처남올시다. 세간에서는 성을 생략하고 선재라는 이름만 쓰지요. 아무래도 부여 땅에서 부여씨를 내세우게 되면 자유롭게 행동하는 데 장애가 되니까요."

아진비는 고구려 압록곡 부여씨의 내력을 이야기하면서 자신도 결코 고구려와 멀지 않다는 것을 강조한 끝에, 처남 선재의 이야기를 하며 자연스럽게 무명선사를 거론했다.

"허면 그 무명선사가 어디 계십니까?"

"산 이름을 대면 거처가 세간에 알려질 수 있으므로 비밀로 하고 있답니다. 이렇게 된 이상 나도 내자와 딸아이를 지키기 위해 모험을 걸어야겠군요. 때마침 내자가 전에 오라비에게 들은 기억이 있어 그 거처를 찾을 수 있다고 합니다. 그러니 내일 아침 일찍 공자께서는 내자를 따라 나서시면 됩니다. 이제 우리 집안도 어찌 될지 모르니, 내자와 딸아이의 안전을 공자에게 맡길 수밖에 없게 되었소이다. 기왕에 무명선사의 거처를 찾는 마당에, 공자께서 내자와 딸아이를 그곳까지 안전하게 데려다주십시오. 지금 내자와 딸아이의 목숨을 구하는 길은 오직 그 방도밖에 없습니다. 부탁드립니다."

아진비는 그러면서 담덕의 두 손을 꼭 움켜잡고 한동안 놓지 못했다.

"무명선사의 거처를 찾으려면 그 방법밖에 없겠군요. 좋습니다. 부인과 따님을 안전하게 모시고 가지요."

담덕의 그와 같은 말이 떨어지고 나서야 아진비는 꼭 잡은 두 손을 풀었다.

"나도 내일 집을 비우고 동부의 우가 족장에게 가서 도움을 청하렵니다. 족장끼리는 서로 함부로 대할 수 없으니 뭔가 방도가 생기겠지요. 어찌 됐든 집안의 안정을 되찾은 다음에 내자와 딸아이를 찾아갈 생각이니, 그때까지만 공자께서 두 사람을 돌봐주시기 바랍니다. 하긴 처남을 만나게 되면 더욱 안전할 테니, 공자께서 그곳까지 가는 동안만이라도 보호를 해주시기 바랍니다. 이 은혜는 결코 잊지 않겠습니다."

"은혜라니요? 무명선사의 거처를 알게 된 것만으로도 은혜를 갚은 것이나 진배없는 일이니 너무 마음 쓰지 않으셔도 됩니다."

다음 날 아침, 담덕 일행은 귀부인과 소저를 앞세우고 아진비의 대저택을 떠났다. 모녀의 짐을 챙겨 짊어진 집사 한 사람이 더 붙어나, 일행은 여섯 명이 되었다. 가마를 타면 좋을 것이지만 쫓기는 몸이다 보니 모녀도 남장을 하고 일행 속에 섞여들어, 언뜻 보면 행상의 무리처럼 보였다.

4

여름 하늘은 마치 신명 들린 환쟁이가 붓으로 그림을 그려나가는 화선지와도 같았다. 뭉게구름이 이리 뭉쳤다 풀어지고 저리 뭉쳤다 흩어지면서 온갖 자연의 기기묘묘한 형상을 연출해 내고 있었다. 그렇게 흰 구름은 푸른 하늘에 흠뻑 젖어들다가 어느 사이 모습을 감추고, 다시 바람이 산 뒤에 숨어 있던 구름을 몰고 나타나 새로운 그림을 그려 나가고 있었다. 그런 구름 사이로 보이는 끝없이 맑고 짙푸른 하늘은 실로 그 깊이를 가늠하기 어려운 호수 같았다. 호수와 하늘이 맞닿아 서로를 비추는 거울 같았기 때문에 그렇게 느껴졌는지도 몰랐다.

한나절 동안 동굴 앞마당에 서서 한가하게 푸르른 하늘과 그 아래 구름이 비치는 호수를 감상하던 무명선사는 문득 무슨 생각을 했는지 산막도장을 향해 발걸음을 옮겼다. 늘 동굴에 칩거해 있던 그가 도장에 모습을 보인 것은 거의 일 년 만의 일이었다. 한창 무술 연습에 열중해 있던 네 사람은 갑자기 얼어붙은 듯 동작을 멈추고 사부를 향해 허리를 굽혔다.

"검객으로 말하면 너희들은 모두 죽었다. 동작을 멈추는 것은 곧 죽음을 의미한다. 계속 연습을 하거라."

무명선사의 말에 네 명의 제자는 다시 연습하던 동작을 계속 이어 나갔다. 그는 팔짱을 낀 채 제자들의 동작 하나하나를 유심히 살폈다. 때론 고개를 끄덕이기도 하고, 간혹 가다가 머리를 좌우로 흔들 때도 있었다.

무술 연습이 끝나고 나서 네 명의 제자가 무명선사 앞으로 다가왔다.

"칼에도 물처럼 흐름이 있다. 끊을 때 끊더라도 그것은 흐름을 위한 휴지 같은 것일 뿐, 흐름의 연속이라고 봐야 한다. 따라서 흐름을 잠시도 잊어서는 안 된다. 노자는 '상선약수上善若水'

라고 했다. 즉 '최고의 도는 물과 같다'는 말인데, 칼의 도道 역시 물의 경지에 이르러야만 최고의 검객이 될 수 있다."

무명선사의 말이 끝나기 무섭게 수빈이 나섰다.

"사부 할아버지, 그런데 무명검은 완성하신 건가요? 일 년 만에 동굴에서 내려오신 걸 보면 완성하신 모양이네요? 언제 무명검을 가르쳐주실 거예요? 백마 탄 왕자는 언제 나타나는 거예요?"

네 명의 제자들 중에서 무명선사를 스스럼없이 대하는 것은 수빈뿐이었다. 다른 제자들은 사부가 말을 꺼내기 전에는 먼저 나서서 무엇을 묻는 것조차 어려워하고 있었다.

"허허허! 하나하나 물어도 될 것을……. 우리 수빈이 성질이 아주 급하구나?"

무명선사는 수빈을 친손녀처럼 여겨 격의 없이 대했다.

"수빈아! 저 철없는 것이……. 사부님 앞이니 말조심을 하도록 해야지."

소진이 수빈을 향해 나무라는 눈빛을 보냈다.

"내버려 두어라. 철없는 것이 아니라 인습에 물들지 않아 자연스러워 좋구나."

"거봐요! 역시 나를 알아주는 것은 사부 할아버지밖에 없다니까. 그렇지요?"

"사부 할아버지가 뭐니? 사부님이라고 해라."

소진이 다시 수빈을 꾸짖었다.

"허허허, 나는 우리 수빈에게 할아버지 소릴 듣는 것이 좋은데 왜 그러느냐? 방금 백마 탄 왕자라고 했지? 그런데 참 수빈아, 너는 내가 맡긴 백마를 잘 키우고 있느냐?"

무명선사가 정겨운 눈으로 수빈을 바라보았다.

"뿔난 망아지 같은 놈 잘 키우면 뭘 해요?"

"뿔난 망아지?"

"얼마나 성질이 고약한지 단 한 번도 말 등에 올라타 보지 못했어요. 지난번에 사범님도 삼촌도 그 말 한번 타려다 다리가 부러질 뻔했어요."

수빈의 말에 모여 섰던 사람들이 모두들 한바탕 웃음보를 터뜨렸다. 오래전부터 수빈은 우적을 '사범'으로, 선재를 '삼촌'으로 부르고 있었다. 실제로 우적과 선재가 백마를 타려다 떨어진 것은 사실이었다.

"명마는 그 주인을 알아보는 법! 네가 키운 말이 아직 주인을 만나지 못해 심술을 부리는 모양이구나! 어디 한번 백마를 구경하고 싶구나."

무명선사의 말에 수빈은 한달음에 마구간으로 달려가 백마의 고삐를 잡고 마당으로 나왔다. 온통 털빛깔이 흰 그 말은 늘씬한 자태를 뽐내고 있었다. 사람들 가운데로 나오자 백마는 앞다리를 번쩍 들어 올리며 목을 길게 빼고 울었다.

"이 녀석아! 사부님께 인사는 드리지 못할망정 웬 심술이냐?"

수빈이 고삐를 거칠게 낚아챘다.

"그건 심술이 아니라 말의 인사법이다. 놔두어라. 우리 수빈이가 백마를 아주 잘 키웠구나. 명마는 모름지기 콧구멍이 크고 가슴둘레가 넓으며, 목은 길고 허리가 깊어야 하느니. 제대로 명마의 조건을 갖춘 말이 아니더냐? 엉덩이도 아주 잘 발달되어 있으니, 뒷다리 힘이 강해 잘 달리겠구나."

무명선사는 먼저 백마와 눈을 마주치더니, 이마와 턱을 어루만져 주고 나서 손으로 말의 갈기를 부드럽게 쓰다듬었다. 그러자 백마는 자신을 인정해 주는 사람을 알아보는 듯 조용히 꼬리를 흔들어댔다.

두 해 전 여름 무명선사가 산 아래 호숫가에 내려가 명상을 할 때였다. 어디선가 슬피 우는 말 울음소리가 들려 바라보니, 비루먹어서 털이 듬성듬성 빠진 비쩍 마른 망아지가 호숫가를 어슬렁거리고 있었다. 인가도 없는 그 호숫가에 어찌하여 망아지가 어미에게서 떨어져 방황하고 있는지 알 도리가 없었다. 망아지는 호수의 물을 마시다 말고 하늘 한 번 쳐다보고 목을 길게 뺀 채 울다가, 다시 고개를 처박고 물을 마셨다. 흐느끼는 듯 서러움에 북받친 그 울음소리는 어미를 애타게 찾고 있었다.

"어찌 이런 곳에 주인 없는 망아지가 버려져 있단 말인가?

이는 필시 하늘에서 떨어진 천마가 아니던가?"

무명선사는 망아지 가까이로 다가갔다. 듬성듬성 털까지 빠져 볼품없어 보였지만, 이마가 번듯하고 주둥이로 내려오는 양 볼의 각선이 세모형을 이루어 우선 말의 두상이 썩 마음에 들었다. 어디서 맹수에게 물렸는지 뒷다리를 절고 있었는데, 상처가 채 아물지 않아 피가 말라 끈적거리는 곳에 쇠파리가 두세 마리 들러붙어 있기까지 했다.

망아지는 무명선사가 몸을 만져도 도망갈 생각을 하지 않은 채 오히려 혓바닥을 내밀어 그의 손과 팔뚝을 핥아대는 것이었다. 그는 주변의 칡넝쿨을 끊어 망아지 목에 고삐를 만들어 손아귀에 틀어쥐고 천천히 산막도장으로 돌아왔다. 그런데 망아지는 뻗대지 않고 경사진 비탈길을 졸래졸래 잘도 따라왔다.

산막에선 먹고살기 위해 비탈밭을 일구어 수수·조·기장·콩 등을 재배했다. 뿐만 아니라 파·마늘·무·아욱·부루 같은 남새도 심어 찬을 만드는 양념감으로 사용했다. 특히 부루는 천금채(상추)라고도 하는데, 몸의 독소를 없애주는 데 특효가 있었다.

"비루먹은 망아지지만 하늘에서 떨어진 천마니라. 잘 기르면 명마가 될 것이야. 콩을 삶아 여물과 함께 먹이고, 특히 천금채를 많이 주도록 해라. 그래야 몸의 독소가 사라져 비루먹어 빠진 털이 나고, 뒷다리에 난 상처도 잘 아물 것이다."

무명선사는 소진과 수빈 모녀에게 망아지를 맡겼다. 자연히 망아지를 기르는 일은 수빈의 몫이 되었다.

　그것이 두 해 전의 일이었는데, 무명선사가 일 년 동안 동굴에서 면벽수도하며 무명검법을 연구하는 동안에 훌륭하고 멋진 백마가 되어 있었던 것이다.

　"사부님께는 이 말이 아주 순종하는 것 같습니다. 저희들에게는 거칠기가 맹수와 다름없는데."

　우적이 말했다.

　"이건 내가 탈 말이 아니네. 먼저 누구의 손을 타서도 안 돼. 이 말의 주인이 와서 길을 들이도록 해야지."

　무명선사의 알 수 없는 말에 수빈이 나섰다.

　"나는 사부 할아버지가 누굴 기다리는지 알아요."

　"누구를 기다리는 것 같으냐?"

　무명선사가 백마의 고삐를 수빈에게 넘겨주며 빙그레 웃었다.

　"누군 누구예요? 태백성이지."

　"네가 그걸 어찌 아느냐?"

　"어머니가 말해 줘서 알지요. 사부 할아버지, 태백성이 바로 백마 타고 오는 왕자님 맞지요?"

　수빈이 무명선사 앞으로 바짝 다가서더니 턱밑에서 올려다보며 물었다.

"허허, 왕자님인지 아닌지는 나도 모르겠다만⋯⋯. 수빈아, 네 어찌 그가 그렇게 궁금한 게냐?"

"어머니가 그러는데 내 신랑감은 백마 타고 오는 왕자님이래요. 분명히 사부 할아버지가 기다리는 사람은 내 신랑감일 거예요. 그렇죠?"

"수빈아! 사부님 앞에서 버릇없이 굴면 안 되지."

소진이 그만하라며 엄한 눈빛을 보냈다.

"내버려 두어라. 귀엽기만 하구나. 수빈이가 있어 그래도 이 산막에 웃음꽃이 피질 않느냐?"

무명선사가 파안대소를 했다.

우적과 선재도 따라서 웃었다. 소진도 결국 엷게 미소를 띠며, 말고삐를 잡은 수빈의 옆구리를 찔러 백마를 다시 마구간으로 끌고 가도록 했다.

"사부님, 무명검법은 완성하셨사옵니까?"

선재가 조심스럽게 물었다.

"이 세상에 완성이란 없다. 미완성의 완성이 있을 뿐이지. 세상 모든 이치가 완성으로 가는 단계라고 할 수 있지 않겠는가?"

"예에⋯⋯!"

무명선사의 말을 선재는 알 듯 모를 듯하여, 그저 어정쩡한 자세로 고개를 주억거릴 뿐이었다.

광개토태왕 담덕

"저 산 위에 무엇이 있느냐?"

갑자기 무명선사가 산봉우리를 손으로 가리켰다.

"산 위에는 하늘이 있습니다."

선재가 대답했다.

"하늘 위에는 또 무엇이 있겠는가?"

"더 높은 하늘이 있겠지요."

"더 높은 하늘 위에는?"

무명선사는 선재를 바라보며 빙그레 웃었다.

"글쎄요, 더욱더 높은 하늘……."

선제는 그다음을 잇지 못했다.

"바로 그것이 인간으로서 지향하는 바다. 끊임없이 하늘을 꿈꾸는 자세. 그것이 네 발 달린 동물과는 다른 인간의 직립보행이 아니겠느냐? 그런 점에서 이 지구상에 사는 인간이나 새, 나무는 하늘을 꿈꾸는 특별한 존재들인 것이야. 늘 고개를 들어 하늘을 쳐다보고 살지 않느냐? 그런데 하늘은 무궁無窮하지. 그 무궁을 향해 좀 더 가까이 다가가는 행위, 그 자체가 중요한 것이 아니겠느냐? 무명검법은 바로 검술의 무궁을 추구하고 있지. 그런 의미에서 나는 미완성의 완성이라고 말하는 것이다."

무명선사의 말에 우적과 선재, 소진 세 제자는 열심히 귀를 기울였다. 투명한 하늘이 무심하게 그들을 내려다보고 있었다.

5

무명선사는 산정에 제성단을 쌓고 새벽마다 맑은 샘물을 길어다 천신에게 정안수로 바쳤다. 그렇게 지극정성으로 기도를 드렸다.

'태백성이 비쳤으니 반드시 귀인이 나를 찾아오리라.'

무명선사는 천문지리에 관한 고서를 통하여 일월성신의 변화를 알았다. 분명 조만간에 귀인이 자신을 찾아오리란 믿음을 갖고 그는 수빈으로 하여금 매일 백마를 끌고 호숫가로 내려가 기다리게 했다. 즉, 백마를 탈 주인공이 나타나면 길 안내를 맡아 산막도장으로 인도하라고 일렀던 것이다.

수빈은 매일 백마를 끌고 호숫가로 내려가 풀을 뜯기며 산막도장으로 오르는 길목을 지켰다.

"태백성인지 백마 탄 왕자인지는 왜 안 나타나는 거야?"

말이 풀을 뜯도록 내버려 둔 채, 수빈은 저 혼자 호숫가에서 칼을 들고 무술 연습을 했다.

"이얍! 엿! 얏!"

수빈은 여러 가지 기합을 넣어가며 칼을 휘둘렀다. 칼은 허공에서 자국 없는 선을 그으며 바람 갈라지는 소리를 냈다. 산막도장에 들어와 너덧 살 때부터 익힌 칼솜씨였다.

"사부 할아버지가 고대하며 기다리는 귀인이라면 칼솜씨 또한 제법이겠군! 그러나 나 수빈이의 칼을 당해 내지는 못할 거야. 나보다 하수라면 태백성이 될 자격도 없지. 누가 쉽게 통과시켜 주나 봐라. 나한테 굴복을 하고 내 신랑이 되어준다고 약속하지 않으면 산막도장으로 안내할 수 없지. 반드시 약속을 받아내고야 말 거야."

수빈은 무술 연습을 하다 말고 숨을 몰아쉬며 저 혼자 주절거렸다. 누구도 들을 사람이 없었으므로, 아무리 큰 소리로 떠들어대도 부끄러울 것이 없었다.

어린 시절부터 수빈은 그렇게 혼자 떠들면서 자라났다. 깊은 산속을 야생마처럼 뛰어다니며 온갖 나무들과 무술 대련을 하고, 뛰어다니다 미끄러지거나 넘어지면 바위나 돌에게 마구 욕지거리를 해대며 살아왔던 것이다. 그렇게 대자연 속에서 몸을 단련해 왔으므로 날다람쥐처럼 바위를 타고, 삵처럼 날렵하고 재재바르게 숲속을 달릴 수 있었다. 수빈은 나무와 무술 대련을 할 때도 자신이 먼저 말하고 상대를 대신해 스스로 대답까지 해주면서 주절거리는 버릇이 있었다.

그렇게 수빈이 저 혼자 주절거리며 호숫가에서 한창 무술 연습에 몰두해 있을 때였다.

"칼솜씨가 제법이군!"

등 뒤쪽의 나무 그늘에서 들려오는 맑고 우렁찬 소리에 수빈은 문득 동작을 멈추고 뒤를 돌아보았다.

말을 탄 사내가 거기 서 있었다.

"누구냐? 치사하게 뒤에 숨어서 엿보다니?"

수빈은 칼을 치켜든 자세로 사내를 향해 홱 돌아섰다.

"숨어서 엿본 것은 아니고, 지나가다 우연히 본 것이오. 실례가 되었다면 정식으로 사과하겠소."

말 위에서 사내는 빙그레 미소를 짓고 있었다.

그 모습을 보는 순간, 수빈은 눈이 갑자기 환해지는 느낌이었다. 그만큼 체격이 늠름하고 이목구비가 뚜렷한 멋진 사내였다. 그러나 짐짓 그런 느낌을 애써 안으로 감추면서 상대를 노려보고 외쳤다.

"사과를 하려면 말에서 내려라. 어디로 가는 길인지 모르지만, 나를 이기기 전엔 이곳을 통과할 수 없다. 자, 덤벼라!"

"아직 변성기도 지나지 않은 아이 같은데 제법 당돌한 데가 있군!"

사내는 말에서 훌쩍 뛰어내렸다.

그러자 기다렸다는 듯이 수빈이 칼을 겨누며 달려들었다. 사내는 이리저리 몸으로 피할 뿐 옆구리에 차고 있는 칼을 애써 뽑아 들지도 않았다.

"비겁하게 굴지 말고 정정당당하게 겨루자. 자, 칼을 뽑아라!"

수빈이 잠시 공격을 멈추고 숨을 고르며 소리쳤다.

광개토태왕 담덕

"칼을 다루는 솜씨는 제법이지만, 상대에 따라 칼 쓰는 법이 달라야 한다. 상대의 솜씨를 알아보지도 않고 막 칼을 휘두르는 것은 자신의 허점만 노출시킬 뿐이지."

사내는 수빈을 바라보며 빙글빙글 웃었다.

"무엇이? 지금 나를 놀리는 것이냐? 가만두지 않겠다!"

수빈은 표독스럽게 쏘아붙이며 사내에게 다시 달려들었다. 사내는 방어 자세도 취하지 않은 채 여유 있게 수빈의 공격을 받아냈다. 그러자 사내에게 더욱 놀림을 받고 있는 것 같아 잔뜩 독이 오른 수빈은 숨을 거칠게 몰아쉬며 칼을 휘둘렀다. 잠시의 틈도 주지 않고 칼은 사내의 옆구리와 목으로 사정없이 파고들며 찌르고 베기를 거듭했다. 그러나 그때마다 그저 허공을 그어댈 뿐이었다. 사내는 용케도 허리와 목을 유연하게 놀리며 수빈의 칼을 요리조리 잘도 피하고 있었던 것이다.

한동안 일방적인 공격을 가해 오던 수빈의 칼을, 사내는 팔과 옆구리 사이로 지나가게 하는 듯하며 손으로 슬쩍 수빈의 칼 든 오른손을 쳤다. 칼은 호숫가 모래밭에 가서 꽂혔다.

"아잇!"

수빈은 자신의 오른팔을 감싸 쥐며 주저앉았다.

"이 산에 들려면 어떤 형식으로든 신고식을 거쳐야 한다는 생각을 했지만, 오늘 꼬마에게 단단히 걸려들었군! 이거 초면에 미안하게 됐네."

사내는 수빈의 손을 잡아 일으켜 세우려고 했다.

"아얏! 안 돼!"

수빈은 잽싸게 자신의 손을 빼어 뒤로 감추었다.

"나는 자네 같은 꼬마와 싸우려고 이 산에 온 것이 아닐세. 길을 묻고자 한 것인데 다짜고짜 싸우려고 덤비니 나도 어찌할 수가 없었네."

"뭐? 꼬마라고?"

수빈은 발딱 일어서서 양팔을 허리에 얹고 상대를 노려보았다.

"아직 변성기도 안 됐으니 꼬마가 아닌가?"

사내의 말이 끝나기도 전에 저쪽 길가 숲 그늘에서 웃음소리가 들려왔다. 그러더니 여러 명의 무리가 사내와 수빈 쪽을 향해 걸어왔다.

"흥! 꽤나 여유를 잡는다 했더니, 알고 보니 뒷배를 봐주는 패거리가 있었군!"

수빈은 다가오는 무리들을 곁눈질해 보았다. 여자가 둘 남자가 셋이었다. 사내까지 하면 여섯 명의 무리가 수빈 앞에 늘어섰다. 담덕과 그 일행이었다.

"초면에 실례가 많았소. 실은 이 산속 어디엔가 은거하고 있다는 무명선사를 찾아온 길이오. 그런데 그대에게 길을 묻고자 했더니, 느닷없이 칼을 들고 달려드는 바람에 본의 아니게 실례를 하게 된 것 같소. 정식으로 사과하는 바이오."

"사부 할아버지는 왜? ……그러면 혹시 그대가 태백성인가?"

당혹스러운 얼굴로 수빈이 물었다.

"태백성? 이곳에 와서 태백성 소릴 듣게 될 줄이야."

문득 담덕은 태자가 된 직후 석정이 저녁 하늘에 뜬 금성을 보고 태백성이라 하던 말을 떠올렸다. 이곳에 와서 다시금 그 말을 들을 줄은 꿈에도 몰랐던 것이다.

"우리 사부 할아버지가 기다리는 귀인이 바로 태백성이지. 그대가 태백성인지 아닌지는 저 백마가 판단해 줄 것이야. 잠시 기다려!"

수빈은 호숫가에서 한가롭게 풀을 뜯고 있는 백마를 끌고 왔다.

"호오! 잘생긴 말이로군! 멋져! 그렇지 않으냐, 마동아!"

담덕이 백마의 두상이며 늘씬하게 빠진 몸매를 바라보며 감탄사를 연발했다.

"아직 길이 들지 않은 말이지만 명마의 틀을 갖추고 있는 것 같습니다."

마동이 백마를 일별하고는 고개를 끄덕였다.

"자, 백마야! 이자가 태백성인지 아닌지 네가 한번 시험해 보거라!"

수빈은 백마의 귀 가까이 대고 말했다.

"잠깐! 태자 전하가 타기 전에 제가 먼저 타보겠습니다. 길들여지지 않은 야생마라서 위험합니다."

마동이 앞으로 나섰다.

'뭐? 태자 전하라고?'

수빈이 눈을 크게 뜨며 일행을 다시 한번 두루 살펴보았다.

"마동아! 염려 말아라! 나도 이젠 어느 정도 말을 다룰 줄 안다."

담덕은 천천히 백마 앞으로 다가갔다. 그리고 먼저 눈과 눈을 마주쳐 백마와 인사를 나누었다. 그는 문득 백제 대상과 함께 서역으로 말을 구입하러 갔을 때 사기의 말을 떠올렸다.

당시 사기는 말에게도 관상이 있다고 했다. 불쑥 나온 번듯한 이마, 영롱한 빛을 내는 툭 불거진 눈, 그리고 누룩을 쌓아 올린 것처럼 두터운 말발굽 등을 보고 말을 고른다는 것이었다.

바로 백마가 그와 같은 상을 가지고 있었다. 명마임에 틀림이 없었다. 툭 불거진 두 눈은 양쪽으로 뾰족하게 솟아난 두 귀 가까이로 치우쳐 있어 넓은 시야를 확보하는 데 매우 유리해 보였다.

담덕은 서두르지 않았다. 손으로 백마의 이마를 만지다가 천천히 턱을 거쳐 목 줄기까지 쓰다듬고 나서, 갈기를 부드럽게 쓸어주면서 백마 옆으로 다가섰다. 말의 두 눈을 가리며 두상을 가슴으로 안을 때 머리를 좌우로 흔들며 투레질을 하였지만, 들이받거나 하늘을 향해 높이 쳐들지 않았다. 그것은 말이 순종한다는 뜻이었다.

그때 수빈이 넘겨주는 고삐를 잡은 담덕은, 눈 깜짝할 사이 말 어깨를 잡고 훌쩍 몸을 날려 말 등에 올라탔다. 말에 올라타자마자 납작 엎드렸으므로, 말과 사람이 마치 한 몸이 된 듯했다.

이히, 히히힝!

순간, 백마가 길게 울음소리를 내더니 갑자기 앞발을 들어올리며 펄쩍 뛰었다. 만약 담덕이 말과 한 몸을 이루지 않았다면 곧바로 낙마하고 말았을 것이다. 그런데 그는 고삐를 단단히 틀어쥐고 자세를 바로잡았다.

백마는 겅둥거리며 뛰었다. 네 발이 각자 따로 놀 정도로 발광을 하고 있었다. 그렇게 호숫가의 모래를 발굽으로 차올리며 씩씩대다가 어느 순간 앞발과 뒷발이 보조를 맞추기 시작했다.

"이랴! 이럇!"

담덕은 백마의 뱃구레를 걷어차며 고삐를 휘둘렀다.

백마가 달리기 시작했다. 오래도록 가뭄이 계속되어 호수의 물은 많이 줄어들어 있었고, 그래서 물결이 실어다 준 가장자리의 진흙은 거북의 등처럼 바닥이 쩍쩍 갈라진 상태였다. 그런 호수의 둘레를 백마는 뽀얀 먼지를 일으키며 전속력으로 질주했다. 네 다리가 교차되는 것은 보이지 않았다. 말발굽이 땅을 박차고 달릴 때마다 일어나는 먼지가 마치 구름처럼 뒷다리를 감싸는 바람에 앞으로 뻗는 두 발만 공중에 떠서 달리는 것 같았다. 그 순간 담덕이 탄 백마는 날개 달린 천마가 된 듯 질주하고 있었던 것이다.

호수 아래는 깊은 계곡이 있었고, 물이 폭포수가 되어 그 아래로 떨어졌다. 담덕이 탄 말은 폭포수 사이의 꽤나 폭이 넓은 둔덕과 둔덕을 번개같이 뛰어넘었다. 멀리서 볼 때 갈기를 휘날리며 달리는 백마는 마치 구름 위를 나는 것 같았다.

비호처럼 달리는 말이었으므로, 호수 한 바퀴를 도는 데 그리 오랜 시간이 걸리지 않았다. 다시 일행 앞에 나타난 담덕은 말에서 뛰어내리며 이마에 흐르는 땀을 손으로 훔쳐냈다.

그 모습을 보고 수빈은 너무 감동한 나머지 숨이 멎는 것만 같았다. 분명 방금 전에 마동이라 불린 자가 '태자 전하'라고 하는 말을 들었다. 그렇다면 처음에 자신이 함부로 칼을 들고 대들던 상대가 바로 태자임은 두말할 나위도 없는 일이었다.

'정말 백마 타고 온 왕자님이 바로 저분이구나! 아아, 그런 줄 모르고 초면에 그런 실수를 저지르다니⋯⋯.'

수빈은 마음속으로 이렇게 되뇌면서 얼굴이 화끈 달아올랐다. 햇볕에 새카맣게 그을렸지만 얼굴이 빨갛게 달아올라 더욱 촌스러워 보일 것이라 생각하니, 쥐구멍이라도 찾고 싶은 심정이었다.

"그래, 이젠 무명선사에게 우리를 안내해 주겠소?"

담덕이 백마의 고삐를 수빈에게 넘겨주며 말했다.

"네에! 태, 태자, 저, 전하!"

이렇게 마동이 하던 대로 말한다는 것이 더듬기까지 하여, 수빈은 고개를 푹 숙인 채 차마 얼굴을 똑바로 들지 못했다. 담덕이 말을 타고 호수를 도는 동안 마음속으로 여러 번 연습까지 했는데 그 모양이 되고 말았던 것이다.

수빈의 그러한 모습을 보며 담덕은 빙그레 웃었다. 처음에는 남장을 하고 있어서 변성기가 안 된 소년인 줄 알았는데, 얼굴이 빨개져 부끄러워하는 모습을 보는 순간 그 정체를 알아차렸다. 산에서만 생활해 사내처럼 거칠어 보였지만, 심성은 천생 부끄러움을 아는 소녀였던 것이다.

6

무명선사는 동굴 속에서 면벽한 채 좌선을 하고 있었다. 벽은 열리지 않았다. 아무리 기도를 드려도 벽은 그저 꿈쩍도 하지 않는 단단한 바위절벽일 뿐이었다. 그는 저 벽의 문이 열려야만 선계에 들어서고, 그 문을 통해 들어가야만 스스로 산신이 될 수 있다고 믿고 있었다. 벽의 문이 열리지 않는다는 것은 곧 그의 마음이 굳게 닫혀 있다는 것을 의미했다.

'마음의 벽을 어떻게 부술 것인가?'

이것이 바로 무명선사가 오래도록 끌어안고 몸부림쳐 온 화두였다. 그 마음의 벽을 부수는 날이 무명검법을 완성하는 날이기도 하다는 것을 그는 잘 알고 있었다. 아무리 면벽수도를 해도 벽이 꿈쩍도 하지 않는 것처럼, 도무지 무명검의 길도 보이지 않았다. 마음의 벽 하나만 부수면 그 두 가지가 완성될 터인데, 그것을 깨뜨리기가 쉽지 않았던 것이다. 사실 그의 마음속에서 그것은 하나이면서 둘이고, 둘이면서 하나였다. 마음의 벽을 깨뜨려야 그는 무명검법을 완성할 수 있고, 신선이 되는 선계가 심안에 보이기 시작할 터였다.

부여 땅에서 이 산 저 산으로 옮겨 다니며 홀로 검술을 익힌 무명선사는 벌써 40년 성상을 넘겨 칠순의 나이가 되었다. 그가 그토록 오랜 세월 동안 부여 땅을 전전하며 무명검법을 연구한 것은 고구려 건국정신인 다물의 꿈을 이룰 후세에게 그 길을 가르쳐주기 위해서였다. 그동안 여러 명의 제자가 그를 거쳐 갔지만, 고구려의 다물정신을 실현시킬 수 있을 만한 인재는 만나지 못했다. 아들 해평을 그런 인물로 키우고 싶기도 했으나, 이미 능력이 미치지 못함을 간파해 동부욕살 하대곤에게 보냈다. 그런데 결국 해평은 반역을 일으켰다 실패하자 왜국으로 망명했다. 이러한 것은 해평의 무술사범으로 보냈던 제자 우적이 산막도장으로 돌아와 전해 주어 알게 된 사실이었다.

'요즘 들어 태백성의 빛이 한결 밝아졌다. 산정에 제성단을 세우고 매일 새벽 기도를 드린 효험이 있는 것일까?'

무명선사는 면벽을 한 채 자신도 모르는 사이 마음속으로 그렇게 중얼거렸다.

그날 저녁 무렵이었다. 무명선사는 해가 서녘으로 기울기 직전 하늘에 뜬 금성을 바라보고 있었다. 노을은 붉게 취해 저 아래 호수와 하늘이 하나로 만나, 주변 산까지 온통 불타오르게 만들고 있었다. 그 붉은 기운 가운데 유난히 빛나는 별, 그것은 바로 태백성이었다.

때마침 그때 산막도장에서 석식을 준비해 가지고 올라온 소진이 무명선사 등 뒤로 다가와 조용히 말했다.

"사부님, 태백성을 보고 계십니까?"

"그래, 오늘따라 유난히도 밝구나!"

무명선사는 뒤도 돌아보지 않고 말했다.

"아마도 사부님이 기다리시던 태백성이 가까이 와 있어서 그러한 것 아니겠습니까?"

"그렇게 짐작을 하고 있는 것이냐?"

"짐작이 아니고, 지금 산막도장에 태백성이 와 있어서 보고를 드리는 것이옵니다."

소진은 그렇게 말하면서, 오후 중참 때가 다 되어 수빈이 산막도장으로 안내해 온 일행 중에서 담덕의 얼굴을 떠올리고 있었다.

"지금 무어라고 했느냐?"

그때서야 무명선사는 소진을 향해 돌아섰다.

"고구려의 담덕 태자가 사부님을 찾아왔습니다."

"무엇이? 담덕 태자라고?"

"본인은 그런 말을 안 했는데, 그들 일행끼리 조용히 주고받는 말을 듣고서야 수빈이도 우연히 알았다 하옵니다."

"일행이 있다?"

"네, 담덕 태자까지 여섯 명이옵니다. 남자 넷, 여자 둘이옵니다."

"그런데 너는 어찌 담덕 태자를 내가 기다리는 태백성이라 생각하느냐?"

"수빈이 저 아래 호숫가에서 그들을 만났는데, 담덕 태자가 안장도 없는 백마를 아주 잘 타더랍니다. 말에서 한 번도 떨어지지 않고 비호처럼 호수를 한 바퀴 도는데, 발굽에서 흙먼지가 뽀얗게 일어나 마치 천마가 하늘을 나는 것 같았답니다. 호수 아래로 떨어지는 폭포수도 그 간격이 제법 넓은데 단숨에 뛰어넘더랍니다."

소진은 수빈에게서 들은 이야기를 그대로 털어놓았다.

"흐음, 그래도 내가 기다리는 태백성인지 아닌지는 직접 만나봐야 알지 않겠느냐? 내일 아침 담덕 태자만 혼자 이곳으로 올려 보내도록 해라."

무명선사는 천천히 걸음을 옮겨 거처인 동굴로 향했다.

동굴에서 빈 그릇을 싼 보자기를 들고 산막도장으로 내려오면서 소진은 담덕 태자의 얼굴을 떠올렸다. 눈이 시원하게 크고 이마가 번듯하며, 그 양편으로 흐르는 관골이 알맞게 좌우 형상을 잡아주고, 또한 밑에서 받쳐주는 턱이 든든하여 전체 얼굴 모양이 안정감을 갖춘 미남형이었다. 태자의 아버지가 바로 고구려 대왕 이런이니 만약에 자신이 당시 왕자비로 간택되었다면 저런 듬직한 아들을 낳지 않았을까, 하는 생각이 들자 마음 저 밑바닥에 가라앉았던 저릿한 아픔이 가슴으로 치밀고 올라왔다. 그것은 슬픔이나 연민과는 또 다른 어떤 비애 내지는 상실감 같은 것이었다.

'과연 담덕 태자가, 사부님이 찾고 있는 그 태백성이 맞을까?'

소진은 나무숲 그늘로 들어서며 마음속으로 중얼거렸다.

바로 그때, 숲속에서 어떤 기척이 들렸다. 소진은 본능적으로 방어자세를 취하며 아름드리 소나무 둥치에 몸을 기댔다.

"누구냐?"

이 밤중에 오솔길에서 만날 수 있는 것은 늑대나 승냥이 같은 맹수밖에 없었다. 산막도장에서 사람이 올라올 리는 없기 때문이다.

"어머니, 나예요!"

그때 숲속에서 톡 튀어나온 것은 수빈이었다.

"에구머니나! 난 사람을 해코지하려는 맹수인 줄 알았다. 그런데 이 밤중에 네가 여긴 웬일이냐? 산막에 무슨 일이 있었니?"

소진은 놀란 가슴을 손으로 가만히 쓸어내렸다.

"아니, 캄캄한 밤중이라 어머니 마중을 나왔지요."

수빈이 소진의 팔에 매달렸다.

"호호, 네가 오늘 무슨 할 말이 있는 모양이구나?"

"저기, 말예요……."

수빈은 잠시 말을 끊었다.

"얘가 갑자기 왜 이래? 할 말 못할 말 나오는 대로 지껄이던 애가 뜸을 다 들이고……."

"저기 말입니다……."

수빈이 소진의 귀에다 대고 낮게 속삭이는데, 또 뜸을 들였다.

"답답하구나. 어서 할 말 있으면 하련?"

"저기, 저…… 담덕 태자라는 귀공자 말이야……."

"태자면 태자고, 귀공자면 귀공자지 무슨 말이 그러니?"

"아무튼……. 전부터 어머니가 백마 타고 오는 왕자가 내 배필이 될 거라고 했잖아요. 그 주인공이 바로 담덕 태자 그 사람…… 아닐까?"

수빈은 그렇게 말을 해놓고 나서 수줍은 듯 얼굴을 가렸다. 그 순간 얼굴이 화끈거렸지만 다행스럽게 달빛이 흐려 부끄러움을 감춰주었다.

소진은 걸음을 멈추고 수빈의 얼굴을 똑바로 쳐다보았다.

"수빈아! 너 어디 가서 그런 소리 했다간 큰일 난다. 정말 그 귀공자가 고구려의 담덕 태자로 사부님이 찾던 태백성이 맞다면, 너는 상대도 할 수 없는 높고 고귀한 분이야. 만약 그 소리가 사부님 귀에까지 들어간다면 넌 이 산막에서 당장 쫓겨나고 말 거야. 알아듣겠니?"

소진은 단단히 일러 수빈의 입을 틀어막아야 한다고 생각했다.

"담덕 태자와 함께라면 나는 이 산막에서 두 번 세 번 쫓겨나도 결코 후회하지 않을 거예요."

"얘가, 얘가 정말!"

"어머니! 나도 이제 혼인할 나이잖아요? 모처럼 마음에 드는 낭군감이 스스로 찾아들었는데 이 기회를 놓쳐서는 안 되지이……."

뒤따라오며 수빈이는 저 혼자 중얼댔다.

'수빈아! 너는 언제 철이 들려고 그러니?'

소진은 이렇게 마음속으로 되뇌며 어두운 오솔길을 따라 급히 산막을 향해 발걸음을 서둘렀다. 담덕 태자 일행의 잠자리도 보아주어야 한다는 생각이 문득 들었기 때문이다.

수빈은 못마땅한 표정으로 입을 씰룩이며 그 뒤를 따랐다. 소쩍새도 짝을 찾고 있는지, 숲속 어디선가 밤의 정적을 깨우며 외롭게 우는 소리가 들려왔다.

7

담덕은 홀로 산길을 오르고 있었다. 산막도장을 출발해 경사가 그리 급하지 않은 소나무 숲길을 지나자 곧바로 침엽수림지대가 나타났다. 수직으로 꼿꼿하게 올라간 아름드리 침엽수들이 까마득히 높은 하늘 가까이에서 가지를 사방으로 뻗어나가며 서로 엉켜 있었는데, 마치 포장을 친 듯 그 아래 짙은 그늘을 드리우고 있었다. 나무들은 저마다 서로 더 많은 햇빛을 받기 위해 키재기 경쟁을 하고 있었던 것이다. 그러나 옆에서 자라나는 나무를 다치지 않고 서로 어깨를 걸쳐가며 가지를 엇갈려 뻗어, 숲은 더불어 혼연일체를 이루는 대자연을 연출하고 있었다.

산길을 오르다 말고 담덕은 침엽수림 그늘에서 하늘을 올려다보며 나무숲의 평화로움에 한동안 정신을 빼앗기고 있었다. 몸통이 굵은 나무든 가는 나무든 어깨를 나란히 한 채 햇빛을

광개토태왕 담덕

나누어 받고 있는 모습은 그야말로 정겨워 보이기까지 했다. 자연의 세계지만 나무들도 경쟁사회이긴 하되, 저들 나름대로의 살아가는 법칙에 의해 숲의 질서를 유지하고 있었던 것이다.

침엽수림지대를 벗어나자 좌우로 기암괴석이 펼쳐진 가파른 능선이 나타났다. 그곳에선 저 아래 호수가 한눈에 내려다보였다. 지대가 꽤 높은 곳인데, 산으로 둘러싸인 아담한 호수가 있다는 것은 실로 경이로운 일이었다. 사방의 산 계곡에서 흘러내린 물이 호수에 머물다가 한쪽으로 열린 낮은 지대를 통해 폭포수가 되어 빠져나가고 있었다. 어제 그가 백마를 타고 뛰어넘던 바로 그 폭포였다.

드디어 담덕은 동굴 앞 평지에 도착했다. 전망이 훤히 트인 그곳에서 바라본 호수는 주변 경치와 제대로 어우러져 그 정경이 더욱 아름다웠다. 하늘과 호수를 둘러싼 산들이 한꺼번에 수면 속으로 가라앉아 진초록으로 빛나고 있었다.

담덕은 심호흡을 한 후 천천히 동굴 쪽으로 걸음을 옮겼다. 입구에서 바라보니 어두컴컴한 동굴 안쪽에는 온통 머리가 흰 도사가 면벽 자세를 취한 채 좌선을 하고 있었다. 옷까지 흰색이어서 어두운 동굴이지만 금세 확연하게 그 형체를 알아볼 수가 있었다. 그가 오매불망 만나고자 한 무명선사임에 틀림없었다.

담덕은 동굴 입구에서 무릎을 꿇었다. 처음엔 사람이 왔음을 알리는 기척을 내려고 했으나, 어쩐지 무명선사의 좌선을 방해하고 싶지 않았다. 그의 등 뒤에서 느껴지는 분위기가 감히 범접할 수 없게 만드는 긴장감을 자아내고 있었던 것이다.

한 식경이 지나도록 동굴 안의 무명선사는 좌선을 풀지 않았다. 동굴 입구의 담덕 또한 무릎을 꿇은 자세에서 단 한순간도 움직이지 않은 채 마치 절벽같이 느껴지는 무명선사의 흰 등을 바라보고 있었다.

'저 벽을 어떻게 뚫을 것인가.'

지금 이 순간, 담덕에게는 무명선사가 벽이었다. 그 벽을 뚫지 못하면 무명검법을 얻지 못할 것이라고 그는 생각했다.

그런 면에서 두 사람은 '벽'이라는 같은 화두를 가지고 씨름하고 있는 것이었다. 실상 무명선사는 동굴 속의 벽을 바라보고 좌선에 든 상태에서 자신의 마음속에 있는 벽을 뚫으려고 노력하고 있었고, 담덕은 무명선사의 흰 등을 바라보며 역시 갑갑하기만 한 자기 마음속의 벽과 씨름하고 있었다. 두 사람은 그 순간에 하나로 통했다. 어떤 씨줄과 날줄이 두 사람의 마음을 엮어 새로운 세계를 직조해 내고 있는지는 알 수 없었다. 다만 이심전심과도 같은 그 무엇의 인연이, 두 사람을 한마음으로 통하게 했던 것이다.

다시 한 식경이 지났을 무렵이었다. 동굴이 쩌렁쩌렁 울리는 음성으로 무명선사가 소리쳤다.

"무엇이 갑갑해 나를 찾아왔는가?"

어느새 벽을 향하고 있던 무명선사가 돌아앉아 담덕을 무섭게 쏘아보았다.

"마음이 갑갑합니다. 마음의 벽을 뚫어주십시오."

담덕은 자신도 모르는 사이에 그렇게 말했다. 그 순간, 자신이 아닌 누군가가 마음속에서 그렇게 말하라고 이른 것처럼 느껴지기도 했다.

"마음에 어찌 벽이 있단 말인가?"

무명선사 역시 자신도 모르는 사이에 그렇게 외치다 말고 스스로 무릎을 탁, 쳤다. 그랬다. 마음이 보이지 않는데 무슨 벽이 있단 말인가. 그는 바로 그 순간 자신에게 그렇게 묻고 있었던 것이다.

"선사님! 제게 무명검법을 가르쳐주십시오."

담덕이 무릎을 꿇은 자세 그대로 이마가 바닥에 닿도록 허리를 숙였다.

이때 무명선사는 담덕을 대하는 순간, 새로운 깨달음을 얻었다. 무명검법의 마지막 단계를 완성하지 못해 면벽수도하며 몇 년을 허송세월했는데, 그것이 단 한순간에 풀린 것이었다. 마음의 벽을 허무는 것, 바로 그것이었다.

'마음의 벽이란 근심이고, 근심이 사라지는 순간 가상의 벽은 허물어지고 마음의 평정이 찾아온다. 마음의 평정이란 큰 세상이고, 그 세상의 문은 곧 선계로 통하는 길이기도 하다. 이제야 나도 선계로 가서 산신이 되는 길을 찾았다.'

무명선사는 큰 깨달음 다음에 오는 어떤 희열로 온몸이 뜨겁게 달아오름을 느꼈다. 그리고 정좌를 한 자세인데도 그 스스로 공중으로 붕 떠오르는 듯한 느낌을 받았다.

그런 느낌으로 가볍게 몸을 털고 일어선 무명선사는 담덕이 꿇어 엎드린 동굴 입구로 뚜벅뚜벅 걸어 나왔다.

"태백성! 그대를 기다린 지 어언 40여 년의 세월이 흘렀구나. 왜 이제야 나타났는가?"

마치 선계에서 들려오는 듯한 무명선사의 목소리에 담덕은 번쩍 고개를 들었다.

담덕 바로 앞에 무명선사가 손을 내밀고 서 있었다.

"서, 선사님!"

"일어나게."

무명선사는 담덕의 손을 잡아 일으켜 세웠다. 그리고 동굴 입구로 비쳐 드는 햇살을 통하여 담덕의 얼굴을 뚫어지게 바라보았다.

"선사님! 제게 무명검법을 가르쳐주시겠습니까?"

"이미 그대는 무명검법을 익혔네. 방금 나를 대하는 순간 그대가 갑갑해 하던 마음의 벽이 뚫리지 않았는가? 세상이 크게 열리지 않았는가?"

무명선사는 동굴 아래 펼쳐진 너른 세상을 손으로 가리키며 환하게 웃었다.

"예, 선사님! 선사님을 대하는 순간 마음에 쌓였던 그늘이 모두 사라졌습니다. 과연 아까 이 산으로 오를 때와 지금 보는 저 너른 세상이 달라 보입니다."

담덕도 동굴 아래 펼쳐진 드넓은 자연의 세계를 바라보며 어떤 감동으로 몸을 부르르 떨었다.

"오늘의 만남이 우리에게 이런 세상을 보여준 것이야. 40여 년 기다린 끝에 얻은 큰 깨달음이 아닐 수 없네."

"저를 만나기 위해 40여 년의 성상을 기다려오셨다구요? 저는 아직 열다섯 살밖에 안 됐습니다."

정신을 가다듬은 담덕이 무명선사를 정면으로 응시했다.

"그대는 이미 우리 고구려가 오래전부터 기다려온 인재일세. 나는 불과 40여 년이지만, 고구려 백성들은 수백 년의 세월을 오매불망하며 기다려왔지."

무명선사의 목소리는 공명 현상을 일으키듯 떨려서 나왔다. 밝은 빛에 보니 담덕은 분명 고구려 왕실의 피를 이어받은 왕손임에 틀림없었다. 담덕의 얼굴에서 그는 부왕인 미천왕의 모습을 언뜻 보았던 것이다. 바로 그 순간, 자신이 연나라 모용황에게 가서 굴욕을 당하면서 유해를 되찾아왔던 그때의 기억을 떠올리지 않을 수 없었다.

"선사님, 그러면 저를 제자로 받아주시는 겁니까?"

담덕은 무명선사의 말이 도무지 믿어지지 않아 다시금 확인을 하고 싶었다.

"우리 저기 나무 그늘에 가서 이야기하세."

무명선사는 동굴 앞마당의, 호수가 잘 내려다보이는 곳에 서 있는 소나무 그늘로 담덕을 이끌었다. 그늘에는 나무 평상이 놓여 있었다.

두 사람은 곧 호수를 바라보는 자세로 평상에 나란히 앉았다. 무명선사는 소금장수 을불, 즉 미천왕의 이야기를 담덕에게 들려주었다.

고구려 제14대 봉상왕은 성질이 포악하고 교만하며 의심이 많은 인물로, 왕위 자리를 빼앗길까 두려워 숙부인 안국군 달가와 동생인 고추가 돌고를 죽였다. 이때 돌고의 아들 을불은 해를 입을까 두려워 궁궐에서 도망쳐 변장으로 하고 남의 집 고용살이와 소금장수 노릇을 하며 세월을 보냈다. 그러던 차에 국상 창조리가 봉상황을 폐위시키고, 을불을 찾아내어 왕위에 오를 수 있게 했다. 그가 바로 미천왕인데, 즉위한 해 12월에 동방에 혜성이 나타났다. 미천왕은 서쪽으로 현도와 요동의 서안평, 낙랑을 공격하여 고구려의 영토를 크게 넓혔다. 이때 고구려 서변의 연나라 선비족들은 크게 위축되어 감히 고구려를 넘볼 생각조차 하지 못했다.

무명선사는 미천왕의 대를 이은 고국원왕 재위 시에 연나라 모용황에게 굴욕적인 패배를 당한 일, 그리고 부왕인 미천왕의 유골은 찾았으나 끝내 태후와 왕후를 귀국시키지 못한 채 결국 자신도 부여 땅을 전전하게 된 이야기를 털어놓았다.

　　담덕은 그 말을 듣고 놀라 벌떡 자리에서 일어나 큰절을 했다.

　　"그러면 선사님께서는 사사롭게 저의 숙조부가 되시는군요? 미처 알아뵙지 못한 점 송구스럽습니다. 종손 담덕이 작은할아버님께 인사 올립니다."

　　"허허 헛, 그런 셈이 되나? 난 그대의 얼굴을 대면하는 순간 부왕이신 미천대왕의 모습을 떠올렸다네. 그래서 문득 미천대왕 이야기를 들려주고 싶었던 것이야. 태후와 왕후께서는 연나라의 볼모가 된 지 13년 만에 귀국했다고 들었는데, 그때 왕후께서 다시 아들을 낳아 바람 앞에 등불 같았던 고구려 왕실의 명줄을 이어갔구면. 지금의 대왕이 그때 태어났고, 그대와 같은 왕손을 이 세상에 보내주었다. 이는 바로 우리 고구려의 큰 축복이 아니고 무엇이겠는가? 이름이 담덕이라 했지?"

　　"예, 선사님! 아니, 숙조부님!"

　　담덕은 얼떨결에 무명선사에 대한 호칭을 어떻게 해야 할지 몰라 얼버무렸다.

　　"나도 예의를 갖추어야지. 우리 고구려의 천손이신 담덕 태자 전하께 인사 올립니다."

무명선사가 벌떡 일어나더니 평상에서 내려와 두 손을 모아 잡고 정중히 하정배를 했다.

"숙조부님, 이러시면 안 됩니다."

담덕이 엉겁결에 일어나 절을 하는 무명선사를 말렸다.

"허허허, 헛! 처음이니 격식은 갖추어야지요. 허나 이제부터 무명검법을 배우기 위해 사제지간의 예로 대하겠습니다."

무명선사는 아주 기분이 좋았다.

"예, 사부님! 저를 제자로 받아주셔서 감사하옵니다."

"오늘은 참으로 좋은 날이다. 산 아래 도장으로 내려가 다 함께 잔치라도 벌이자꾸나."

무명선사는 담덕과 함께 산 아래를 향해 천천히 발걸음을 옮겼다. 두 사람의 발걸음은 날아갈 듯 아주 가벼웠다. 하늘에는 새털구름이 한가롭게 떠서 유영하고 있었다.

8

무명선사는 이제 동굴로 돌아가지 않고 산막도장에서 담덕을 비롯한 제자들에게 무명검법을 가르치는 일에 몰두했다.

"이제야 무명검법이 완성되었다. 나는 무명검법을 스무 단계까지 완성해 놓고 마지막 스물한 단계가 풀리지 않아 오래도록 고심해 왔다. 그런데 담덕을 만나고 나서야 그 마지막 단계를 해결할 수 있었다. 내가 기다리던 태백성이 담덕임을 알아본 것은, 바로 그가 그런 깨달음을 주었기 때문이다. 우리는 이심 전심으로 마음이 통했던 것이다."

무명선사 앞에는 산막도장의 제자들이 모두 모여 경청하고 있었다. 도장 마당에는 산막 식구들이 단 한 명도 빠지지 않고 다 모여 있었다. 담덕과 함께 온 마동과 김슬갑은 물론이고, 부여 우가의 족장 휘하에 있는 대사자 아진비의 부인 일행까지도 모두 나와 무명검법을 배우기로 한 것이었다. 검법을 익히는 데는 따로 남녀의 구분이 없었다. 처음부터 소진과 수빈이 그랬듯이, 부여에서 피신해 온 귀부인과 소저도 자연스럽게 무명선사의 제자가 되었다.

"무명검법의 마지막 단계가 무엇이옵니까?"

무술사범 우적이 조심스럽게 물었다.

"공심지검空心止劍! 마음을 비우고 칼을 그친다. 줄여서 심검心劍이라고 한다."

무명선사의 말은 칼로 허공을 내리긋듯 단호했다.

"사부님! 공심지검이란『손자병법』의 삼십육계인 주위상走爲上과 어떻게 다른 것인지요?"

이렇게 묻는 담덕의 눈에서 총기가 빛났다.

"담덕아! 네가 거기까지 이해를 했느냐? 흐음, 삼십육계는 흔히 달아나는 것이 제일이라고 알고 있다. 이때의 '상上'은 '선善'의 뜻이다. 위기에 처했을 때 장군은 자신과 휘하 군사들의 피해를 최소한으로 줄이기 위해 삼십육계를 쓴다. 이것은 비겁함이 아니라 피아간에 피를 흘리지 않는 최선의 방책이다. 그래서 손자는 자신의 병법 삼십육계 중 가장 중요한 것이 마지막 단계인 주위상이라고 여겼다. 그러나 나의 무명검법에서 스물한 번째, 즉 마지막 단계의 공심지검은 마음을 비워 나와 상대 모두가 칼을 그치도록 하는 방책이다. 전쟁이 아닌 평화, 원한이 아닌 화해, 대결이 아닌 친화, 이런 것이라고 말할 수 있다. 삼십육계의 주위상은 일시적인 위험을 피함으로써 후일을 도모하자는 것이므로 마무리의 방책으로는 미흡함이 있다. 그래서 나는 오래도록 동굴 속에 들어가 면벽수도하며 마지막 단계의 무명검법을 연구하기 위해 잠심몰두해 온 것이다. 그리고 내가 오래 기다려온 귀인 태백성, 바로 담덕이 그것을 깨닫게 해주었다."

"사부님, 제가 감히 어떻게……?"

담덕은 무명선사가 대놓고 자신의 이름자를 대자 무안한 생각이 들어 얼굴까지 붉어졌다.

"내가 처음에 네게, 무엇이 갑갑해 나를 찾아왔는가 묻지 않았느냐? 그때 네가 마음이 갑갑하니 마음의 벽을 뚫어달라고 했다. 바로 그 순간에 나는, 오래도록 풀리지 않고 전전긍긍하던 벽을 제거하고 새로운 세계의 문을 여는 방법을 깨달았느니라. 원래 인간은 선천적으로 마음의 벽이란 게 없었다. 사람과 사람 사이에서 후천적으로 인위에 의해 마음의 벽이 생겨났을 따름이다. 실상은 그 벽 때문에 인간들끼리 시기와 질투를 하고, 나라끼리 전쟁을 벌여 아까운 목숨을 잃는 일이 이 세상에서 비일비재하게 일어나고 있는 것이다. 이러한 자연의 법칙에 위배된 욕망의 도가니 속 같은 현실을 어쩌면 타개할 수 있을 것인가? 그것이 내가 무명검법을 연구한 궁극의 목표였다. 이율배반적인 얘기 같지만, 사람을 살상하는 무기인 칼로 어찌 사람을 살리는 세상을 만들 수 있겠는가? 그러나 있다. 덕을 지닌 사람이 강한 칼을 가지면 너와 내가 화평하고, 나라와 나라가 평화로운 세상을 만들 수 있다. 무명검법의 스물한 번째 단계인 공심지검, 즉 심검은 궁극적으로 그런 세계에 이르는 방책이다."

무명선사는 그러면서 제자들을 천천히 둘러보았다.

"칼을 그치고 어찌 상대의 칼에 맞설 수 있사옵니까?"

선재가 물었다.

"내가 강함을 보여주면, 내가 칼을 버려도 상대가 감히 공격을 하지 못한다. 내가 칼을 그친다는 것은 상대를 공격하지 않겠다는 뜻이므로, 상대도 칼을 거두게 된다. 이것이 바로 둘이 하나가 되는 세상을 이름이요, 홍익인간의 사상이 말해 주는

'널리 세상을 이롭게 하는 일'인 것이다. 조선을 세우신 단군왕검의 후손이 바로 부여나 고구려의 백성들이고, 우리는 그 건국사상인 홍익인간의 이념을 실천할 임무를 부여받았다. 그러나 작금의 세상을 돌아보라. 같은 민족의 뿌리인 부여와 고구려가 경계를 그어 대립하고, 또한 고구려에서 나온 뿌리인 백제가 형제 나라인 고구려를 괴롭히고 있다. 저 중원 동북 방향에서 일어선 우문씨·탁발씨·모용씨 등 선비족들은 또한 어떠한가? 호시탐탐 동쪽의 고구려와 부여를 노리고 있질 않는가? 그뿐인가? 저 북방의 도적떼 같은 거란의 무리들은 고구려와 부여의 변경을 쳐서 재물을 약탈하고 마구 인명을 해치고 있질 않은가? 이 우환을 어찌 바로잡을 것인가? 그 문제를 해결하기 위해 나는 무명검법을 연구하는 데 일생을 바쳤다. 나도 처음에 무명검법을 연구할 때는 칼을 강하게 하여 상대를 제압하는 데만 생각이 미쳤었다. 그러나 결코 그것은 옳은 길이 아님을 알았다. 칼로 일어서면 칼로 망한다는 말이 있지만, 결국 칼로 상대를 제압하면 언젠가는 반드시 상대의 칼이 나를 공격하는 상황이 벌어질 것이다. 각 나라의 역사는 그렇게 일진일퇴의 치고받는 전쟁으로 점철되어 왔다. 결국 원수는 원수를 낳고, 그 후세로 넘어가서도 서로 악연은 되풀이될 수밖에 없다. 과연 이 원한의 고리를 어떻게 끊을 것인가? 그것을 나는 무명검법의 스물한 번째 단계인 공심지검에서 찾은 것이다. 따라서 이제부터의 수련은 칼을 강하게 하되, 상대를 죽이는 칼이 아니라 살리는 칼을 다루는 법에 매진토록 할 것이다. 다시 강조하는 바이지만, 나의 칼이 강하면 상대는 덤비지 못한다. 그런즉 내가 마음을 비우고 먼저 칼을 그침으로써 상대와 화해를 하면 되는 것이다. 이제 나의 무명검법을 그대들이 제대로 익혀 화평의 세계, 홍익인간의 세상을 만들어가야 한다."

무명선사는 확신에 찬 표정으로 제자들을 바라보았다.

"사부님! 심검은 곧 활인검을 뜻하는 것이 아니옵니까? 저는 어린 시절부터 무술을 연마하면서 그 동작 하나하나가 모두 찌르고 베는 살생의 방법이기에 마음속에 늘 의문을 가지고 살았습니다."

담덕의 말에 무명선사의 눈빛이 날카로워졌다.

"그 의문이 무엇인가?"

"상대를 죽이기 위해 무술을 연마하는 것이 이 세상에서 과연 무슨 의미를 가지는가, 그런 생각으로 계속 무술을 연마한다는 것은 결국 증오심만 키우는 것이 아닌가, 그리고 그 증오심으로 인하여 주변에 더욱더 많은 적을 만드는 결과만 낳지 않겠는가, 이러한 질문을 수없이 해왔습니다. 답이 없었습니다. 전쟁터에서 사로잡았던 적을 살려준 적도 있지만, 결국 그런 자비심이 적을 이롭게 하는 것이라면 선행이 도리어 악재가 되어 돌아오는 것 아니겠습니까? 몇 해 전 우리 고구려가 요동과 현도를 공략했을 때 부왕께선 항복한 적군과 백성 1만을 국내성까지 포로로 삼아 끌고 왔습니다. 여기 있는 김슬갑도 그들 중 한 명이었습니다. 그때 저는 감히 대왕 폐하께 포로는 몰라도 백성들까지 볼모로 잡아가는 것은 부당하다고 간언했지만, 그것이 오히려 대왕 폐하를 진노케 했습니다. 전에 연나라 모용황이 고구려 백성 5만을 볼모로 삼아 용성까지 잡아갔기 때문에 보복을 하지 않으면 분이 안 풀린다는 것이 바로 그 이유였습니다. 당시에는 저도 어려서 대왕 폐하께 더 이상 제 주장을 펴지 못했습니다만, 그러한 보복은 나중에 또 다른 보복을 불러와 끊임없는 전쟁을 일으키는 도화선이 되지 않겠사옵니까? 사부님께선 공심지검을 통하여 전쟁을 화평으로 바꿀 수 있다고 말씀하셨는데, 과연 현실에서 그것이 가능할지 의문입니다."

"가능하다. 먼저 내가 강해야 하는 것은 두말할 필요가 없고, 그다음에는 인내가, 그다음에는 덕행이 베풀어져야 한다. 덕행이란 활인검의 정신을 바탕에 두고 있으며, 무명검법의 궁극적 목표인 공심지검 또한 같은 이치라 할 수 있다. 나도 지금까지 담덕의 말처럼 무명검법을 연구하면서 수도 없이 살생과 상생에 대해 생각해 봤다. 그러면서도 지금까지 이곳 산막도장에서 제자들에게 가르친 것은 살생의 방법이었던 것이다. 내가 살기 위해선 상대를 죽여야 한다. 그것이 칼의 논리다. 그러나 이제 공심지검을 터득한 만큼 무명검법을 통해 상생의 도를 가르치려고 한다. 강한 무력으로 상대를 누르되 겁만 줄 뿐 가능하면 살생은 하지 않는 방법을 터득토록 하는 것이다. 그것이 피아가 더불어 살 수 있는 유일한 방법이기 때문이다.”

무명선사는 산막도장에 비치된 병장기를 모두 꺼내 오게 했다. 산막 곁에 따로 마구간을 겸한 허름한 창고가 보였는데, 그곳에는 이 세상에서 사용하는 병장기 종류가 거의 다 비치돼 있었다.

흔히 ‘18반 무예’라고 하는데, 이는 갖가지 병장기의 종류를 이르는 말이었다. 즉 궁弓·노弩·창槍·도刀·검劍·모矛·순盾·부斧·월鉞·극戟·편鞭·간鐧·과戈·수手·차叉·파두鈀頭·면승투색綿繩套索·백타白打 등이 그것이었다.

무명선사는 젊은 시절 고구려 최고의 명장답게 ‘18반 무예’의 무기 중 다루어보지 않은 것이 없었다. 원래 검술과 궁술에 능했지만, 각기 다른 무기를 들고 나오는 상대를 제압하기 위해서는 그들이 다루는 병장기의 장단점과 기술을 필수적으로 익혀두어야만 했던 것이다. 따라서 그는 제자들에게 각자 병장기 두세 개씩은 능수능란하게 다룰 수 있도록 훈련을 시켰고, 나머지 병장기들은 어느 정도 손에 익어 상대의 공격에 대비할 수 있는 실력을 갖출 수 있도록 했다.

여름부터 겨울 초입에 이르도록 산막도장에서는 피땀 어린 무술 훈련이 계속되었다. 그야말로 강행군이었다.

눈이 무릎까지 쌓이도록 온 어느 날이었다. 무명선사는 자신이 전부터 면벽수도를 하던 동굴로 담덕을 데리고 갔다.

"이것은 내가 오래도록 간직하고 있던 보검이다."

무명선사는 동굴 속 어딘가에 숨겨두었던 보검을 찾아 담덕에게 건넸다.

"예, 사부님!"

담덕은 무릎을 꿇고 두 손을 들어 그 보검을 받았다. 보검 자루에는 용틀임 무늬와 삼태극이 뚜렷하게 새겨져 있었다.

"삼태극은 천·지·인 삼재三才를 뜻하는 우리 민족의 상징이다. 무명검법을 스물한 단계로 마무리한 것도 삼칠일에서 가져온 것이다. 이때의 칠七은 일월日月과 오행火水木金土을 뜻한다. 삼칠일은 단군신화에 의하면 곰과 호랑이가 동굴 속에서 쑥과 마늘을 먹으며 백 일을 견뎌 사람이 되고자 했는데, 곰이 삼칠일 즉 스무하루 만에 사람이 되었다 하여 신성시하는 숫자다."

"혹시 이 보검이 저와 같이 온 김슬갑의 아비 되는 분이 만든 것인지요? 그렇게 들었습니다만."

담덕이 조심스럽게 무명선사를 바라보았다.

"맞다. 언젠가 김슬갑이 옛날 얘기를 해서 기억이 나더군. 얼굴이 아비를 닮아서 금세 알아보았지."

"사부님, 실은 질 좋은 쇠를 많이 구할 수 있는 거상을 만날

광개토태왕 담덕

수 있을까 해서 김슬갑과 동행한 것입니다. 무기를 많이 생산하려면 질 좋은 쇠를 대량으로 구할 수 있어야 하니까요."

"질 좋은 쇠라고 했느냐? 이 세상의 쇠는 그 생산지에 따라 질적인 차이가 다소 있기는 하지만, 대장장이의 담금질에 따라 그 강도의 변화가 천차만별로 달라질 수 있다. 그러나 쇠에도 특별한 의미 부여를 해두는 것이 중요하다. 물질에서 정신을 얻는 야금술의 한 방법이지. 오래전에 나는 이 부여 땅에 들어와서 엿장수 노릇을 하면서 쇠를 모았다. 호미·곡괭이·낫·도끼·망치·부엌칼·무쇠솥 등등 농사를 짓고 음식을 만들다 날이 무뎌지거나 망가져 엿과 바꾼 그 쇠들을 모아 이 보검을 만든 것이다. 그러므로 이 보검에는 백성들의 피와 땀과 눈물이 배어 있다. 부여의 백성이나 고구려 백성이나 모두 단군왕검의 자손이다. 언젠가는 부여와 고구려의 경계를 없애 하나로 통일해야 한다. 나는 이 보검에 그런 뜻을 담아 김슬갑의 아비로 하여금 담금질을 열심히 하여 강한 쇠로 만들도록 했다."

"예, 그런 깊은 뜻이 이 보검 속에 깃들어 있는 줄 미처 몰랐습니다."

"김슬갑과 동행한 것은 잘한 일이다. 아마도 소진의 아비 우발이 소금거상으로 있는 염수에 가면, 혹시 그들과 상거래로 쇠를 다루는 대상단을 만날 수도 있겠지. 북흉노 지역인 금산(알타이) 일대의 쇠를 제일로 치는데, 김슬갑이 그쪽 출신이니 도움이 될 수도 있겠지."

"염수라고 하시면?"

"거란의 일족들이 무리지어 사는 패려 지역에 속한 곳인데, 요하 상류에서 대흥안령을 넘어가면 그 어느 지역에 있다고 하더군. 여기서는 선재가 자주 염수까지 소금거상 우발을 만나러 오갔으니 안내를 부탁하면 쉽게 찾아갈 수 있을 것이다."

무명선사는 그러면서 동굴 석실에 감춰두었던 서책을 꺼내 담덕에게 건넸다.

"이것이 무엇이옵니까?"

"내가 틈틈이 적어둔 무명검법의 비급이다. 이것은 기밀이니 누설되면 절대 안 된다. 노리는 자들이 많을 것이야. 담덕아, 네가 꼭 간직하고 있다가 국내성에 들어가면 비밀 장소에 숨겨두도록 하여라. 그리고 이것을 네가 전수할 수 있는 자만 찾아 확실하게 대를 이어 무명검법을 익히도록 해야 한다. 고구려 검술을 대대로 전해 주는 길을 찾아보아라."

"예, 알겠사옵니다."

담덕은 무명검법의 비급을 무명선사, 즉 무 왕제로부터 전해 받았다.

"이제 여기서 나와 이별을 해야겠다. 금후 나는 이곳을 떠나지 않을 것이다. 산막도장에 내려가면 누구도 나를 만나기 위해 올라올 생각일랑 하지 말라 이르라. 지금부터 곡기를 끊고 선계에 들기 위한 기도를 드릴 터이니, 수빈 어미에게도 식사를 올려오지 말도록 단단히 일러두거라. 내 영혼은 선계로 들고 육신의 껍질만 남을 것이니, 그것을 불태워 이 산야에 뿌려라. 선계에서도 나는 장차 이곳이 고구려의 땅이 될 날을 기다리겠다.”

무명선사는 담덕을 일별하고 나서 동굴 벽을 향해 돌아앉아 좌선에 들어갔다.

“……사부님!”

담덕은 갑작스런 일이라 당황하지 않을 수 없었다. 그는 여러 번 같은 목소리로 불러보았다. 그러나 무명선사는 더 이상 대답을 하지 않았다. 그는 마치 돌부처가 되기라도 한 듯 미동도 없이 끝없는 적요의 무한공간 속으로 침잠해 들어가고 있었다.

제2장

소금과 철

1

무명선사가 곡기를 끊었다는 소식을 담덕에게 들은 소진과 수빈은 깜짝 놀라 가장 먼저 동굴로 달려갔다.

"사부님!"

소진은 동굴 입구에서 울음 섞인 목소리로 외쳤다.

"사부 할아버지!"

수빈도 얼굴에 온통 눈물범벅을 한 채 울부짖었다.

"선계로 들어가는 나의 길을 막는 자 누구인가? 당장 물러가라!"

무명선사의 호통은 동굴을 쩌렁쩌렁 울렸다. 그 목소리에는 감히 누구도 범접할 수 없는 위엄이 서려 있었다. 마치 한겨울 땅 위로 뻗쳐오르는 서릿발 같은 서기가 느껴졌다. 그래서 누구도 동굴 안으로 단 한 발짝도 들여놓을 엄두를 내지 못했다.

담덕은 무명선사가 자신에게 마지막으로 남긴 말을 기억하고 있었다.

"이레 만에 나는 선계에 들 것이니, 그러기 전엔 절대 나를 방해하지 말거라. 선계에 들고 나면 산신이 되어 영혼이 떠나니, 육신은 더 이상 나의 것이 아닌 껍데기에 불과하다. 그 껍데기를 태워서 땅으로 돌아가게 하라."

담덕은 산막도장의 모든 사람들에게 무명선사의 마지막 말을 전했고, 그들은 그 말을 믿게 되었다. 소진과 수빈도 처음 동굴로 뛰어올라갔다 내려와서는 더 이상 무명선사의 결심을 바꾸게 할 수 없음을 알고 이레 동안 소리 죽여 울기만 했다.

무명선사가 곡기를 끊고 면벽좌선을 시작할 때 아진비가 가족을 찾아왔다. 담덕 일행이 떠난 후 마가 족장의 아들이 군사들을 이끌고 집으로 들이닥쳤으나 한 발 늦었음을 알고 되돌아가서 일단 위험한 고비는 넘겼다고 했다.

꼭 이레가 지난 후 무명선사는 면벽을 한 채 좌선을 하던 자세 그대로 세상을 떠났다. 불교식으로 말하면 좌탈이었다.

제자들은 동굴 앞마당에 장작을 쌓고 그 위에 앉은 자세 그대로 무명선사의 육신을 안치했다. 일주일간 곡기를 끊은 것인데, 정말 영혼이 떠난 그 육신은 껍질만 남은 듯 아주 가벼웠다.

다비식은 간단히 끝났다. 여자 제자들은 다소 눈물을 흘렸으나, 남자 제자들은 엄숙하게 기도하는 자세로 하늘로 타오르는 불길을 지켜보았다.

　무명선사의 다비식을 끝낸 후 유골 가루는 동굴 주변에 뿌려졌다. 그러고 나서 다음 날 그의 제자들과 아진비 일행은 각자 간단하게 짐을 꾸린 후 산막을 불태웠다.

　담덕 일행과 산막도장 식구들은 모두들 소진의 아버지가 소금의 상권을 쥐고 있는 염수로 가기로 일정을 잡고 있었다. 그런데 산막도장을 떠날 때 아진비가 말했다.

　"일단 모두들 우리 집으로 가십시다. 며칠 쉬면서 정양을 한 후 염수로 떠나도 되지 않겠습니까?"

　담덕은 무술사범 우적을 비롯하여 주위 사람들을 두루 둘러보았다.

　"그게 좋겠습니다."

　우적이 찬동했다.

　곧 산막도장 식구들은 모두 아진비의 저택을 향해 길을 떠났다.

　아진비는 산막도장으로 식구들을 찾아갔을 때 아내가 살짝 귀띔해 주는 말을 듣고 담덕이 고구려 태자라는 사실을 알았다. 이때부터 두 사람은 은근히 담덕을 딸의 배필로 삼았으면 좋겠다는 생각을 갖게 되었다. 딸의 이름은 아미령이었다.

　아미령도 부모가 몰래 주고받는 말을 우연히 듣고 나서 담덕을 다시 생각하게 되었다. 목숨을 살려준 은인으로만 담덕을 대하고 있었는데, 부모가 자신의 배필로 점찍어 놓은 것을 안 뒤 차츰 연모의 정이 쌓여갔던 것이다. 얼마 전까지만 해도 고구려 태자라는 말을 듣고 감히 올려다보지도 못했으나, 부모가 하는 말을 엿들은 후 담덕이 은근히 그리움의 대상으로 마음 속에 자리를 잡았던 것이다.

담덕을 비롯한 산막도장 식구들은 일단 아진비의 저택에 머물며 쌓여 있던 노독을 풀었다. 저택의 후원은 넓었다. 소나무 숲으로 둘러싸인 너른 마당은 무술 연습을 하기에 딱 좋았다.

산막도장에서 무술 연습을 하던 대로 담덕 일행은 아진비의 저택에 머물면서도 무명검법 익히는 일을 게을리하지 않았다. 무명검법 21기技 중 격법擊法 11수와 자법刺法 9수가 있었다. 나머지 1수는 21단계인 공심지검, 즉 심검이므로 칼로 자르고 베는 연습보다 마음의 자세가 더 중요했다.

사실 무명선사가 마지막 백 일 동안 가르친 것은 격법 11수와 자법 9수였다. 일단 기본자세를 익힌 후에는 현란한 동작을 배제하고 철저하게 힘을 저축하여 일격을 가하는 검술의 정수를 연마하였다. 검술은 일종의 무예로서 춤동작이 기본이었다. 따라서 격법이나 자법에는 모두 동작 구성의 현란함, 즉 멋이 들어가 있었다. 동작과 동작 사이의 휴지가 춤의 곡선처럼 부드럽게 이어지기도 하며, 때론 차갑고 격하게 끊는 맛을 살려내기도 했다. 그러나 그러한 것들은 모두 허장성세에 불과할 뿐, 실전에서는 철저하게 동작을 아끼는 검술의 절약법이 유효했다.

무명선사는 제자들에게 기본기를 완벽하게 익히도록 한 후에 마지막으로 여러 동작을 한 동작으로 묶어 기교가 철저히 배제된 일격의 검법을 가르쳤다. 그 일격이란 고단수의 검법으로 무기교의 기교라고 할 수 있었다. 시종일관 안정된 자세를 유지하면서 찌르고 베는 동작이 전광석화처럼 빨라야만 했다. 그러한 칼의 속도감은 검술의 비법에서 나오는 것이 아니라 혹독한 수련과정과 고도화된 정신력의 집중에 의해 이루어진다고 할 수 있었다.

담덕 일행이 아진비의 저택에 머물게 되면서 후원의 너른 마당은 어느 사이 도장으로 변해 있었다. 이렇게 되자 아진비가 별도로 키우고 있던 사병私兵들과 저택에서 일하는 말구종이나 하인배들까지도 그들의 무술에 특별한 관심을 갖게 되어, 남몰래 숨어서 어깨너머로 배우려고 하는 자들이 많았다.

아진비도 지난번에 마가 족장의 아들에게 당한 적이 있어, 휘하 사병과 하인배들에게도 무술 훈련을 시켜 만약의 사태에 대비하는 것이 좋겠다고 생각했다. 그래서 담덕 일행이 며칠 저택에서 묵은 후 떠나려고 할 때 그들을 더 붙잡아두기 위해 다음과 같은 제의를 했다.

"공자님, 한 달만 더 머물다 가시면 안 되겠습니까? 마가 족장 아들이 우리 미령이를 탐내 다시 또 어떤 짓을 저지를지 모르는 상황이라 사병들과 말구종배들에게도 무술을 가르쳐야겠다는 생각을 했습니다. 산막도장에서 모두들 검술을 익히신 분들이니 좋은 스승이 될 것입니다. 무명검법이라 들었습니다. 우리 식구들에게 검술의 기본만이라도 익힐 수 있도록 도와주십시오."

아진비는 자신도 담덕이 태자인 것을 모르는 듯이, 전처럼 공자라는 호칭을 붙였다. 집안에선 모두들 그렇게 알면서도 모르는 것으로 통하고 있었다. 만약 고구려 태자가 부여 땅에 머물고 있다는 소문이 나면 심각한 문제가 발생할 수도 있기 때문이었다.

"내 마음대로 되는 것은 아니고, 일행들과 상의를 해보도록 하겠습니다. 또 따로 우적 무술사범이 계시니, 그분의 허락이 있어야 가능한 일이겠지요."

내심으론 담덕도 아진비의 제의가 반가웠다. 그 역시 은근히 아미령을 마음에 두고 있는 터라 가까이에서 한 달이나 더 볼 수 있는 좋은 기회였기 때문이다. 사실상 아진비도 식구들의 무술 지도를 핑계로 담덕 일행을 더 붙잡아 두려는 의도가 딸 아미령과 담덕 태자를 어떻게 맺어줄 수 있을까 고민하던 끝에 생각해 낸 방안이었으므로, 두 사람의 마음이 이래저래 통했던 것이다.

일행 중에서 담덕의 의견에 달리 이의를 제기할 사람은 없었다. 다만 한 사람, 수빈만은 은근히 걱정부터 앞섰다. 산막도장에 있을 때부터 품어온 의심이지만, 남몰래 담덕에게 보내는 아미령의 눈길이 예사롭지 않음을 느껴왔다. 여자로서의 직감이었다.

그때부터 수빈은 내심 아미령을 연적으로 여겨 은근히 경계의 눈길을 보내곤 했다. 그런 터에 아진비의 부탁으로 한 달간 더 머물게 된다고 하자, 그 기간 동안 담덕과 아미령 두 사람 사이가 더욱 가까워질까 그것이 두려웠던 것이다.

수빈은 마음이 조급해졌다. 담덕의 마음을 움직일 수 있는 사람은 무술사범이나 어머니도 아니고 오직 마동뿐이라고 생각했다.

마동이 담덕의 호위무사로 오래도록 그림자처럼 따라다녔다는 사실을 잘 알고 있는 수빈이었다.

"마동 오라버니! 우리 빨리 이곳을 떠나는 게 좋지 않아? 공자님께 말해서 소금호수 보러 가자, 응?"

수빈은 산막도장에 머물 당시부터 마동과 오누이 사이처럼 친하게 지냈다. 어려서부터 친모가 누구인지도 모르고 자랐던 마동은 밥이며 빨래까지 해주며 친절을 베푸는 소진을 친어머니처럼 생각했다. 소진 역시 마동을 자신의 친아들처럼 생각해 모성애가 느껴졌다. 그런 관계이다 보니 마동도 자연스럽게 소진의 딸 수빈을 손아래 누이처럼 생각하여, 피를 나눈 관계는 아니지만 다른 사람들 앞에서도 두 사람은 내놓고 오누이처럼 친하게 지냈다.

"글쎄, 공자님이 내 말을 들을까?"

마동은 충분히 수빈의 마음을 이해하고 있었다.

수빈은 담덕 앞에서 직접 자신의 마음을 드러내지는 않았지만, 소진이나 마동 앞에서는 스스럼없이 솔직한 감정을 드러냈다. 담덕이야말로 오래전부터 오매불망 기다리던 '백마 타고 온 왕자'라며, 언젠가는 자신의 신랑으로 만들겠다는 말까지 서슴지 않고 했던 것이다.

그런 수빈의 말을 들을 때마다 마동은 마음 한구석이 무너지는 느낌을 지우지 못했다. 오르지 못할 나무는 바라보지 말라는 말이 있듯이, 담덕과 수빈은 맺어질 수 없는 관계임을 너무도 잘 알고 있었기 때문이다.

수빈이 엉뚱한 고집을 부리며 담덕에게 시집을 가고야 말겠다고 벼를 때마다 마동은 연민의 정이 쌓여 애잔한 느낌마저 들었다. 날이 갈수록 그러한 정이 더욱 깊어지면서, 그것이 어느 사이 사랑의 마음으로 바뀌어가고 있었다.

"오라버니, 뭐 하고 있는 거야! 어서 공자님께 가서 말하라니까!"

수빈이 마동의 어깨를 흔들며 재촉했다.

"알았어, 말은 해볼게."

마동은 수빈의 부탁을 거절할 수 없었다. 분명히 담덕이 자신의 부탁을 들어주지 않을 것임을 알고 있었지만, 수빈을 위해서 나설 수밖에 없다고 생각했다.

결국 후원 마당에서 무술 연습을 하고 나서 숙소로 돌아왔을 때, 마동은 단둘이 있는 틈을 이용해 담덕에게 말했다.

"수빈이 어머님이 하루라도 빨리 염수로 가고 싶은 모양입니다. 수빈이도 그렇구요."

"하지만 이미 한 달 더 있겠다고 약속해 놓은 걸 번복할 수는 없지 않은가?"

담덕의 말에도 일리는 있었다.

"수빈이 어머니께선 염수에서 소금거상을 하는 부친이 있으니 빨리 가고 싶은 마음뿐이겠지요. 수빈이도 잠깐밖에 보지 못한 할아버지가 보고 싶기는 마찬가지일 것이고……."

마동이 이렇게 말끝을 흐린 것은, 더 이상 담덕에게 빨리 떠나자는 명분으로 내세울 것이 없었기 때문이다.

그런데 두 사람이 대화하는 것을 숨어서 엿듣고 있는 귀가 있었다. 기둥 뒤에 숨어 있는 수빈이었다.

"소진 아주머니야 부친과 오래도록 떨어져 있었으니 그럴 만도 하겠지. 하지만 마가 족장의 아들이 언제 또 나타나 행패를 부릴지 몰라 이 집 주인이 불안해 하고 있는데, 어찌 야박하게 떠날 수 있겠나? 우리는 전에 부인과 미령 낭자 모녀를 구해 준 적이 있고 그로 인하여 마가 족장의 아들에게 미움을 사게 됐으니, 마땅히 보호해 주어야 할 책임도 있지 않겠나?"

담덕의 말이 끝났을 때 기둥 뒤에 숨어 있던 수빈이 입을 삐죽 내밀며 작은 소리로 투덜거렸다.

"흥, 책임 좋아하네! 아미령이가 대체 뭔데?"

수빈은 저 혼자 화가 나서 어깨까지 들먹이며 씨근덕거렸다. 그러다가 너무 억울한 생각이 들어 눈물까지 찔끔 솟았다.

2

저택의 후원 뒤뜰에선 귀뚜라미가 울었고, 자작나무 숲에선 싸락눈을 뿌린 듯 희고 차가운 달빛이 부서져 내리고 있었다. 하늘을 향해 수직으로 올라간 자작나무들을 배경으로 한 후원 별당 뒷마당에선 수평으로 허공을 가르며 움직이는 춤사위가 조용한 가운데 빠른 동작으로 이어지고 있었다. 그것은 춤사위가 아니라 검무였다. 흰 모래땅에 뿌려진 달빛을 밟으며 옮겨 딛는 발놀림은 아주 가벼워 보였고, 긴 옷소매의 팔을 뻗어 허공을 긋는 칼끝에선 제법 날카로운 기세가 느껴졌다.

흰옷을 입은 검무 동작은 나비처럼 가벼웠다. 한일자로 야무지게 다문 입은 결의에 차 있었고, 정면을 노려보는 눈빛은 하늘에 뜬 별빛과 허공 어디쯤에선가 조우하여 새로운 섬광을 발하고 있는 듯했다. 그것은 칼이 허공을 가를 때마다 번쩍, 하고 빛나는 달빛의 반사광이었다.

한동안 검무는 달빛을 조율하며 직선과 곡선의 조합으로 이루어진 동작을 보여주더니, 칼끝이 허공 어디쯤에선가 멈추면서 동작 또한 정지했다. 검무 자세를 거두면서 언뜻 달을 바라보는 검객은 다름 아닌 후원 별당에 머물고 있는 아미령이었다.

그때 자작나무 숲속에서 박수 소리가 들려왔다. 아까부터 나무 뒤에 숨어 아미령이 검무 동작을 살펴보던 담덕이 몸을 드러내며 마당 가운데로 나섰다.

"어머!"

아미령은 어찌할 줄 몰라 고개부터 돌렸다. 담덕이 자신의 무술 연습 장면을 보고 있을 줄은 꿈에도 몰랐던 것이다.

"낭자의 검무가 너무 아름답습니다!"

담덕이 가까이 다가오며 미소를 지었다.

"공자님께서 숨어서 보고 계실 줄이야……."

아미령은 칼을 얼른 허리에 찬 칼집에 꽂고 두 손으로 얼굴을 가렸다.

"몰래 숨어서 본 것은 아니고, 자작나무 숲길을 걷다가 우연히 낭자의 검무를 봤을 뿐입니다. 실례가 되었다면 용서해 주시오."

담덕은 정중하게 허리를 굽혔다.

"아, 아니에요. 그런 것이 아니라……."

"산막도장에서보다 무술 실력이 아주 많이 늘었네요."

"어머, 그래요?"

"헌데, 낭자께선 어찌 그리 무술 연습을 열심히 하시는지요?"

담덕은 낭자와 함께 자작나무 숲을 걸었다. 수직으로 뻗어 올라간 자작나무 몸통들이 달빛을 받아 더욱 하얀 색깔로 빛났다.

"언제 또다시 마가의 무리들이 소녀를 공격해 올지 모르잖아요. 지난여름 공자님 덕분에 위기를 모면했습니다만, 그때 절실히 느낀 것이 자기방어 정도의 검술은 할 수 있어야 한다고 생각했어요. 호신용으로라도 배워둘 필요가 있다고……. 그래서 산막도장에서 무명선사께 무술을 가르쳐달라는 부탁을 했고, 어머니조차 그런 생각으로 함께 무술 연습을 한 것이지요."

아미령은 자신의 가슴을 두 손으로 끌어안듯 감싼 자세로 걸으며 말을 했다. 너무 떨려서 그렇게 하지 않으면 가슴이 터질 것만 같았던 것이다.

이렇게 두 사람만 호젓한 시간을 갖는 것은 처음이었다. 아미령도 떨려서 말을 할 때마다 호흡이 가빠왔지만, 담덕 역시 가슴이 두근거리기는 마찬가지였다. 담덕은 열다섯 살이었고,

아미령은 그보다 한 살 더 많은 열여섯 살이었다.

달빛에 드러난 아미령의 얼굴은 백옥처럼 희었다. 하늘에 뜬 달이 지상에 내려와 여인으로 현신한 듯싶었다. 담덕은 생전 처음 여인 앞에서 그런 생각을 해보았다.

바람이 자작나무 사이로 불어왔다. 이파리들이 몸을 떨 때마다 그 아래 땅으로 떨어지는 달빛 그늘이 물결처럼 흔들렸다. 담덕은 문득 코끝에 스치는 향기를 달빛 가루가 빚어내는 오묘한 자연향이라 생각했다. 그런데 다음 순간, 그것이 아미령의 몸에서 은은하게 풍겨 나오는 여성 특유의 향내임을 느꼈다.

"우리 고구려에선 여성들도 호신용으로 검술을 익힙니다. 모친은 무술에 뛰어난 분입니다. 어려서부터 나는 모친에게서 검술을, 부친에게서 궁술을 익혔지요."

담덕은 아미령에게 하고 싶은 이야기가 많았는데, 입에서는 엉뚱하게도 무술 이야기를 주절거리고 있었다. 그것이 그의 마음을 갑갑하게 만들었다.

"어머, 공자님 어머님께서 여장부이신 모양이네요."

"낭자의 검술을 보니, 칼과 팔이 따로 노는 것 같더군요. 그것은 검무입니다. 검술은 춤과 달라서 상대와 대결하는 것이므로 칼끝에 긴장을 심어야 합니다. 이때 칼과 팔은 하나가 되어야 합니다. 즉, 검의 끝을 자기 팔의 끝이라고 생각하는 것이 중요하지요. 대결을 할 때 자신의 칼끝이 상대의 급소를 찌르고 베는데, 그 느낌은 자신의 칼이 아닌 손끝이 급소에 가서 닿는 느낌이 들도록 해야 한다는 것이죠. 마음이 칼끝으로 모두 모아져야 합니다. 명궁은 저 멀리 있는 과녁에 자신의 마음이 가 닿는다는 느낌이 들도록 활을 당깁니다. 화살은 바로 자신의 마음인 것이지요. 그래서 마음이 흔들리면 화살은 과녁에서 빗나가게 됩니다. 칼 역시 자신의 마음이 목표한 곳을 향해 정확하게 뻗어 나갈 때, 칼끝이 상대의 급소에 자상을 입히는 것입니다."

담덕은 무술 연습을 할 때 스스로 터득한 이야기를 하면서, 다른 한편으로 이상한 생각에 몰두하고 있었다. 그가 말하는 칼이나 화살이 사실은 사랑의 언어가 되어 아미령의 가슴에 가서 꽂히기를 바라고 있었던 것이다. 그 순간만큼은 칼과 활이 사랑과 동의어에 다름 아니었다.

이때 아미령이 담덕을 향해 돌아서며 말했다.

"공자님, 소녀에게 무술 지도를 해주시면 안 되겠습니까? 사실 낮에 산막도장 식구들과 무술 연습을 함께 하고 싶으나, 집안에서 일하는 사람들까지 참여하고 있어 용기가 나지 않습니다."

아미령은 대담하게도 담덕의 얼굴을 똑바로 쳐다보았다.

"아, 그래서 낮에 후원에서 무술 연습을 할 때 낭자의 모습이 보이지 않았군요."

담덕은 집안의 사병들이나 하인들과 같이 무술 연습을 할 수 없는 아미령의 사정을 뒤늦게 깨달았다.

"소녀의 무술 사부가 되어주세요."

아미령의 말은 간곡했다.

그런데 담덕은 그 말을 전혀 다른 각도에서 받아들여, 아미령이 자신과 함께하는 시간을 간절하게 바라고 있다고 생각했다. 이심전심, 실은 아미령 역시 그런 마음으로 담덕에게 무술 사부가 되어달라고 청한 것이었다.

"좋습니다. 매일 밤 달이 뜰 무렵에 우리 이곳에서 만나지요."

"네, 공자님! 정말 고맙습니다."

"고맙긴요. 정작 고마워해야 할 사람은 납니다. 매일 밤 낭자를 만날 수 있다는 것만으로도 큰 기쁨이니까요."

담덕은 다음 날 만날 것을 약속하고 아미령과 헤어졌다.

그 이후 담덕과 아미령은 매일 밤 만나 무술 연습을 했고, 급기야 그 소문은 저택 내의 모든 사람들에게 알려지게 되었다.

아진비 부부는 은근히 기대를 걸고, 두 사람의 좋은 관계가 사랑으로 맺어지기를 간절한 마음으로 빌었다. 그러나 수빈만큼은 화가 치밀어 올라 도무지 견딜 수가 없었다.

"어머니! 우리 빨리 염수로 떠나요."

수빈은 소진에게 매달렸다. 담덕과 아미령의 사이가 더 가까워질 것 같아 불안하기만 했던 것이다.

"공자님의 허락이 떨어져야 떠날 수 있지 않겠느냐? 내 마음
대로 될 수 있는 일도 아니고……."

소진은 왜 수빈이 빨리 염수로 떠나자고 하는지 그 속내를
잘 알고 있었다. 그래서 말끝에 소진은 짧은 한숨을 깨물었다.
지금 딸 수빈은 남몰래 담덕을 연모하여 가슴을 애태우고 있었
다. 자신의 속으로 낳은 딸은 아니지만 소진은 피붙이 이상으
로 수빈을 아끼고 사랑했다. 어찌 됐든 자신은 오래전 고구려의
왕자비로 간택이 되지 못해 가출까지 했지만, 수빈 역시 태자인
담덕을 짝사랑하다 마음의 상처를 입을까 그것이 두려웠다.

신분상 담덕과 수빈은 맺어질 수 없는 관계였다. 그것을 잘
알기에 소진은 딸 수빈 몰래 한숨만 토해 낼 뿐이었다.

"어머니! 우리 내일이라도 떠나요. 외할아버지가 보고 싶단
말이에요. 우적 사부님과 함께 떠나면 되잖아요? 선재 삼촌은
이 집안 친척이니까 놔두고, 담덕 공자 일행도 내버려두고 우리
끼리 떠나자구요."

수빈은 마구 떼를 쓰며 소진에게 매달렸다.

"그래, 수빈아! 담덕 공자님을 여기 놔두고 떠날 자신 있니?"

"흥, 누굴 바보로 알아요? 이젠 담덕 공자를 봐도 모른 체할
거예요."

수빈은 입술을 비틀며 종알거렸다.

"좋아, 내일 우적 사부께 떠나자고 말씀을 드려보마."

소진은 그렇게 말해 놓고 나서 초저녁임에도 불구하고 먼저 잠자리에 든 척 이불을 머리끝까지 뒤집어썼다. 그러나 옆에서 잠을 청하는 수빈은 이리 뒤척 저리 뒤척 하면서 잠을 이루지 못하고 있었다.

들창으로 달빛이 비쳐 들고 있었다. 수빈은 달빛을 보자 후원 별당 뒷마당에서 담덕과 아미령이 무술 연습을 한다는 핑계로 만나고 있을 것만 같아 도무지 잠이 오지 않았다.

수빈은 소진의 고른 숨소리를 듣고 나서 몰래 방을 빠져나와 후원 별당으로 향했다. 남의 눈에 들키지 않도록 나무 그늘 사이로 숨어 살금살금 별당 뒷마당을 향해 접근해 갔다. 별당 기둥 뒤에서 담덕과 아미령이 한창 무술 연습을 하고 있는 뒷마당을 엿보고 있을 때였다.

그때 자작나무 숲에서 어른거리는 검은 그림자를 보았다. 수빈이 숨을 죽이고 좌우를 둘러보니 또 다른 검은 그림자들이 막 후원 담장을 뛰어넘고 있는 것이 보였다.

"앗, 공자님! 위험해요!"

수빈은 소리쳤다. 그러면서 동시에 손을 입으로 가져가 입술을 오므리고 휘파람을 불었다. 어린 시절 산막도장에서 자랄 때 심심해서 익혀둔 휘파람 솜씨였다.

마당에서 무술 연습을 하던 담덕과 아미령도 수빈이 외치는 소리와 휘파람 신호로 위험한 사태를 알아차렸다. 그러나 그때 이미 검은 복면의 그림자들이 두 사람을 에워싸고 있어 옴치고 뛸 수도 없는 상태가 되어버렸다.

수빈이 계속 휘파람을 불어댈 때였다. 누군가 뒤에서 입을 틀어막는 자가 있었다. 역시 검은 복면이 수빈의 입을 틀어막은 채 목에 칼날을 갖다 대었다.

"움직이면 죽는다!"

바로 그 순간, 수빈은 한 손으로 목에 들이댄 칼을 쳐내는 것과 동시에 뒷발길질로 상대의 낭심을 차버렸다. 방심하고 있던 사내는 칼을 놓친 채 사타구니를 움켜쥐며 주저앉았다.

수빈은 급히 숙소인 객사를 향해 달렸다. 주저앉았다 일어선 사내가 다시 칼을 집어 들어 수빈을 향해 날렸다.

"게 섰거라!"

그때 뒤에서 칼이 날아와 수빈의 옆구리를 스치며 지나갔다.

섬뜩한 아픔이 느껴졌지만, 수빈은 달리기를 멈추지 않았다. 어린 시절부터 험한 산속을 날짐승처럼 달리며 살았기 때문에 평지에서 두 발을 놀리는 것은 누구보다도 자신이 있었다.

수빈의 뒷발질에 낭심을 걷어차인 검은 복면이 쫓아올 틈도 주지 않고, 바람처럼 달려 눈 깜짝할 사이에 후원 별장을 벗어났다. 그녀는 옆구리에 자상을 입어 옷 밖으로 피가 배어 나오는 것도 모른 채 객사로 달렸다.

객사에 도착한 수빈은 무술 사부 우적의 방을 두드리며 소리쳤다.

"사부님! 빨리 나와 보세요. 담덕 공자가 위험해요!"

그 소리에 여기저기서 사람들이 방문을 박차고 뛰어나왔다. 초저녁이었으므로 모두들 깨어 있었던 것이다.

"담덕 공자님은 어디 있느냐?"

우적이 소리쳤다.

"후원 별당 뒷마당에요. 복면을 한 검은 괴한들이 습격했다구요."

수빈의 다급한 소리에 마동과 김슬갑, 선재도 칼을 들고 후원 별당을 향해 달려갔다.

방으로 뛰어든 수빈도 자신의 칼을 찾았다. 그때 불빛에 드러난 수빈의 흰옷에서 피가 배어 나오는 것을 보고 소진이 소리쳤다.

"아니 너, 이거 피가 아니냐?"

검은 괴한이 던진 칼이 수빈의 옆구리를 스쳤는데, 자상을 입은 상처에서 피가 배어 나와 옷 밖으로 번지고 있었던 것이다.

"지금 피가 문제예요? 담덕 공자가 위험하단 말예요."

수빈은 이미 방을 벗어나 별당을 향해 달려가고 있었다. 소진도 그때서야 정신을 차려 칼을 찾아 들고 수빈의 뒤를 따라 뛰기 시작했다.

3

검은 복면의 사내들은 담덕과 아미령을 둘러싼 채 좌우로 부산하게 움직였다. 두 사람을 향해 포위망을 좁혀오는 자들만 줄잡아 10여 명은 되어 보였다. 나머지 10여 명은 두 사람을 구출하려고 달려올 무장 세력을 방어하기 위해 별당 곳곳의 길목을 지켰다.

"당황하지 말고 침착해야만 합니다. 상대의 숫자가 많지만 한꺼번에 공격해 들어올 수 없으므로 일대일이라 생각하고 하나하나 차례대로 제거해 나가야 합니다. 성급하게 덤비지 말고 공격해 들어오는 적의 급소를 노리세요."

서로 등과 등을 마주 댄 담덕은 어깨 너머의 아미령을 향해 작은 소리로, 그러나 단호하게 말했다.

"공자님, 무서워요."

아미령이 떨리는 목소리로 속삭였다.

"겁먹을 필요 없습니다."

담덕이 말을 마치기 무섭게 검은 복면 사내들의 공격이 시작되었다.

달려드는 사내들을 향해 담덕은 가볍게 칼을 휘둘렀다. 한 칼에 두 녀석이 단말마의 비명을 지르며 엎어졌다.

"바로 저놈이 고구려 태자 담덕이다! 겁먹지 말고 쳐라!"

검은 복면 중 우두머리인 듯한 자가 소리쳤다.

담덕이 사방을 한 바퀴 돌며 살펴보니, 상대가 노리는 것은 아미령이 아니었다. 그들의 공격이 오직 담덕 자신에게만 집중되고 있었다.

'어떻게 저들이 내 정체를 알았지?'

문득 담덕은 이 저택에 사는 누군가가 저 정체 모를 복면 사내들의 첩자일 것이라고 생각했다.

두 명의 사내가 담덕의 한칼에 쓰러지자, 공격하라는 우두머리의 명이 떨어졌지만 누구도 함부로 덤벼들지 못했다.

휘리리릭!

그때 어디선가 밧줄로 된 올가미가 날아왔다.

"아앗! 어서 피하세요!"

담덕이 소리치며 몸을 낮추었으나, 그 밧줄은 어느 사이 아미령의 몸을 휘감았다. 동시에 밧줄이 당겨지며 아미령은 졸지에 검은 복면 사내들의 포로가 되고 말았다. 실로 어처구니없는 일이었다.

"담덕은 들어라. 네가 가지고 있는 무명검법 비급을 내놓지 않으면 이 여자를 죽일 것이다."

복면의 우두머리가 아미령의 목에 칼을 대고 협박했다.

이때 담덕은 검은 복면 사내들이 노리는 것이 아미령이 아니고 무명검법의 비급임을 알게 되었다.

아미령을 손아귀에 넣고 나자 검은 복면들이 사방에서 일제히 공격해 들어왔다. 그것이 담덕에겐 오히려 자유로웠다. 아미령과 같이 있었기 때문에 제대로 움직이지 못하다가, 이젠 혼잣몸이 되면서 얼마든지 칼을 휘두를 수 있는 공간을 확보할 수 있었던 것이다. 언제나 대결에선 자기 공간의 확보가 중요했다. 칼을 뻗을 수 있는 공간, 그것은 자유롭게 호흡을 할 수 있는 마음의 휴지와도 같은 것이었다.

담덕은 복면의 우두머리가 아미령을 포로로 잡고 있었지만 목적이 다른 데 있었기 때문에 일단 안심해도 좋다고 생각했다. 그래서 좀 전까지만 해도 방어자세를 취하다가, 사방에서 포위망을 조여 오는 검은 복면의 무리들을 향해 사정을 두지 않고 공격해 들어갔다.

담덕이 정면을 향해 공격의 칼날을 세웠지만, 쓰러지는 것은 그 옆이나 뒤에 있는 자들이었다. 공격의 자세는 바로 앞의 상대를 위협하기 위한 것이고, 그다음의 칼끝이 노리는 것은 다른 방향에서 공격해 오는 오는 적이었다. 여러 명과 싸울 때는 예민한 귀가 눈 역할을 해주어, 발자국 소리만 듣고도 시야에 들어오지 않는 적을 더 정확하게 쓰러뜨릴 수 있었다.

갑자기 후원 마당이 시끄러워졌다. 급히 달려온 마동이 수리검을 날리자 검은 복면의 사내들이 동시에 비명을 지르며 쓰러졌다. 뒤미처 우적과 선재가 우왕좌왕 갈피를 못 잡고 있는 복면의 무리들을 닥치는 대로 베어 넘겼고, 수빈과 소진도 달려와 합세를 했다.

마침내 마동의 수리검이 아미령을 포로로 잡고 있는 사내에게로 날아갔다. 순간 사내는 칼을 떨어뜨렸는데, 수리검이 칼을 쥔 사내의 오른팔 손목에 정확하게 가서 꽂혔던 것이다.

복면의 우두머리는 기겁을 하여 아미령을 땅에 그대로 팽개친 채 구르듯 후원 마당을 벗어나 담장을 넘었다. 그러자 살아남았던 무리들도 그 뒤를 따라 도망쳤다.

"낭자, 다친 데는 없소?"

담덕이 마당에 쓰러져 있는 아미령에게 달려가 두 손으로 일으켜 세우며 외쳤다.

"아아, 음……."

아미령은 몸을 제대로 가누지 못하고 그대로 담덕의 품에 안겨버렸다.

"이런! 기절해 버렸군!"

담덕은 아미령을 가슴에 안고 별당으로 향했다.

"아아!"

그때 그것을 목격한 수빈이 또한 칼을 떨어뜨리며 쓰러졌다. 허리 쪽에서 흘러나온 피가 옷 밖으로까지 번져 뚝뚝 떨어지고 있었다.

"마동아! 어서 수빈이를 부탁한다."

담덕은 수빈이 크게 다친 것을 보고 마동에게 숙소로 데려가 응급처치를 해주라는 당부도 잊지 않았다.

이때 수빈은 살짝 실눈을 뜬 채 담덕이 아미령을 안고 별당으로 향하고 있는 뒷모습을 바라보았다.

'흥! 미령 낭자밖에 안중에 없단 말이지!'

수빈은 마음속으로 외치다가 끝내는 기력이 쇠진해 의식조차 가물가물해졌다. 그 순간, 두 눈에 맺혀 있던 눈물이 볼을 타고 주르르 흘렀다.

마동은 곧 축 늘어진 수빈을 안고 숙소로 달렸다.

"수빈아! 제발 정신 차려라!"

마동은 수빈의 허리에서 흘러나오는 피를 보고 마음이 다급했다.

숙소로 돌아온 마동은 수빈을 눕혀놓고 상처가 난 허리에 쑥을 뜯어다 짓이겨 지혈을 했고, 소진은 자신의 치맛자락을 찢어 수빈의 허리에 둘둘 말아 상처를 싸매 주었다.

그날 아미령은 잠시 기절했다가 얼마 되지 않아 깨어났지만, 수빈은 피를 많이 흘려 다음 날 새벽녘에야 정신을 차렸다.

"이제 정신이 드니?"

마동이 걱정스런 눈빛으로 물었다.

"오라버니가 왜 여기 있어? 담덕 공자님은?"

"수빈아! 넌 담덕 공자님밖에 모르니? 밤새도록 네 곁을 지키며 간호를 해준 사람이 누군데?"

마동의 말이 끝나기 무섭게 담덕이 방 안으로 들어왔다.

"수빈인 좀 어때?"

담덕이 물었다. 방금 눈을 뜨고 종알대던 수빈은 짐짓 깨어나지 않은 체 눈을 감아버렸다.

"얘 좀 봐! 네가 좋아하는 담덕 공자님이 오셨다. 어서 눈 좀 떠봐!"

마동이 혀를 끌끌 차며 수빈의 몸을 흔들었다.

"놔둬라! 피를 너무 많이 흘려 회생이 늦는 모양이다."

"무슨 말씀이세요? 방금 전까지 또랑또랑한 목소리로 말만 잘했는데……."

"잠시 정신이 돌아왔던 모양이지. 좀 더 안정을 취해야 하니 수빈이는 소진 아주머니에게 맡기고, 마동아 너는 우리 방으로 가자. 긴히 할 얘기가 있다."

담덕은 마동을 이끌고 자신이 머물고 있는 객사의 방으로 갔다. 거기, 수빈과 소진을 뺀 일행들이 모두 모여 침통한 얼굴을 하고 있었다.

"우리가 얘기하는 동안 마동이 너는 문밖에 신경을 곤두세우고 있거라. 분명 우리의 이야기를 몰래 엿듣는 자가 있을 것이다."

담덕은 자리에 앉기 전에 마동에게 귓속말로 이야기했다.

그때 크게 기침을 두어 번 한 무술사범 우적이 먼저 의견을 제시했다.

"일단 담덕 태자 전하의 정체가 저들에게 알려진 이상 이곳에 더 머물러 있을 이유가 없습니다. 이곳은 부여 땅. 고구려 태자가 머무르기엔 위험한 곳입니다. 당장이라도 이곳을 떠나야 합니다."

"사범님. 저들이 누구인지 모르지만 나보다 무명검법 비급이 목적인 것 같습니다."

담덕이 말했다.

"저들은 아마도 담덕 태자 전하와 비급, 둘 다 노리고 있을 것입니다. 전하께서는 사범님 말씀대로 어서 이곳을 떠나셔야 합니다."

이번에는 선재가 나섰다.

"허나, 수빈이의 상처가 심해서 며칠 병간호를 받아야 할 것 같은데……."

담덕은 자신의 위험보다 수빈이 빨리 회복되기를 바라는 마음이었다. 검은 복면들의 습격을 알고 가장 먼저 소리를 쳐서 자신을 구해 준 것이 수빈임을 담덕은 모르지 않았다.

그때였다. 마동이 문을 열고 튀어나가며 소리쳤다.

"웬 놈이냐!"

문 가까이에 숨을 죽인 채 방 안의 소리를 엿듣고 있던 사내가 막 기둥 뒤로 돌아가고 있었다. 새벽이 밝아오고 있었지만 아직 어두운데도, 마동은 달려가며 사내를 향해 정확하게 수리검을 날렸다. 수리검은 여지없이 사내의 목덜미에 가서 정통으로 꽂혔다.

　"허억!"

　사내는 몇 발짝 더 달아나지 못하고 쓰러졌다.

　방 안에 있던 담덕 일행도 밖으로 뛰어나와, 쓰러진 사내의 얼굴을 확인하고 있는 마동에게로 달려갔다.

　"아니, 이자는 집사가 아닌가?"

　선재가 소리쳤다.

　"그, 그냥, 지, 지나가던 길이었습니다. 엿들은 것이 아닙니다."

　사내는 저택의 주인 아진비의 집사였다. 산막도장에서 같이 무술을 배운 처지라 전혀 의심하지 않았는데, 무슨 내막이 있는 게 분명했다.

　담덕 일행에게 집사가 잡히자, 저택은 발칵 뒤집혔다. 그렇지 않아도 복면 괴한의 침입 사건 때문에 뜬눈으로 밤을 새운 아진비가 그 소식을 접하고 급히 객사로 달려왔다.

　"대체 어찌 된 일이오?"

　아진비는 담덕 일행에게 붙잡혀 밧줄에 몸이 꽁꽁 묶여 있는 집사를 보고 놀라지 않을 수 없었다.

"이자가 어젯밤 검은 복면의 무리들과 내통을 한 모양입니다. 검은 복면들은 나와 무명검법 비급을 노리고 있었습니다. 이 집 안에서 그 비밀을 알고 있는 사람은 우리 일행과 이자밖에 없습니다. 무슨 목적으로 검은 복면들과 내통을 했는지 알아봐야겠습니다."

담덕의 말에 아진비는 비통한 얼굴로 집사를 바라보았다.

"네 이놈! 네가 나와 한솥밥을 먹은 지 20년이 넘었다. 헌데 네가 이럴 수 있느냐?"

"어르신! 저자들은 고구려 놈들입니다. 특히 담덕은 고구려 태자로, 감히 우리 부여 땅을 밟았습니다. 우리 부여를 우습게 아는 것이 아니고 무엇입니까? 더구나 담덕은 무명선사가 쓴 무명검법 비급을 가지고 있습니다. 그것이 고구려에 들어가면 우리 부여는 매우 위험해집니다. 지금이라도 늦지 않았습니다. 저놈들을 모두 잡아 부여의 궁궐로 끌고 가야 합니다."

수리검을 뽑은 목덜미에서 피가 줄줄 흘러나오는 데도 불구하고, 집사는 자못 당당하게 목소리를 높였다.

"이놈이? 이분들은 내가 모셔온 귀빈들이다. 네가 어찌 나를 배반하고 이 같은 짓을 저지를 수 있느냐? 너와 내통한 검은 복면들의 정체는 대체 누구냐?"

아진비가 소리쳤다.

"이제 와서 무엇을 숨기겠나이까? 마가 족장의 아들과 그의 졸개들입니다. 대사자 어르신께서 미령 낭자의 배필로 담덕, 저 자를 생각하고 계시다는 것 다 압니다. 그러나 고구려 놈에게 미령 낭자를 빼앗기느니 마가 족장의 아들을 배필로 삼는 것이 어르신께도 좋은 일 아니겠습니까?"

"무엇이? 등잔 밑이 어둡다더니, 네놈이 바로 마가의 첩자였 구나. 품 안에 날아드는 짐승은 죽이지 않는다 해서 의지가지 없는 네놈을 받아들였더니, 오지랖도 넓게 은혜도 모르는 호랑 이 새끼를 키운 꼴이 됐구나!"

아진비는 너무 어이가 없어 하늘을 쳐다보며 한탄했다.

4

아진비는 그날로 담덕 일행이 떠난다고 하자 당혹스러운 표 정을 감추지 못했다. 마가의 첩자 노릇을 한 집사 때문에 더 이 상 일행을 붙잡아둘 면목이 없었던 것이다. 추국하는 과정에서 태장을 당해 기절한 집사는 일단 창고에 가두어둔 상태였다.

"저놈이 아직 제대로 입을 열지 않는데, 어찌 마가 무리의 첩 자 노릇을 했는지 알고 나면 살려두지 않을 생각입니다. 그러하 오니 태자 전하께서는 노여움을 푸시고 충분히 안정을 되찾으 신 후 떠나시는 것이 어떠하올는지요? 일행 중 다친 사람도 있 으니 염려가 되어 말씀드리는 것이옵니다."

아진비가 담덕을 향해 간곡하게 말했다.

"말씀은 고마우나 이미 나의 신분이 노출된 이상 하루빨리 이곳을 떠나는 것이 좋을 것 같습니다. 수빈이 허리를 다쳤으니, 하루 정도 더 이곳에 머물면서 차도가 있으면 곧 떠나겠습니다. 수고스럽겠지만 말과 수레 한 대만 준비해 주시기 바랍니다."

담덕이 이렇게 나오자 아진비도 더 이상 할 말을 찾지 못했다.

다음 날 아침, 수빈은 자리를 털고 일어났다. 그사이 허리의 상처가 나은 것은 아니지만, 하루라도 빨리 아진비의 저택을 떠나기 위해서는 그 방법밖에 없었다.

"그만하길 다행이다."

담덕이 수빈에게 말했다. 옆에서 마동이 수빈을 부축하여 아진비가 마련해 준 두 마리의 말이 끄는 수레에 오르도록 했고, 그 옆자리에 소진이 탔다. 나머지 일행은 각자의 말에 올라 급히 저택을 떠났다.

먼저 마가의 무리들이 추격을 해오기 전에 부여 국경을 벗어나는 것이 급선무였다. 선재는 염수의 소금대상이 된 우발을 만나러 자주 오간 적이 있기 때문에 길을 잘 알았다.

"태자 전하! 마가 무리들을 따돌리려면 조금 우회를 하더라도 일단 고구려 서북 변방 쪽으로 길을 잡는 것이 좋겠습니다.

그 북쪽에 거란족들이 여러 군데 무리를 이루어 살고 있는데, 거란의 일족인 비려 땅에 바로 염수가 있습니다."

"그렇게 하십시다!"

선재의 말에 담덕이 동의했다.

다행히도 부여와 고구려 국경을 넘는 동안 추격하는 마가의 무리들과 조우하지는 않았다. 선재의 우회작전이 맞아떨어졌던 것이다.

고구려 서북 변방으로 들어섰을 때였다. 수레에서 밖을 내다보던 소진은 낯설지 않은 풍경들을 바라보다가 오래전 거란의 비적들이 고구려 변방 8개 부락을 불태우고 재물을 약탈해 간 기억을 떠올렸다. 바로 수빈의 고향이 그곳이었던 것이다.

수빈은 허리의 상처 때문에 아직 통증이 가시지 않았지만, 정신을 차리고 재잘거리며 말도 할 정도로 몸이 회복된 상태였다.

"수빈아! 여기가 바로 네 고향이다."

소진은 어떤 감회로 인해 자기도 모르게 눈물이 흘렀다.

"어머니! 정말이에요?"

"그래! 이전에 이야기했지? 갓난아기인 너를 처음 만난 곳이 이곳이란다. 그때 거란의 비적들이 온통 휩쓸고 지나가 잿더미가 되었던 마을이 이젠 평온을 되찾은 농촌으로 변했구나."

소진은 곡식이 익어가는 풍요로운 들판을 바라보았다. 수빈도 무슨 생각을 하는지 말이 없어졌다.

담덕 일행은 요하 상류에서 강을 건넜고, 그 강줄기를 경계로 하여 이미 고구려 국경을 벗어난 상태였다. 강 건너 서북쪽으로는 광활한 평야지대가 펼쳐져 있었다. 강을 벗어나면서 초원지대가 나타났다. 농가 인근의 밭에는 고개 숙인 수수들이 추수를 기다리고 있었고, 들판에는 군데군데 방목을 하는 양과 말 떼들도 보였다.

낮은 구릉으로 이루어진 초원지대가 끊어지고 나자, 멀리 지평선이 바라보이는 벌판이 펼쳐져 있었다. 돌과 모래로 이루어진 거친 벌판엔 농작물도 자라지 않았다. 바람이 불 때마다 뿌연 모래바람만 천지를 뒤덮듯 몰아칠 뿐이었다.

벌판을 지나면서 다시 야산들이 나타났다. 모래바람이 부는 그 삭막한 땅에는 시르죽은 풀이파리가 모래를 뒤집어쓰고 있어 양이나 말의 먹이로도 쓸 수 없을 정도였다. 그래서일까, 가끔 보이던 양떼나 말의 무리도 모습을 감춘 지 오래였다.

야산들이 나타나기 시작하면서 길은 야트막한 경사를 이루며 끝없이 이어졌다. 대흥안령 초입으로 들어서고 있었던 것이다. 초원의 구릉을 지나자 울창한 삼림지대가 펼쳐졌다. 하늘을 향해 직립한 자작나무들이 빼곡하게 들어차 있었다. 자작나무들은 흰 껍질 곳곳에 까만 점이 박혀 있는 것이 매우 인상적이었다. 질주하는 말 위에 보면 자작나무 몸통들의 전체적인 그림이 흰 바탕에 검은 점이 박혀 있는 짐승의 털가죽처럼 보이기도 했다. 마치 그런 털가죽을 이어 붙여 병풍처럼 막을 두른 듯했다.

대흥안령을 오르는 길은 그리 가파르지는 않았으나 아주 지루하게 이어졌고, 지대가 높아져 하늘이 가깝게 느껴질수록 날씨가 청명하여 한가롭게 흐르는 구름이 마치 짙푸른 바다 위에 떠 있는 돛배 같았다.

마침내 담덕 일행은 대흥안령의 능선에 올라섰다. 능선 너머 서북쪽은 사방이 탁 트여 있어, 그 아래로 펼쳐진 시계가 끝 간 데를 모를 정도였다.

"과연 광야라 할 만하군! 대단해!"

담덕이 말 위에서 사방을 둘러보며 감개가 무량한 표정을 지었다.

대흥안령의 내리막길은 순탄한 행로였다. 오르막과 마찬가지로 내리막길 역시 완만한 경사라서 비탈길이라기보다 약간 기운 듯한 평지라고 봐도 좋을 정도였다. 그런 낮은 경사도의 길이 끝없이 이어지고 있었다.

일행은 말에 채찍을 가했고, 두 마리의 말이 끄는 수레도 가볍게 달렸다. 수레의 휘장 사이로 보이는 대흥안령의 자연풍광을 내다보며 수빈의 얼굴은 이제 다시 활짝 피어났다. 가끔 수레바퀴가 돌에 걸려 덜컹댈 때마다 허리의 상처에 통증이 느껴져 인상을 찡그리긴 했으나, 삽상한 바람을 맞는 기분이 한결

112

몸을 들뜨게 했다.

"허리는 아프지 않니? 뭐가 그리 즐거운 거냐?"

옆에 앉은 소진이 수빈을 돌아보았다.

"그냥!"

수빈은 저 혼자 웃었다.

소진에게 얘기는 하지 않았지만, 수빈은 자신이 허리를 다친 것이 오히려 잘된 일이라고 생각했다. 담덕의 신분이 드러나 아진비의 저택을 급히 떠난 일도, 엄밀히 따지고 보면 허리를 다친 덕분이라고 여겨졌던 것이다. 무엇보다도 담덕이 아미령의 곁에서 멀찍이 떨어지게 된 것이 다행스러웠다.

'이제 태자 전하는 온전히 내 차지가 됐다구!'

수빈은 마음속으로 이렇게 쾌재를 불렀다. 그러니 웃지 않으려고 해도 절로 얼굴에 웃음꽃이 번져 나올 수밖에 없었다.

담덕 일행이 대흥안령을 다 내려와 들판을 달리고 있을 때였다. 저 멀리 언덕 너머에서 먼지구름이 일어나더니 한 떼의 인마가 나타났다. 맑고 푸른 하늘을 배경으로 자욱한 먼지가 끊임없이 일어나, 그 뒤로도 인마의 행렬이 계속 이어지고 있는 듯이 보였다.

그런데 그것이 아니었다. 인마의 행렬은 두 집단의 무리로 이루어져 있었다. 앞에 달려오는 인마는 쫓기는 쪽이었고, 뒤미처 달려오는 인마는 추격하는 것이 분명했다. 쫓기는 쪽이나 쫓는 쪽이나 모두 서두르고 있었지만, 뒤에 달려오는 무리의 수가 많아 보였고 특히 몹시 시끄러웠다.

눈을 가늘게 뜨고 두 무리의 달려오는 모습을 바라보던 선재가 당혹스런 얼굴로 말했다.

"앞에 달려오는 것은 대상단들이고, 뒤에서 추격하는 무리는 비적 떼들 같습니다. 태자 전하! 저들과 맞닥뜨리면 피곤해질 것 같은데 어쩌지요?"

선재는 그러면서 소진과 수빈이 탄 수레를 언뜻 바라보았다. 남자들은 일당백의 무술을 자랑하니 염려할 필요가 없지만, 허리에 상처를 입어 수레에 탄 수빈이 걱정된다는 뜻이었다.

"대상단이 쫓기고 있다면 도와줘야 하지 않겠습니까? 우리는 지금 염수로 소금상단을 찾아가고 있는 중이니, 상단의 의리로 치자면 당연히 도움을 주어야 한다고 생각합니다."

담덕의 말에 우적이 동조하고 나섰다.

"태자 전하의 말씀이 백번 맞습니다. 약자를 돕는 것이 무인의 도리지요. 더구나 저 뒤쫓는 자들이 비적 떼들이라면 피할 이유가 없습니다. 수레는 이곳에 머물게 하고 우리끼리만이라도 저 쫓기고 있는 대상단을 도우러 갑시다."

우적의 말이 끝나기 무섭게 수레의 휘장을 제치고 얼굴을 내민 수빈이 소리쳤다.

"옳으신 말씀! 나도 저 비적 놈들을 가만두지 않을 거예요.

부모님의 원수를 갚아야지요."

"수빈아, 너는 끼어들지 말고 모친과 함께 수레에 남아 있거라!"

우적이 명령조로 말했다.

"흥! 내가 부모 원수를 갚겠다는데 사범님이 왜 말려요? 나도 저놈들 목을 베러 갈 거야."

수빈은 이미 칼을 챙겨 든 채 수레에서 내리고 있었다.

"수빈아! 너 왜 사범님 말씀을 안 듣니?"

소진이 수빈의 행동을 저지하기 위해 수레에서 따라 내리며 나무랐다.

그러나 수빈은 말을 듣지 않았다. 이미 수레에서 말 한 마리를 분리해 그 위에 훌쩍 올라탔다. 수레를 몰던 김슬갑이 말리는데도 안하무인으로 제 고집을 세웠다.

"이랴!"

수빈은 말에 박차를 가했다.

그러자 담덕 일행보다 먼저 수빈의 말이 앞으로 달려 나가기 시작했다.

"멈춰라! 위험하닷!"

담덕도 수빈을 제지하기 위해 말에 박차를 가하며 소리쳤다.

결국 수빈을 따라잡기 위해 담덕 일행은 급히 말을 달렸고, 뒤미처 다급해진 소진도 수레에서 나머지 말을 분리해 올라타고 일행의 뒤를 쫓아 달렸다.

수빈의 뒤를 따라 말을 달리면서 담덕은 자칫하면 불상사가 날 수도 있다고 판단했다. 그래서 어느 정도 비적 떼와 거리가 가까워졌을 때 활을 빼어들어 화살을 날렸다. 그가 가지고 다니는 것은 맥궁貊弓이었는데, 팔 길이만큼 힘껏 잡아당겨 화살을 날리면 멀리 날아가면서 강도 또한 세었다.

담덕은 쫓겨 오는 대상단 뒤의 비적 떼들 중에서 가장 앞에서 달려오는 자들을 향해 연달아 세 개의 화살을 날렸다. 세 명의 비적이 차례대로 말 아래로 굴러떨어졌다. 그러자 뒤에 따라오던 비적 떼들이 주춤거리더니 일제히 말을 멈추었다.

그사이 대상단은 담덕 일행 앞까지 달려오다가 뒤를 돌아보았다. 비적 떼들이 갑자기 추격을 멈추자, 상단의 우두머리는 담덕의 손에 들려져 있는 활을 보고 곧 그 이유를 알아차렸다.

상단 우두머리가 거친 숨을 몰아쉬며 담덕에게 말했다.

"고맙소이다."

그러나 그 말을 담덕은 알아들을 수가 없었다. 대상단은 고구려 말과 다른 말을 사용하고 있었던 것이다.

대상단과 인사를 차리는 것보다 비적 떼들의 동태를 파악하는 것이 급선무였으므로, 담덕은 입을 꽉 다문 채 저 멀리에 시선을 붙박아두고 있었다. 비적 떼들은 저희들끼리 잠시 의견다툼을 벌이는 듯하더니, 다시 대상단을 추격하기로 결의를 다진 모양이었다.

담덕의 화살을 맞은 비적들을 놔두고 나머지 무리가 일제히 소리를 지르며 다시 추격해 왔다. 동료가 희생된 것에 격분한 듯, 그들은 전속력으로 말을 달려 순식간에 대상단 가까이까지 접근해 왔다.

다시 담덕은 화살 몇 대를 날려 앞서 달려오는 비적 떼들을 말 위에서 떨어뜨렸다. 그러나 비적 떼의 숫자가 워낙 많았다. 그들은 쓰러지는 동료들을 뒤로한 채 악착같이 앞으로 달려 나왔다.

비적 떼들이 가까이 달려와 더 이상 활을 쏠 수 없게 되었을 때, 이번에는 마동이 나서서 수리검을 날렸다. 동작이 어찌나 빠른지 거의 동시에 대여섯 개의 수리검이 날아가는 것 같았다. 비적 떼들이 순식간에 차례대로 말 위에서 떨어진 것이 그것을 증명하고 있었다.

벌써 담덕의 화살과 마동의 수리검에 열 명 가까운 인명이 희생되자, 비적 떼들은 갑자기 겁을 집어먹은 모양이었다. 누군가가 먼저 말 머리를 돌리자, 나머지 무리들도 일제히 뒤로 돌아 꽁지가 빠지게 달아나기 시작했다. 수많은 말발굽이 만들어낸 뿌연 먼지 때문에 비적 떼들의 모습은 곧 황사 속으로 사라져버렸다.

5

대상단의 행수 우두머리가 담덕에게 다가왔다.

"염수의 소금상단에서 오신 분들이죠?"

먼저는 알아듣지 못할 말로 하더니, 이번에는 고구려 말로 물었다.

"아니요. 우리는 지금 염수로 소금상단을 찾아가는 중이오."

"그렇습니까? 그럼, 염수 소금상단의 우발 대인을 잘 아시오?"

대상단 행수의 입에서 우발이란 이름이 나오자, 바로 담덕 곁에 있던 소진의 눈이 밝아졌다.

"그분이 저의 부친이십니다."

소진이 말하자 대상단 행수 역시 얼굴에 화색이 돌았다.

"반갑습니다. 우린 알탄의 대상단으로 염수의 소금상단과 교역을 하기 위해 가는 길입니다. 철괴를 갖고 가서 소금과 바꾸지요."

대상단 행수의 입에서 알탄이란 말이 튀어나오자, 이번에는 북흉노 출신인 김슬갑이 눈을 반짝였다. 알탄은 바로 황금이란 뜻의 돌궐어였던 것이다.

"반갑습니다. 나도 알타이가 고향입니다."

김슬갑은 너무 반가워 대상단 행수의 손을 꽉 움켜잡고 한동안 놓지 못했다. 북흉노와 돌궐은 그 혈통으로 봐서 피를 나눈 형제와 다름없었다.

초원을 지배하던 흉노족이 북흉노와 남흉노로 갈라졌다. 후한 시절 남흉노는 한왕조에 투항했고, 북흉노는 끝까지 저항하다 궤멸되었다. 그리고 유랑객이 된 흉노족들은 돌궐족·선비족 등 여러 갈래로 흩어져 나갔다. 선비족이 우문·탁발·모용 등 씨족으로 갈려 나간 것도 북흉노가 궤멸되면서 분파된 것이었다.

"여기서 고향 사람을 만나다니, 나도 반갑소."

이렇게 서로 반갑게 인사를 나눌 때 북동쪽 언덕에서 황사 구름이 일어나더니 한 떼의 인마가 쏜살같이 달려왔다.

담덕 일행은 또다시 비적 떼가 나타난 줄 알고 잔뜩 긴장했다. 저 멀리서부터 가까이 달려오는 걸 지켜보던 선재가 소리쳤다.

"저건 소금상단 사람들입니다. 맨 앞에 달려오는 것이 행수 장쇠로군요."

"맞습니다. 우리 대상단을 맞으러 나온 것인데, 조금 늦는 바람에 비적 떼를 만나 봉변을 당할 뻔했던 것이지요. 여기 계신 분들이 아니었다면 수레에 가득 실은 철괴는 물론, 우리 목숨까지 빼앗길 뻔했지 뭡니까?"

말이 많아진 것을 보니 알탄의 대상단 행수는 소금상단의 행수 장쇠 무리가 나타나자 기가 살아난 모양이었다.

가까이 다가온 장쇠는 담덕 일행을 보고 놀랐다.

"아니, 아씨께서 여길 어떻게?"

장쇠가 소진을 발견하고 깜짝 놀라 소리치며 황감하여 허리를 깊이 숙였다. 전날 장쇠가 대사자 우신의 집사로 있을 때 모신 여주인이 바로 소진이었다. 그런데 소진이 가출한 이후 처음 만나는 것이니 감개가 남다를 수밖에 없었다.

"아버님은 잘 계시지요?"

소진도 실로 오래도록 떨어져 살았으므로, 지금은 대사자 우신이 아닌 소금대상 우발이 되어 염수에 터를 잡고 사는 부친이 몹시도 보고 싶었다.

"빨리들 가십시다. 대인 어른께서 무척 기뻐하실 겁니다."

장쇠는 여러 사람들과 간단하게 인사를 차린 후 먼저 말을 타고 앞장서서 일행을 염수로 인도했다.

그로부터 한 시진도 채 되기 전에 일행은 염수에 당도했다.

언덕 위에 올라서자 저 멀리 연회색으로 빛나는 호수가 반짝 드러났다. 염수였다. 호수 가장자리는 눈처럼 흰 소금 알갱이들이 햇빛에 반사되어 더욱 하얗게 빛났다. 소금밭은 시야에 가득 찰 정도로 넓었으며, 곳곳에 어른 키의 세 배 이상 되는 소금 산이 군데군데 무더기를 이루고 있었다. 소금을 캐는 사람들이 긁어모아 쌓아둔 것이 원뿔 모양의 이색적인 풍경을 만들어냈다. 소금 무더기 뒤쪽으로는 통나무집들이 또한 여러 채 서 있었는데, 얼핏 보기에도 소금을 저장하는 창고 같았다.

언덕을 내려서자 호숫가 입구에 소금상단의 대인 우발이 상단 일꾼들과 함께 영접을 나와 있었다. 장쇠가 먼저 졸개를 보내 우 대인에게 담덕 일행과 알탄 대상단이 곧 당도할 것이라고 연락을 취해 두었던 것이다.

"소금상단을 이끄는 우발이 태자 전하를 뵈옵니다."

우발은 담덕에게 먼저 깍듯한 예의를 갖추었다. 뒤에 섰던 상단 일꾼들도 모두 우 대인을 따라 허리를 깊이 숙였다.

"부여의 산막도장에서부터 우 대인의 명성은 익히 들었습니다."

담덕도 말에서 내려 우발을 향해 답례를 했다.

담덕을 따라 일행이 모두 말에서 내렸고, 뒤미처 도착해 막 수레에서 내린 소진도 반갑게 달려가 부친의 손을 잡았다.

"아버님!"

벌써 소진의 눈에 그렁그렁 눈물이 맺혔다.

"오, 대체 이게 얼마만이냐? 산막도장에서 잠시 만났다 헤어진 지가 벌써 10년 세월도 훨씬 넘어버렸구나."

우발은 딸 소진의 얼굴을 바라보며 감회가 새로워 목소리까지 떨려서 나왔다. 반백의 머리가 그 세월을 말해 주고 있었다.

"아버님, 그사이에 머리가 많이 세셨네요."

소진이 안쓰러운 표정으로 부친을 올려다보았다.

"매일 소금을 뒤집어쓰고 살아서 그리된 모양이다. 머리칼이 소금과 같은 빛으로 변하지 않았느냐?"

우발은 딸의 등을 투덕거려 주며 허허거리고 웃었다. 그의 목소리는 카랑카랑했고, 자신의 세어버린 머리칼을 소금과 비교하는 것은 결코 늙지 않았음을 강조하고자 하는 의지의 표현이었다. 실제로 그의 흰머리에 비해 얼굴빛은 붉은 기운을 띠고 있어 매우 건강해 보였다.

통나무 소금창고 뒤로 야트막한 산들이 구릉을 이루고 있는 가운데, 아늑한 산자락 밑에 대저택이 자리를 잡고 있었다. 상단 일꾼들이 머무는 객사까지 합치면 작은 마을 하나를 이룰 정도로 번듯한 기와집이 10여 채나 되었다. 소금 산이 있는 호숫가 곳곳에도 통나무집들이 있었는데, 그곳에도 소금을 캐는 사람들이 살고 있는 모양이었다. 소금상단의 대저택을 중심으로 호수 둘레에는 제법 큰 마을들이 곳곳에 형성되어 있었던 것이다.

그날 소금대상 우 대인의 대저택에서는 담덕 일행과 알탄 대상단을 환영하는 연회가 베풀어졌다. 연회의 자리에서 오가는 이야기를 들으면서 담덕은 꽤 여러 해 전부터 염수의 소금대상과 알탄 대상단이 소금과 철괴를 서로 거래해 온 관계임을 알게 되었다.

연회가 끝나고 나서 우 대인은 따로 담덕을 불렀다. 방으로 들어서자 우 대인이 벌떡 일어나 담덕을 상석에 모셨다.

"태자 전하께 다시 정식으로 인사를 올립니다. 우신이라 하옵니다."

우 대인은 담덕에게 신하로서의 예를 올린 후 자신의 본명을 밝혔다.

"우 대인께서 왜 이러십니까?"

담덕이 당황해서 우신을 쳐다보았다.

"이곳에 와서 소금 장사를 하면서 우발이란 가명을 쓰고 있지만, 사실 소신은 오래전에 고구려에서 대사자 벼슬을 지낸 우신이옵니다. 그때는 태자 전하께서 태어나시기 전이지요."

우신은 무릎을 꿇은 자세로 울먹였다.

"우 대인! 편히 앉으세요. 이러시면 이 몸이 오히려 면구스럽습니다."

"아니옵니다, 태자 전하! 소신은 죄인이옵니다."

우신의 눈에서 눈물이 뚝뚝 떨어져 방바닥을 적셨다.

"무슨 사연인지 모르겠으나 우리 편히 앉아서 이야기를 해 봅시다."

담덕이 가까이 다가와 우신의 몸을 일으켜서야 자세를 바로 하고 마주 앉았다.

바로 그때 소진이 술상을 가지고 들어와 두 사람 가운데 놓았다.

"약주라도 드시면서 이야기를 나누시지요."

소진이 담덕과 우신에게 술을 따르고 일어섰다.

"너도 잠시 게 앉거라."

우신이 딸을 올려다보며 턱짓을 했다.

"태자 전하께 아직 네가 누구인지 말씀드리지 않았지?"

소진이 앉자, 우신은 술을 담덕에게 권하고 자신도 한 잔 들이켠 후 입을 열었다.

"네, 차마……."

소진은 말을 하다 말고 침묵했다.

"그랬을 거라 생각했다. 태자 전하가 태어나기 전의 일입니다만……."

마침내 결심이 선 듯 우신이 딸 소진과 태자 담덕을 번갈아 바라보며 입을 열었다.

"……."

영문을 모르는 담덕은 술잔을 기울이며 우신의 목소리에 조용히 귀를 기울였다.

우신은 오래전 대왕 이련이 왕자 시절, 왕자비 간택 때의 일을 떠올리며 이야기를 시작했다. 외동딸 소진이 당시 왕자비 간택 후보였다는 것과, 산상왕 시절 우씨 왕후가 연나부 출신으로 석녀여서 왕자를 생산하지 못한 것 때문이 그 핏줄을 이어

받은 딸이 억울하게 간택되지 못한 사연을 줄줄이 엮어냈다. 결국 처녀의 몸으로 석녀라는 소문이 나돌면서 혼삿길이 막히자 가출을 했고, 자신도 외동딸을 찾기 위해 재산을 정리해 방랑의 길로 들어섰다는 이야기를 늘어놓았다.

"그런 일이 있었군요. 그런데 산막도장에서 소진 아주머니께선 왜 그런 내색을 전혀 하지 않으셨습니까?"

담덕이 소진에게로 시선을 돌렸다.

"태자 전하! 아버님이 오늘 이런 말씀을 하지 않으셨다면 눈에 흙이 들어갈 때까지 가슴에 안고 가려고 했습니다. 하온데 이제 와서 아버님께서 태자 전하께 왜 오래전의 이야기를 다시 하시는지 그 이유를 모르겠습니다."

소진은 눈에 그렁그렁 이슬이 맺힌 얼굴로 부친을 바라보았다.

"너에겐 미안하다만, 그 사실을 밝혀야만 이 아비가 태자 전하께 지은 죄를 고백할 수 있지 않겠느냐? 태자 전하! 소신의 이야기를 들으시고 엄한 벌을 내려주시길 바라나이다."

우신이 다시 무릎을 꿇었다.

"우 대인! 이 몸이 도무지 몸 둘 바를 모르겠소이다. 대체 왜 그러시오?"

담덕은 우신의 손을 덥석 잡았다.

"아닙니다, 태자 전하! 이 몸은……."

"……아버님!"

우신이 막 무슨 이야기인가를 털어놓으려고 할 때, 소진이 급히 말을 잘랐다.

"왜 그러느냐? 이젠 태자 전하께 속죄를 해야 하느니라."

"아버님……!"

소진은 마음의 갈피를 잡을 수 없었다. 부친이 말을 하려고 하는 것이 무엇인지 짐작이 갔지만, 꼭 그것을 태자 담덕 앞에서 밝히는 게 옳은 일인지 도무지 판단이 서지 않았던 것이다.

"이 기회가 아니면 나는 평생 가슴에 천 근의 쇳덩어리를 얹고 살아가야 한다."

"우 대인! 대체 무슨 말씀을 하시려고 그러십니까? 소진 아주머니는 말씀을 안 하시길 원하는 것 같은데……."

담덕은 우신보다 소진의 사색이 다 된 얼굴을 바라보는 것이 더욱 안타까웠다.

"태자 전하! 소신이 외동딸을 극진히 사랑하는 바람에 감히 한때 헛된 욕망에 사로잡혀 있었사옵니다."

"아버님, 어쩌시려고……!"

소진이 기함에 질린 목소리로 외쳤다.

"헛된 욕망이라니요?"

담덕이 눈을 크게 뜨고 우신의 입을 바라보았다.

"예, 당시 연나부 조의선인들과 범궐을 모의해서 갓 태어난 태자 전하를 저해하려 했었나이다. 그런데 우리 딸 소진이가 그런 음모를 알고 가출을 하며 화살에 암시의 글을 매달아 궁궐 문루에 쏘아 보냈고, 당시 을두미 국상은 그 암시를 풀어 미리 연나부 조의선인들의 침입에 대비케 했다고 하나이다.”

우신은 엎드려 통곡을 하며 이마를 방바닥에 짓찧었다. 금세 이마에서 피가 흘러내렸다.

“아버님!”

소진이 달려들어 우신을 말렸다.

“아버님의 죄를 따님이 갚지 않았습니까? 그것으로 죄가 소멸되었는데 무엇을 더 따지겠습니까? 우 대인, 그만 진정하세요. 덕분에 이 몸이 여기 이렇게 멀쩡하게 살아 있지 않습니까?”

담덕이 우신의 손을 잡아 일으켜 앉혔고, 소진은 자신의 옷고름을 떼어 부친의 이마에 난 상처를 동여매 주었다.

6

소진이 부친의 이마를 동여매 주는 동안, 담덕은 자작으로 술을 따라 한 잔 마셨다. 예상치 못한 사실이지만, 우신이 이야기를 하지 않았다면 전혀 모르고 지나갈 수도 있는 일이었다. 누구도 그런 사실을 알려준 사람이 없었기 때문이다.

담덕은 문득 연나부 조의선인들과 연합하여 모반했던 해평을 떠올렸다. 그것은 열한 살 무렵의 일이었지만, 갓난아기 때도 연나부가 그런 음모를 꾸몄다는 사실은 실로 놀라운 일이 아닐 수 없었다.

　"태자 전하! 그때 이후 고구려를 떠나 이곳으로 와서 소금장수 노릇을 하였지만, 단 한시도 그 일에 대해 잊은 적이 없사옵니다. 당시 연나부가 꾸민 음모라는 걸 모르시는지, 대왕(소수림왕)께서는 을두미 국상의 뒤를 이어 소신을 그 자리에 앉히고자 했습니다. 그러나 소신은 지병이 있다는 핑계로 고사를 하였고, 곧 가산을 정리하고 유랑객이 되어 가출한 딸을 찾아나섰던 것입니다. 그때 가산을 정리한 재화로 여기 염수에 정착해 소금 대상단을 꾸릴 수 있었던 것이지요. 소신은 이곳에서 비록 소금장수 노릇을 하지만, 단 한시도 고국을 잊은 적이 없사옵니다. 특히 태자 전하께서 대왕의 자리에 오르시기만을 기다리고 있었는데, 막상 오늘 이렇게 뵙게 되니 그저 몸 둘 바를 모르겠사옵니다."

　우신도 이제 감정을 억제하고 술도 한 잔 걸치면서 점차 여유를 되찾아 갔다.

　"이 몸이 대왕의 자리에 오르기를 기다리다니, 그건 또 무슨 말씀이오?"

　담덕이 물었다.

"소신은 태자 전하께서 하늘이 내리신 천손임을 잘 알고 있사옵니다. 태자 전하를 위해하려는 우리 연나부의 음모에도 불구하고 하늘의 도움으로 위기를 넘기셨사옵니다. 몇 년 전 해평의 반역 사건 때도 태자 전하께선 구사일생으로 목숨을 보전하지 않으셨사옵니까? 그리고 지금 이렇게 소신 앞에 헌헌장부가 되어 나타나셨으니, 실로 감개무량하옵니다. 태자 전하께서는 우리 고구려를 천자天子의 제국으로 거듭나게 하는 대왕이 되실 분이옵니다. 그래서 말씀드리는 것일 뿐, 다른 뜻은 없사옵니다."

　우신은 우러르는 얼굴이 되어 담덕을 바라보았다.

　"전화위복이라는 말이 있습니다만, 해평의 반역 사건은 이 몸에게 오히려 널리 세상을 경험하고 느낄 수 있는 기회를 제공하기도 했습니다. 물론 당시 을두미 사부가 희생된 것은 매우 안타까운 일이지만, 이 몸은 그 사건으로 인해 바다에 표류되었다가 저 강남의 동진 대상을 만나 유랑생활을 했습니다. 중원 남북의 맹주인 동진과 전진의 나라 곳곳을 두루 살필 수 있었던 것은 물론, 서역의 여러 나라까지 다녀올 수 있었으니까 말입니다. 사람의 인연이란 참으로 묘합니다. 얽히고설킨다는 말이 실감납니다. 무명검법을 익히기 위해 부여 땅에 가서 무명선사를 만났을 때, 비로소 그분의 친아들이 해평이란 사실도 알았습니다. 그때서야 알게 된 것이지만, 무명선사가 이 몸에게는 작은할아버지가 되고 해평은 당숙이 되지 않습니까? 그러니 원수라 해서 끝까지 원수라고 악감정을 품을 수도 없는 노릇. 때에 따라서는 불교적 표현을 빌려 해원解冤을 하는 것이야말로 마음을 다스리는 좋은 방법이기도 하다는 생각이 듭니다. 이것으로 우 대인과 이 몸은 해원을 했으니, 이제부터 마음을 편히 가지도록 하세요. 오늘 이렇게 특별히 좋은 인연을 만난 의미에서 한잔하십시다.”

담덕은 우신의 빈 잔에 술을 따랐다.

“태자 전하! 그렇게 말씀하시니 마음 편히 받겠습니다. 사실 몇 년 전부터 알탄의 철을 거래하는 대상과 교역을 트고 있습니다. 오늘 낮에 온 돌궐 출신의 대상들이지요. 내일 태자 전하께 보여드릴 생각입니다만, 알탄 대상단과의 거래를 통해 철괴를 적잖이 마련해 놓았습니다. 저들은 소금을 필요로 하고 우리는 철을 필요로 하니, 소금과 철을 서로 교환한 것이지요.”

“우 대인께선 왜 철괴를 모으고 있나요?”

“우리 고구려를 위해서입니다. 방금 전에 태자 전하께서 해원이라 하셨습니다만, 실인즉 소신은 이곳에서 오매불망 그날이 오기만을 기다리고 있었사옵니다. 명색이 고구려에서 대사자까지 지낸 소신이 한때 연나부 조의선인들을 동원해 모반에 가담했다 이곳까지 쫓겨 왔으니, 죽어서도 갚을 길 없는 중죄를 조금이나마 상쇄할 수 있는 방법을 찾아보았습니다. 언제고 우리 소금 대상단은 철괴를 고구려로 가져가 무기를 만들게 할 생각을 갖고 있었사옵니다. 태자 전하께서 우리 고구려를 강한 나라로 만드는 데 그 철괴들을 써주시기 바라옵니다.”

“우 대인의 마음속에 그런 깊은 뜻이 숨어 있었습니까? 참으로 감동스런 일입니다.”

“그것으로 해원이 되지는 않겠지만, 태자 전하께옵서 소신의 마음을 받아주신다면 앞으로 소금을 철괴로 바꾸어 고구려로 보내는 일에 이 몸 가루가 될 때까지 평생을 바치겠나이다.”

말을 끝낸 우신은 호리병을 들어 올리다가 빈 병인 것을 알고 소진에게 술을 한 병 더 가져오라 일렀다.

“우 대인! 오늘은 그만 마십시다. 소진 아주머니께서도 며칠 동안 수레를 타고 오느라 심신이 피로할 것입니다. 가서 쉬시도록 해야지요.”

그러면서 담덕은 곧 숙소로 돌아가기 위해 일어섰다.

다음 날 아침 일찍 담덕은 말을 타고 염수를 한 바퀴 돌아보았다. 구불구불한 능선으로 이어진 산을 병풍처럼 두르고 있는 호수는 꽤나 넓었다. 파도처럼 끊임없이 물결이 밀려와 흰 거품을 토해 냈으며, 그 가장자리로 소금밭이 넓게 형성되어 있었다. 고구려에서는 귀한 소금이 염수에서는 그냥 긁어모으기만 해도 산을 이룰 정도이니, 실로 놀라운 일이 아닐 수 없었다.

염수를 한 바퀴 돌고 나자, 저택 앞에서 우 대인이 담덕을 기다리고 있었다.

"어디를 다녀오는 길이십니까?"

우신이 밝게 웃었다.

"호수를 한 바퀴 돌아보았습니다. 여긴 소금이 지천으로 깔려 있더군요. 이곳 염수에선 긁어모으면 다 소금인데, 고구려에서는 좀처럼 구하기가 어려워 비싸게 팔립니다. 이처럼 귀하고 흔한 것이 지역에 따라 천차만별이니, 세상은 참으로 넓고도 좁다는 생각이 다시금 듭니다."

담덕이 말에서 내리며 우신을 바라보았다.

"허허허! 그래서 우리 같은 장사꾼들이 먹고사는 것 아니겠습니까? 이곳에서 흔한 물건이 저곳에선 귀하니, 귀한 것을 그 지역에 가져가면 큰 이문이 남는 장사지요."

"농사짓는 것보다 장사가 더 큰 이문이 남는 것 같습니다."

"농사나 장사는 일장일단이 있지요. 농사는 씨앗을 땅에 심어놓고 땀 흘려 가꾸는 정성이 필요하지만, 장사는 이곳에서 저곳으로 물건을 옮기는 과정이 만만치 않습니다. 이동 수단과 과정에서 피나는 땀을 요구하고 때론 목숨을 걸어야 할 때도 있지요. 오다가다 비적 떼를 만날 수도 있으니까요. 알탄 대상들에게 들으니 어제도 이곳으로 오기 전에 비적 떼를 만났는데, 태자 전하 덕분에 철괴를 빼앗기지 않고 온전히 가져올 수 있었다고 하더군요. 이왕 말이 나온 김에 철괴 창고 구경이나 한번 하시지요."

우신이 손에 들고 있던 창고 열쇠를 흔들어 보였다.

"허면, 김슬갑을 데리고 가십시다."

담덕은 때마침 말을 인계받아 마구간으로 끌고 가려는 마동에게 김슬갑을 불러오라 일렀다. 대장장이 출신인 김슬갑이 누구보다 철을 잘 알 것이기 때문이었다.

잠시 후 마동은 김슬갑과 함께 나타났다. 우신은 담덕 일행세 사람을 안내해 철괴가 보관되어 있는 창고로 향했다. 철괴는 소금창고와 달리 저택 후원의 통나무로 지은 움막에 들어 있었다.

창고를 열고 들어서자 강한 쇠 냄새가 먼저 후각을 자극해왔다. 철괴는 사람이 들어서 옮길 수 있을 만큼 크기의 나무 상자에 담겨 차곡차곡 쌓여 있었다.

"대단합니다. 이 많은 철괴를 언제 다 모으신 겁니까?"

담덕이 우신을 바라보았다.

"사오 년 전부터지요. 그전에 알았더라면 더 많이 모았을 터인데, 알탄 대상단과 우연히 거래를 트게 된 게 그때부터였으니까요."

"소금이나 철이 귀한 곳에서는 금화나 은화처럼 화폐로 사용하기도 한다던데, 사실인가요?"

마동이 어디서 들었는지 우신을 향해 그렇게 물었다.

"사실입니다. 우리 장사꾼들은 물물교환을 할 때 소금이나 철을 화폐처럼 사용하기도 하지요. 그러나 금화나 은화처럼 가볍지 않기 때문에 특별한 경우에나 물물교환을 합니다. 무거우니까 가지고 다니기에 불편하거든요."

"허면, 언제 어디서나 가격이 크게 변하지 않고 화폐처럼 그만한 값어치가 있다는 얘기군요."

"그렇습니다."

담덕의 말에 우신이 머리를 끄덕였다.

이때 김슬갑이 상자에 들어 있는 철괴 하나를 꺼내 문밖으로 가지고 나가 햇빛에 자세히 살피더니, 손으로 무게를 가늠해 보았다.

"쇠부리 장인이 보기에 어떠하오? 이 철괴로 강한 무기를 만들 수 있겠소?"

담덕이 김슬갑에게 물었다.

"예! 철괴의 무게가 꽤 나가네요. 양질의 철입니다. 철은 담금질을 잘해야 강해지지만, 재료로 쓰는 철괴의 질도 아주 중요합니다. 고철보다야 이러한 철괴가 강철을 만드는 데 더 수월하니까요."

"이 창고에 있는 철괴로 얼마나 많은 무기를 만들 수 있겠소?"

"글쎄요. 그것은 만들어봐야 알겠습니다만…… 기천의 병사가 쓸 무기는 만들 수 있을 것 같습니다."

"흐음, 10만 병사가 쓸 무기를 만들려면 엄청난 철괴가 필요하겠구먼!"

담덕은 혼잣소리처럼 중얼거렸다.

"태자 전하! 너무 심려치 마시옵소서. 여기 호숫가에 쌓여 있는 게 다 소금 아닙니까? 앞으로 부지런히 소금을 철괴와 바꾸어 고구려로 실어 나를 생각입니다. 물론 거리가 멀어 철괴를 옮기는 데 많은 인력이 필요하긴 합니다만……."

우신이 자물쇠로 철괴 창고를 잠그며 말했다.

"허긴 그렇겠습니다. 옮기는 과정에서 어제처럼 비적 떼를 만날 수 있고……. 비적 떼에게 당하지 않으려면 무술 단련이 잘된 상단으로 꾸며야 할 테고……. 우 대인! 대상단을 이끌려면 자주 비적 떼들과 조우하게 될 터인데, 그들과 친해질 방법은 없겠습니까?"

"친해지다니요?"

"예를 들면, 비적 떼들에게 상단을 보호해 주는 책임을 맡기고 일정 금액을 지불해 주는 겁니다."

"통행세를 말씀하시는군요. 아는 비적 떼들과는 자주 통행세 형식으로 그들에게 재화를 지불하지요. 상단을 이끌다 보면 이래저래 나가는 것이 많습니다. 이곳은 거란족의 땅으로 필혈부 관할인데, 그쪽 관리에게도 꼬박꼬박 세금을 바칩니다."

"필혈부라면?"

"비려를 그렇게도 부릅니다. 어떤 곳에서는 패려라고도 하지요. 각 지역에서 쓰는 말에 따라 달리 부르게 되는 것이지요. 저 중원에서 부르는 게 다르고, 고구려에서 부르는 게 다르지 않습니까? 이곳에서는 거란족들 스스로 필혈부라고 부르고 있지요."

우신은 그러면서 필혈부 관리들과 친하게 지내지 않으면 소금 대상단을 이끌기 쉽지 않음을 토로했다. 그래도 10여 년 전에 처음 이 염수에 들어왔을 때보다 필혈부의 거란족 관리들과 친해져서 이제는 그들도 소금상단이 내는 세금이 없으면 행정적으로 어려워질 수도 있다고 했다.

담덕은 아침에 말을 타고 염수를 한 바퀴 돌면서 우 대인만이 아니라 다른 소금상단들도 곳곳에 터를 잡고 있음을 알았다. 필혈부에서는 그들 모두에게 세금을 받아 부족을 관리해나가고 있었던 것이다.

7

수레에 철괴를 싣고 와서 소금과 바꾼 알탄 상단이 돌아가고 나서도 보름간 더 우 대인의 저택에 머물렀던 담덕은 이제 곧 염수를 떠날 채비에 나섰다. 추운 겨울이 닥치기 전에 국내성으로 돌아갈 생각이었다. 이른 봄에 국내성을 떠나 부여 땅을 밟았으므로, 여름을 지나 가을까지 거의 세 계절을 객지에서 보낸 셈이었다.

어느 날 담덕 일행이 떠난다고 하자, 우신은 갑자기 바빠졌다. 자신이 거느린 상단에서 무술이 뛰어난 장정들 서른 명을 가려 뽑아 고구려로 싣고 갈 철괴와 소금을 운반토록 했다. 후원 창고에 쌓아둔 철괴를 한꺼번에 가져갈 수는 없고, 이번에는 철괴 열 수레와 소금 다섯 수레로 상단을 꾸리기로 했다. 수레를 끄는 말들만도 한 대당 말 두 필씩 서른 마리가 필요했고, 마부 열다섯 명과 나머지 열다섯 명은 각자 말을 타고 행렬의 전후와 중간에서 상단을 호위토록 했다.

담덕 일행은 산막도장에서 무명선사에게 무술을 배운 우적과 선재가 함께 가기로 해서 마동과 김슬갑까지 다섯 명이었다. 우적과 선재가 담덕과 행동을 같이하게 된 것은 무명선사의 유지가 있었기 때문이다. 우적은 태부가 되고, 선재는 무술사범이 되어 담덕이 고구려를 최강의 국가로 만들 때까지 몸과 마음을 바치라는 명이었다.

국내성으로 떠나는 담덕 일행에서 소진과 수빈은 빠져 있었다. 소진이 부친과 함께 소금대상 일을 돕기로 했으므로 딸 수빈도 자연히 남게 되었던 것이다. 그것은 수빈이 원해서가 아니라 우신과 소진의 뜻이었다.

그런데 나중에 그 사실을 안 수빈이 상단을 따라 같이 국내성으로 가겠다고 떼를 썼다.

"아이 참! 나도 태자 전하를 따라가게 해주세요!"

"수빈아! 너는 어미를 놔두고 대체 어딜 따라나서겠다고 그 난리냐?"

소진이 조용히 수빈을 나무랐다.

"어딘 어디예요? 국내성이지."

"네가 거긴 왜 가겠다는 거냐? 이젠 여기서 어미와 이 할아비하고 오순도순 같이 살자꾸나."

우신도 말렸다. 피가 섞이지 않아 친손녀는 아니지만, 원래 수빈의 성격이 활달해 잘 따랐으므로 둘 사이에도 어느 사이 도타운 정이 쌓였던 것이다.

"할아버지하고 같이 지내는 것은 좋지만, 여긴 답답해서 못 살 것 같아요. 나도 태자 전하를 따라갈 거예요."

수빈은 우신에게 매달려 떼를 써댔다.

"허허허, 녀석! 네가 거기 가서 뭘 하겠다는 것이냐?"

"태자 전하 호위무사가 될 거예요."

"뭐라구?"

우신은 어이가 없었다.

"너는 여자야. 호위무사는 아무나 되는 게 아니란다."

"여자가 어때서요? 나도 저 마동 오라버니만큼 무술 실력이 있다구요. 마동 오라버니가 수리검 던지는 재주는 뛰어나지만, 무명선사 할아버지에게 오래도록 무술을 익힌 검술은 나를 따라오지 못할걸요? 검술에는 누구보다 자신이 있다구요. 그러니 할아버지, 제발 나도 태자 전하를 따라가게 해주세요."

"그래도 안 된다. 네 어미를 생각해야지. 지금까지 너만 바라보며 외롭게 지냈는데, 이제 너마저 곁을 떠난다면 무슨 낙으로 살아가겠니?"

우신은 딸 소진의 얼굴을 힐끗 쳐다보았다. 마구 억지를 써대는 수빈을 바라보는 소진의 눈길이 처연해 보였다. 너무 서운한 나머지 금세라도 땅바닥에 털썩 주저앉아 울어버릴 것만 같았다.

수빈은 그런 어머니를 바라보다 자신이 먼저 얼굴을 가린 채 울음을 터뜨리며 제 방으로 건너가 버렸다.

그날 밤, 우신은 소진과 조용히 마주 앉았다.

"아버님! 내일 아침에 태자 전하 일행이 떠나게 되는데, 상단 준비는 잘되고 있는지요?"

소진은 아직도 수빈 때문에 상심한 나머지 근심 가득한 얼굴을 감추지 못했다.

"행수 장쇠가 알아서 잘하고 있다. 뭐 준비랄 게 있겠느냐? 이번에는 태자 전하를 모시고 가니 특별히 무술에 능한 장정들로 상단을 꾸미라고 했다. 도중에 또 비적 떼를 만날 수도 있고, 부여와 고구려의 국경 지역을 지나가게 될 경우 지난번 네가 말했듯이 마가 무리들이 불쑥 나타나 무슨 수작을 꾸밀지 알 수 없는 일 아니겠느냐? 그보다 수빈이는 잘 다독여 설득시켰느냐?"

우신은 딸 소진을 매우 안쓰러운 표정으로 쳐다보았다.

"아직요. 누굴 닮아서 그런지 성질머리가 독불장군이에요."

"누군 누굴 닮겠니? 저를 낳아준 부모를 닮지 않았겠니?"

"사실은 우리 수빈이가 태자 전하를 남몰래 연모하고 있나 봐요. 처음 만났을 때부터 자신이 기다리던 '백마 타고 온 왕자'라며 호들갑을 떨지 뭐예요."

"뭐야? 허헛! 그렇다면 큰일이로구나. 못 오를 나무는 쳐다보지도 말랬다고. 이거야 원! 허긴, 그 나이면 배필을 맺어줄 때도 됐느니. 이제부터라도 어디 좋은 혼처가 있는지 알아봐야겠다. 그래야 들뜬 마음을 다잡을 수 있을 게 아니겠느냐?"

"그러게요."

부녀는 이렇게 수빈의 이야기로 한숨을 쉬고 걱정도 하다가 각자 침소로 돌아갔다.

다음 날 아침, 담덕 일행이 소금상단과 함께 우신의 저택을 떠나려고 할 때였다. 수빈의 모습이 보이지 않았다.

"얘가 그런데 어디로 간 거야?"

소진이 서둘러 찾아보았지만 수빈은 집 안에서 감쪽같이 사라져버렸다.

"수빈이 어디 갔어요?"

마동이 궁금해서 우신과 소진을 번갈아 쳐다보며 물었다.

"글쎄, 아침부터 안 보여서 우리도 찾고 있다네."

우신이 대답했다.

마동은 작별 인사도 없이 나타나지 않는 수빈에 대해 서운한 마음을 어쩌지 못했다. 곧 담덕 일행이 앞장을 섰고, 그 뒤로 수레 열다섯 대가 행렬을 지어 떠났다. 그리고 수레의 행렬 앞뒤와 중간중간에서 말을 탄 상단의 장정들이 호위를 하고 있었다.

우신과 소진도 말을 타고 대상단이 호수를 지나 언덕을 넘을 때까지 따라갔다.

"태자 전하! 여기서 인사를 드려야겠습니다. 멀리 국내성까지 가시는 동안 안전과 건강을 빌겠습니다."

우신이 말에서 내려 절을 했고, 소진도 부친이 하는 대로 따라서 했다.

"국내성에 도착하면 철괴와 소금값을 제대로 쳐서 보내드리겠습니다."

담덕의 말에 우신이 손사래를 쳤다.

"아닙니다, 태자 전하! 철괴는 소신이 우리 고구려를 강국으로 만드는 데 조금이라도 보탬이 되었으면 하는 마음에 보내드리는 것이고, 소금은 우리 상단에서 잘 알아 처리할 것입니다. 소금만 팔아도 철괴 값은 상쇄되고 남을 것이니 전하께서는 아무 염려 마시옵소서. 그리고 나머지 철괴도 우리 상단이 떠날 때마다 국내성으로 전해 드리도록 하겠습니다."

우신이 어서 떠나라며 손짓으로 상단을 재촉했다.

"태자 전하! 이 몸이 전하를 다시 뵈올 날이 있을지 모르겠사옵니다."

소진이 옷고름으로 눈물을 찍어내며 말했다.

"소진 아주머니, 머지않아 군대를 이끌고 올 것입니다. 대상들을 괴롭히는 비적 떼들과 거란족을 소탕하러 와야 하지 않겠습니까?"

담덕은 우신과 소진에게 손을 들어 답례하고 말을 천천히 몰아 앞으로 나갔다. 나머지 일행도 두 사람에게 인사를 하고 그 뒤를 따랐다.

소금상단의 행렬은 꽤나 길었고, 철괴를 실은 수레가 많아서 그런지 제법 장중한 느낌까지 들었다. 담덕은 말 위에서 길게 늘어진 수레 행렬을 뒤돌아보며 마음이 뿌듯했다.

때마침 바로 뒤에서 따라오는 김슬갑을 돌아보며 담덕이 말했다.

"이번에 돌아가면 국내성 밖 압록강 강변에 대장간 마을을 하나 만들 작정이오. 쇠부리 장인께선 전국의 내로라하는 대장장이들을 모아 저 철괴로 각종 무기들을 만드시오. 철괴 걱정은 마시오. 앞으로 염수에서 계속 철괴가 조달될 것이고, 우리 고구려의 철광 산지인 태백산 동쪽 무산에서 캐낸 철광석을 철괴로 만들어 국내성으로 보내도록 조처할 것이니."

"예, 태자 전하! 분부만 내리시면 이 몸이 가루가 되도록 무기 만드는 데 심혈을 기울이겠나이다."

"몸이 가루가 되면 누가 무기를 만듭니까? 몸을 더욱 튼튼히 해야 강철 무기를 만들 수 있지 않겠습니까?"

담덕은 이제 농담까지 할 정도로 마음의 안정을 되찾았다.

소금상단이 염수를 떠나 한 시진 정도 말을 달렸을 때였다. 뒤쪽에서 먼지를 일으키며 급히 달려오는 인마가 하나 있었다. 가까이 왔을 때 보니, 남장을 한 수빈이었다.

"태자 전하!"

담덕 일행 앞까지 달려온 수빈이 소리쳤다.

"아니, 말괄량이 아가씨가 여기까지 웬일이오? 혹시 우 대인께서 잊은 것이 있어 우리에게 전해 주러 온 것이오?"

"저도, 태자 전하를 따라……가려고요."

수빈은 급히 말을 달려와서 거칠게 숨을 몰아쉬었다.

담덕 일행은 수빈 때문에 잠시 가던 길을 멈출 수밖에 없었다.

"수빈아! 늦잠 자다가 인사를 못해서 여기까지 달려온 것이냐?"

마동은 인사도 못하고 떠나는 줄 알았다가 수빈을 보자 반갑기 그지없었다.

"마동 오라버니! 농담하지 마셔! 나도 태자 전하를 따라갈 거라구."

"네가 국내성까지 따라가겠다는 거냐? 거기 가서 뭘 하려구?"

"뭐 하긴? 나도 마동 오라버니처럼 태자 전하 곁에서 호위무사 노릇을 할 거야."

마동과 수빈은 산막도장에 있을 때부터 오누이처럼 서로 말까지 트고 지내는 사이였다. 두 사람이 그렇게 대화를 나누는 것을 보며, 주위에 둘러선 사람들은 그저 빙그레 웃을 수밖에 없었다.

그때 우적이 나섰다.

"호위무사는 아무나 하는 게 아니다."

"사범님! 내가 아무나 정도밖에 안 돼요? 정말 사범님께선 그렇게 생각하시는 거예요?"

수빈은 우적에게 고개를 빳빳하게 들고 따졌다.

"수빈아, 너는 여자가 아니냐?"

"여자 호위무사는 없나요? 무술로 따지면 나도 마동 오라버니 못지않아요. 사범님, 이 수빈이를 그렇게 무시하시다니 정말

실망이에요."

"허헛, 참! 너를 무시한 것이 아니라……."

우적은 말문이 막혔다. 변명을 하려다 보니, 수빈의 말이 딴은 옳다고 생각되었던 것이다.

"태자 전하는 거짓말을 안 하는 분이니 묻겠어요. 전하, 무술만 뛰어나면 여자도 호위무사가 될 수 있지요?"

이번에는 수빈이 담덕에게 당돌하게 물었다.

"하하하 핫! 수빈 낭자 말이 옳습니다. 지금 이 자리에서 수빈 낭자를 나의 호위무사로 명하겠소."

담덕도 더는 수빈의 고집을 꺾을 수가 없다는 생각에 국내성까지 동행하기로 마음먹었다.

"우와! 우리 태자 전하 만세! 이 세상에서 태자 전하가 최고야!"

수빈은 하늘을 향해 오른손 엄지손가락을 우뚝하게 뻗쳐 올렸다. 하늘은 구름 한 점 없이 청명했다.

제3장

왕당군
王幢軍

1

탕, 탕, 탕!

한여름에도 대장간 마을에선 쇠메 두드리는 소리가 날카롭게 공기를 갈랐다. 공기의 파열음이 들릴 때마다 햇볕에 반사된 강물은 더없이 반짝거렸고, 직사광선으로 인해 야철장 지붕은 뜨겁게 달구어졌다. 지붕 아래에서도 곳곳에서 불길을 훅훅 내뿜는 화로의 열기가 더해져 야철장 내부의 온도는 외부의 두 배 이상 될 듯싶었다. 거기에다 시뻘건 쇳덩어리를 모루에 올려놓고 쇠메로 내려치는 야장冶匠들의 더운 입김까지 더해져 강바람을 쐬다 야철장 내부로 들어서면 뜨거운 공기가 먼저 숨을 턱턱 가로막았다.

태자 담덕은 국내성에서 남문을 벗어나 압록강의 강둑 위로 말을 달려 대장간 마을에 도착했다. 그는 막 야철장으로 들어서다 말고 얼굴에 와서 달라붙는 뜨겁고 끈끈한 열기 때문에 입구에서 잠시 멈칫했다. 곧 뒤따라서 호위무사 마동과 수빈이 들어섰다.

그때 담덕 일행을 발견하고 야철장 대장 김슬갑이 달려왔다.

"이 폭염에 태자 전하께서 어인 일이시옵니까?"

"과연 열기가 대단하군!"

담덕이 이마의 땀을 훔치며 말했다.

"야철장이야 아무래도 아래위로 열을 받으니 내부 공기가 무척 뜨겁지요. 이런 폭염에는 지붕에서 내려오는 열기도 만만치 않고, 곳곳에서 불을 뿜는 화로의 열기까지 더해지니 숨이 콱콱 막힐 지경입지요."

"그 열기를 말하는 것이 아니라, 이 뜨거운 공기 속에서도 야장들의 열심히 일하는 모습이 감격스러워 하는 말이오."

담덕은 곧 김슬갑의 안내를 받아 야철장 곳곳을 둘러보았다. 웃통까지 훌렁 벗어젖힌 야장들이 저마다 쇠가 담긴 화로에 더욱 열을 가하기 위해 풀무질을 하고, 쇠메로 모루 위의 뻘겋게 달구어진 쇳덩어리를 간단없이 내려치고 있었다. 다시 쇠를 물에 담가 식힐 때마다 치잇 치잇, 하는 소리와 함께 연기 같은 것이 솟았다. 담금질이었다. 이처럼 화로의 달구어진 쇠가 모루에서 쇠메로 단련되고, 다시 물에 들어가 담금질을 하는 과정을 많이 거칠수록 강철이 되어간다고 김슬갑은 설명했다.

"팽이란 놈은 자꾸 회초리로 때릴수록 힘이 살아나 잘 돌아가지요. 쇠도 마찬가집니다. 자주 불속에 들어갔다 나와 쇠메에 두들겨 맞고 물속에 들어가 식는 과정을 반복하면서 강하게 단련되게 마련이지요."

"그 원리가 사람과 같군!"

담덕이 고개를 끄덕거렸다.

"네?"

김슬갑은 그 말의 뜻을 잘 알아듣지 못했다.

"군사들의 훈련 방법도 그와 같다는 얘기요. 피땀 흘려 훈련을 받은 군사들이 전쟁터에 나가면 용감하게 싸우고 자신의 생명도 지켜내지요. 그런 점에서 쇠도 마찬가지 아니겠소? 쇠메에 많이 단련된 강철로 만든 창칼이 적의 무기와 부딪칠 때 부러지지 않을 테니 말이오."

"태자 전하! 바로 맞는 말씀이옵니다."

"더운데 고생들 많이 하는군! 전쟁이 자주 일어나니 계속해서 무기를 만들어두어야 할 것입니다. 막걸리라도 받아다 야장들에게 목이나 축이도록 하시오."

담덕은 마동에게 손짓을 했다.

마동이 얼른 은자가 든 가죽 자루를 꺼내 김슬갑에게 건넸다.

"예, 태자 전하! 지금도 무기 창고를 한 동 더 짓고 있는 중이옵니다."

"나는 이제 훈련장으로 가봐야 하니, 그럼 수고들 하시오!"

담덕은 김슬갑과 야장들을 뒤로하고 다시 말을 타고 강변으로 난 길을 따라 달렸다. 호위무사 마동과 수빈이 그 뒤를 바짝 쫓았다. 말이 빨리 달릴수록 강바람이 전면에서 달려들어 방금 야철장에서 받은 열기를 단번에 식혀주었다.

담덕은 국내성에서 그리 멀지 않은 강변에 야철장과 군사훈련장을 새롭게 만들었다. 염수에서 철괴를 싣고 국내성으로 돌아온 직후 그 두 가지 일을 동시에 진행했다.

염수의 소금대상 우신에게서 연나부 조의선인들의 역모사건 가담에 대한 이야기를 들은 다음부터 담덕은 깊은 고민에 빠졌었다. 철괴와 소금을 싣고 국내성으로 오는 동안 내내 말위에서 그 생각에 몰두해 있었다.

마침내 국내성으로 돌아온 담덕은 부왕을 알현하고 무기를 만드는 야철장과 군사를 기르는 훈련장을 압록강 인근에 짓게 해달고 청했다.

"오랜 가뭄으로 백성들이 큰 어려움을 겪고 있다. 야철장과 훈련장을 지으려면 많은 재화가 필요치 않겠는가?"

대왕 이련은 몇 년 전 요동 원정에서 돌아온 이후 건강이 약화되었고, 온갖 근심으로 인하여 마음까지 심약해져 있었다.

늘 가슴이 두근거리고 답답하여 잠을 제대로 이루지 못했으며, 가만히 앉아 있으면서도 식은땀을 자주 흘렸다. 어의가 진단한 바로는 심기허心氣虛라고 해서 벌써 두 해 가까이 약을 달여 복용하고 있으나 큰 차도를 보이지 않았다.

"폐하! 야철장과 훈련장을 짓는 비용에 대해서는 염려하지 않으셔도 되옵니다. 염수에서 철괴와 소금을 계속 공수해 줄 것이니 야철장에 쓸 재료와 비용은 그것으로 충분하옵니다. 그리고 훈련장의 경우, 이번 기회에 각 부의 조의선인들을 하나로 모을 생각이옵니다. 지금까지 각 부에서는 깊은 산속에 도장을 짓고 조의선인들의 학문과 무술을 닦는 곳으로 활용하고 있사옵니다. 그러나 이러한 사병私兵 양성은 자칫 우리 고구려 왕실을 위협하는 근심거리가 될 수 있사옵니다. 물론 각 부의 조의선인들이 나라가 위급할 때 달려와 선봉에 서서 싸워주기도 합니다만, 이제는 하나로 합쳐 그 힘을 두세 배로 키울 필요가 있사옵니다. 그동안 각 부에서 조의선인들 도장을 운영해온 재화 정도라면, 훈련장을 지어 그들 모두를 체계적으로 조련시키기에 충분하옵니다."

이것이 바로 담덕이 염수에서 국내성으로 돌아올 때 마상에서 깊이 생각해 두었던 계획이었다.

"음, 좋은 얘기다. 그런데 각 부에서 그것을 동의해 줄지 모를 일이구나."

"그 점은 소자에게 맡겨주십시오. 각 부의 수장들을 설득하여 반드시 그리하도록 조처하겠나이다."

담덕이 이렇게까지 자신의 확고한 결심을 밝히자, 대왕도 흔쾌히 허락했다.

요동을 정벌하고 돌아온 바로 그해 겨울 동짓달에 후연의 모용수 아들 모용농이 전날의 패배에 대한 앙갚음을 하기 위해 현도와 요동 두 성을 공격했다. 그 소식을 들은 대왕 이련은 다시 원군을 파견하려고 했으나, 채 군사를 꾸리기도 전에 요동성이 적의 수중에 떨어졌다는 비보를 전해 들었다.

대왕은 후연의 모용농에게 기습적으로 당한 것에 분노했다. 국내성에서 요동성은 멀었고, 그만큼 지키기 어려운 곳이었다. 그러나 요하를 건너 중원으로 향하는 인후부인 만큼, 후연에게 요동성을 빼앗겼다는 사실은 날카로운 화살에 정통으로 심장을 찔린 것처럼 아플 수밖에 없었다. 결국 그것이 마음의 병이 되어 돌아온 것이었다.

계루부의 수장은 국상 고계였으므로, 태자 담덕이 조의선인들을 설득하는 데 큰 어려움이 없었다. 절노부·순노부·관노부도 쉽게 동조를 해왔다. 그러나 연나부만큼은 설득하는 데 많은 어려움이 뒤따랐다. 전 국상 명림수부 사건과 해평의 역모에 관여한 연소불 사건으로 인해 졸지에 연나부는 세력다툼에서 계루부에게 뒤로 밀려났고, 그로 인한 포한이 쉽게 사그라

들지 않았다.

담덕은 새롭게 연나부를 이끌게 된 우형을 만나 설득 작전을 폈다. 이때 태부로 삼은 우적을 대동하고 나섰다. 우형과 우적은 친척으로, 소금대상 우신과도 그리 멀지 않은 혈연 관계였다.

우형과 마주했을 때 담덕은 염수에서 우신을 만난 일과 그때 옛날 연나부 조의선인들의 궁궐 침입 사건을 두고 해원했다는 이야기를 들려주었다.

"이제는 우리 고구려 각 부가 세력다툼을 벌일 것이 아니라 서로 힘을 합쳐 외세의 침략을 막아야 할 때입니다. 갈등이야말로 내부의 적을 만드는 일이고, 그것은 곧 나라 패망의 지름길입니다. 정말 이제부터는 각 부의 갈등이란 환부를 도려내고, 연합된 힘을 길러 사방의 적과 싸워야 합니다. 연나부 조의선인들을 설득시켜 훈련감독을 맡아주시오."

담덕의 말에 우형은 자못 감동한 눈빛이 되었다.

"태자 전하! 이제 저희 연나부를 용서해 주시는 겁니까?"

"용서고 뭐고 없지요. 지금은 흩어진 고구려의 힘을 회복하는 데 가장 절실한 것이 화합 아니겠습니까?"

담덕은 이렇게 고구려 5부를 모두 끌어들여 훈련장을 마련했다. 이미 오래전에 연나부·절노부·순노부·관노부·계루부 등이 동·서·남·북·중앙의 5부로 재편되었지만, 각 부에서는 옛날 명칭까지 두 가지를 모두 사용하고 있었다.

담덕은 조의선인들이 검은 제복을 입기 때문에 흑부군黑部軍으로 호칭을 정했다. 여기에 더하여 산동에서 고구려 유민들로 조직한 태극군과, 태백산 개마고원의 사냥꾼들로 조직된 말갈군까지도 훈련장으로 끌어들여 함께 조직적으로 군사조련을 시켰다. 그 세 개의 조직이 호흡을 맞춰야만 실제 전쟁에서도 긴밀한 관계를 유지할 수 있을 것이기 때문이었다.

흑부군의 훈련감독은 연나부 수장 우형이, 태극군은 전에 담덕의 무술사범이었던 유청하가, 말갈군은 호랑이 사냥꾼 출신의 두치가 맡았다. 그리고 새롭게 담덕의 태부가 된 우적과 무술사범이 된 선재를 각기 총대장과 부대장으로 세워 3군을 통솔해 훈련에 박차를 가하였다.

훈련장을 만든 지 채 1년이 안 되어 국내성을 지키는 중앙군에서 차출한 병력 2천을 합해 태극군 2천5백, 흑부군이 1천5백, 말갈군이 1천의 병력이 되었다. 도합 5천 병력이 훈련장에서 우적과 선재의 지도하에 무명검법에 따른 무술을 배웠고, 단체훈련으로 진법과 전략전술을 익혔다. 특히 태극군 가운데서 중앙군에 소속되어 기마훈련을 받은 1천 병력은 말과 군사 모두 철갑으로 무장을 한 개마무사들이었다.

훈련장은 각 군마다 별도의 훈련을 받는 소연병장과 5천 병력 전체가 모이는 대연병장이 있었다. 1천의 개마무사들이 하는 마상 훈련과 5천 병력 전체가 참여하는 진법 및 전략전술 훈련은 대연병장에서 이루어졌다.

마침내 훈련장에 도착한 담덕은 대연병장에서 5천 병력의 사열을 받았다. 완전무장으로 연병장에 집합한 군사들은 자못 그 위용이 하늘을 찌를 듯했다.

나무로 만든 높은 대에 올라선 담덕이 5천 병력을 향해 소리쳤다.

"우리 군대는 고구려를 대표하는 기동대다. 태극군·흑부군·말갈군 3군이 각기 다른 이름을 갖고 있지만, 이제부터 대왕 폐하의 직속 군대로 왕당군이라 부르겠다. 왕당군은 우리 고구려의 변방에서 외적이 침입할 경우 가장 빨리 달려가 선봉에서 돌격하여 적을 물리치는 군대다. 따라서 왕당군은 폐하가 직접 원정을 나가게 되거나 또는 내가 폐하의 명으로 부월을 받아 출동할 때 선봉군이 되어 떠날 것이다. 적을 맞으면 초전에 박살내는 무적의 군대가 되어주길 바란다. 알겠는가?"

이제 열여섯 살인 담덕의 목소리는 매우 우렁찼으며, 그 표정에는 굳은 의지가 담겨 있었다.

"고구려 만세!"

"태자 전하 만세!"

"왕당군 만세!"

연병장에 모인 5천의 군사들은 일제히 창칼과 기치를 하늘 높이 치켜올리며 외쳤다. 여름 하늘의 강렬한 햇살을 받은 창칼의 반사는 자못 예리하고 날카로웠다.

2

여름이 지나도 대왕 이련의 심기허 증상은 회복될 기미를 보이지 않았다. 그해 9월 한창 나무들이 낙엽을 지우는 가을에 백제가 고구려 남쪽 변방을 공격해 왔다.

백제는 다섯 해 전 내신좌평 진고도와 그의 아들 진가모가 모반하여 대왕 침류를 살해하고 진사를 왕으로 추대했다. 진고도는 진사의 장인이고 진가모는 처남으로, 두 부자가 대왕 진사를 등에 업고 백제의 정치를 좌지우지했다.

백제 대왕 진사는 내정을 수습한 후 즉위 다음 해에 열다섯 살 이상의 청장년을 징발하여 청목령(개성 부근)을 중심으로 하여 그 북쪽의 팔곤성까지, 그 서쪽으로 바다에 이르는 지역에 관방關防을 설치했다. 이곳은 전에 소수림왕이 회복했던 고구려 변경이었는데, 후연의 모용농이 요동을 공략하는 등 서북방이 혼란한 틈을 타서 백제가 다시 부소갑(개성)을 차지하여 그 북쪽에 탄탄한 성곽을 쌓았다. 인삼의 산지인 부소갑을 완전히 백제 권역으로 묶으려는 노골적인 의도를 드러냈던 것이다. 당시 고구려는 요동 원정 이후 군사를 내기가 힘겨운 실정이었다. 따라서 말갈군을 보내 관미령에서 백제와 전투를 벌이게 했으나 큰 성과를 거두지는 못했다. 그런데 그로부터 2년 후에 다시 고구려 변경을 공격했다는 소식이 국내성으로 날아들었던 것이다.

"무어라? 백잔의 무리들이 또다시 준동을 해? 허어, 대체 이를 어찌하면 좋겠는가?"

고구려 대왕 이련이 불편한 심기를 드러냈다.

"서북쪽 요동이 불안하므로 함부로 군사를 낼 수 없사옵니다. 평양성과 수곡성 군사들로 하여금 안으로는 단단히 방어를 하면서 우리 남경을 위협하는 백제군을 겁박하도록 하는 것이 상책인 줄 아뢰오."

오래도록 국내성의 중군을 이끌며 원정 때마다 대장군의 소임을 맡았던 노장 출신 국상 고계가 진언했다.

이때 태자 담덕이 나섰다.

"폐하! 소자가 왕당군을 이끌고 가서 백잔의 무리들을 무찌르고 오겠나이다. 어명만 내려주시옵소서."

"태자는 나서지 말라. 우리 고구려 왕실을 위해선 태자가 짐의 곁을 지켜주어야 한다. 마땅히 원정은 짐이 나서야 하는데 몸이 허락지 않으니, 태자가 심혈을 기울여 길러낸 왕당군을 이끌 수 없는 것이 한이로다."

대왕은 답답하여 자신의 가슴을 두드렸다.

"폐하께서 부월만 주신다면 소자가 왕당군을 이끌고 갈 수 있나이다. 통촉하여 주시옵소서."

젊은 혈기의 담덕은 쉽게 물러서지 않았다.

"우리의 변경을 공격한 백잔의 무리는 1만 병력을 넘지 않는다고 합니다. 저들은 전투를 벌여 성을 차지하자는 것이 아니라, 우리의 반응을 보고자 하는 것임에 틀림없사옵니다. 따라서 이번에는 국내성에서 원정군을 보내기보다는 평양성과 수곡성에 군사를 차출하여 백잔의 무리를 견제하는 정도로 그치는 것이 좋을 듯하옵니다."

고계도 자신의 주장을 꺾지 않았다.

"국상의 말이 옳도다. 작년에 가뭄으로 큰 피해를 입었고, 올해도 폭우와 태풍으로 소출이 줄었다. 이러한 때에 원정군을 낸다는 것은 백성들을 심히 괴롭히는 일이로다. 기왕에 원정군을 낸다면 몇 년 전에 백잔이 부소갑 둘레에 쌓은 청목령 좌우의 관방까지도 깨부숴야 하는데, 그러기엔 군사가 너무 많이 필요하다. 지금은 참고 기다리며 저들의 행태를 관찰하는 것이 중요하다고 생각한다."

대왕의 이와 같은 말에 담덕도 더 이상 고집을 부릴 수가 없었다.

그때 대왕은 답답하다며 손으로 가슴을 두드리다가 얼굴까지 하얗게 변하더니 가쁘게 숨을 몰아쉬었다. 급히 어의가 달려와 진맥을 했고, 내관들의 부축을 받아 침소로 가서 누웠다.

대왕은 어의가 지어 올린 양심탕을 마시고 나서야 겨우 안정을
되찾았다.

대왕이 잠든 것을 보고 나서 침소에서 나온 담덕은 참담한
얼굴로 하늘을 쳐다보았다. 그때 뒤늦게 소식을 듣고 달려온
왕후와 마주쳤다.

"오. 태자! 폐하께선 좀 어떠하신가?"

왕후 하씨는 사십대 중반의 나이지만 아직 젊고 우아한 아
름다움을 간직하고 있었다.

"이제 겨우 진정이 되어 잠이 드셨사옵니다."

"태자는 여기서 잠시 기다리시게. 내 얼른 폐하의 잠든 모습
만 보고 나오겠네."

담덕이 태자로 책봉된 이후부터 왕후는 아들에게 하게체를
쓰고 있었다.

하늘은 맑고 푸르렀으며, 산야는 단풍으로 붉게 물들어 있
었다. 계절은 깊은 가을로 접어들고 있었고, 나무들은 갈색 낙
엽을 지우기 시작했다. 어디선가 소쩍새가 구슬피 울어댔다. 여
름과 달리 가을에 우는 소쩍새 소리는 처량하기 그지없었다.

하늘이 끝나는 저 멀리 공제선에 시선을 보내고 있던 담덕은
부왕의 건강이 걱정되어 수심에 잠겼다. 요동을 정벌할 때만 해
도 패기가 넘쳤던 부왕이었다. 그런데 그 직후 갑자기 건강이
악화되더니 불과 3년 사이 폭삭 늙어버렸다. 몸은 앙상하게 뼈

가 드러날 정도로 바짝 여위었고, 거기에 마음까지도 위축되어 기백이 사라져버렸다.

"얼굴에 수심이 가득한 걸 보니 우리 태자가 폐하의 건강 때문에 걱정이 많이 되는 모양이구먼!"

왕후가 담덕 곁으로 다가왔다.

"벌써 나오셨어요?"

"잠이 드셔서 용안만 뵙고 나왔지요. 자, 어서 가십시다."

왕후는 담덕과 나란히 왕후전으로 향했다.

내전에 들자, 곧 왕후와 담덕은 다담상을 마주하고 앉았다.

"요즘 태자가 군사 조련으로 바쁘다는 얘기는 들었는데, 오늘 마침 잘 만났어요. 전부터 이 어미가 태자에게 긴히 하고 싶은 얘기가 있었거든."

차를 마시며 왕후가 먼저 입을 열었다.

"그러면 진작 소자를 부르시지 않구요?"

"아니, 뭐 그리 급한 이야기는 아니라 차일피일 미루고 있었는데 오늘 폐하를 뵈오니 더 이상 미루면 안 되겠다 싶어서……"

"무슨 말씀이온지……?"

"태자의 국혼 문제요. 올해 태자 나이가 열여섯. 세간에선 이 팔청춘이라 해서 한창 젊은 때라고 여기지요. 혼인 적령기예요. 대왕 폐하께 청하여 하루라도 빨리 태자비 간택령을 내리도록 해야겠어요."

왕후 하씨는 대왕의 건강이 악화되자 태자의 혼사가 급하다고 생각했던 것이다. 만약을 모르는 일이지만, 대왕이 갑자기 승하할 경우 태자는 본의 아니게 불효자가 되기 때문이었다.

"소자의 혼사보다 폐하의 건강이 더 시급한 문제이옵니다. 지금은 혼사를 걱정할 때가 아니옵니다."

"그래서 이 어미가 하는 얘기예요. 폐하께서 자식의 혼사도 보지 못하고 큰일을 당할까 그게 두려운 겁니다."

"그런 말씀을 자꾸 하시면 소자의 마음이 너무 아픕니다. 폐하는 오래오래 사셔야 하옵니다. 소자의 혼사 문제도 간택령을 내려 태자비를 간택하기는 싫습니다. 간택령을 내릴 경우 각 부의 중신들 딸 중에서 정해질 터인데, 이는 자칫 권력다툼으로 나라 정사를 어지럽게 할 우려가 있사옵니다. 예전의 저 연나부 준동을 겪어보지 않으셨사옵니까? 소자는 각 부가 아닌 다른 곳에서 배우자를 구할 것입니다. 차후 왕권을 강화하기 위해서는 그 길밖에 없다는 것이 소자의 생각이옵니다."

담덕은 그러면서 부여 땅에서 만난 아진비의 딸 미령 낭자를 마음속으로 떠올려보았다.

"허면, 우리 태자가 마음에 두고 있는 낭자라도 있는 모양이로군!"

"그 일이라면 폐하께서 쾌차하신 후에 말씀 올리겠습니다."

"오, 그래요. 그렇다면 이 어미가 안심하고 기다리도록 하지요."

왕후는 매사에 생각이 깊은 담덕을 믿음직스럽게 여기고 있었다.

"그런데 한 가지 소청이 있사옵니다."

"소청이라? 그것이 무엇이오? 이 어미가 들어줄 수 있는 것이라면 무엇인들 못하겠나? 어서 말해 보세요."

왕후는 모처럼 아들이 부탁을 해오는 것이 너무 반가워 무릎을 가까이 당겨 앉기까지 했다.

"외삼촌을 만나 뵐 수 있게 해주십시오."

"오, 압록나루에서 대상단을 이끌고 있는 하명재 오라버니를 말씀하십니까?"

왕후는 오래도록 잊고 있던 얼굴을 떠올렸다. 이미 하가촌의 부친 하대용은 세상을 떠났고, 오라버니 하명재가 대상단을 이끌고 있었다. 하가촌 종마장과 초원로를 통한 말 교역은 호자무가 맡았고, 요서에서 백제의 영향력이 크게 위축되면서 발해의 뱃길이 열리자 하명재는 바닷길을 통해 중원과 교역을 하는 데 주력했다. 따라서 하가촌의 대상단은 전보다 두 배 이상 크게 신장한 셈이었다.

"예, 긴히 외삼촌과 논의할 이야기가 있사옵니다."

"허면, 이 어미가 날을 잡아 오라버니를 입궐하라고 이르지요."

왕후는 그날로 하명재 상단에 기별을 취했다.

그리고 며칠 후 하명재가 입궐했고, 왕후는 태자 담덕을 불러 세 사람의 자리를 마련했다.

"외삼촌! 지금 상선을 몇 척이나 가지고 계십니까?"

담덕이 하명재에게 물었다.

"열다섯 척이 있습니다. 주로 다섯 척 정도는 나루에 정박해 있고, 나머지는 출항 중에 있지요."

"상선을 일단 유사시에 군선으로 개조하는 것이 가능합니까?"

담덕이 눈을 빛내며 하명재를 바라보았다.

"우리 상선에도 해적을 상대하기 위해 무술에 뛰어난 장정들을 태웁니다. 상선에 군사들을 태워 무장을 시키면 곧 군선이 되겠지요. 특별히 군선으로 사용하기 위해 상선의 구조를 바꾸는 것도 가능할 겁니다. 예를 들어 노를 더 많이 갖추어 속도를 높인다든가…… 헌데 태자 전하께서 배에 대해 관심이 많으시군요. 무슨 특별한 이유라도 있으신지요?"

"이건 당분간 비밀인데, 우선 외삼촌만 알고 계십시오. 우리 고구려가 대륙을 경영하려면 바다, 특히 발해만과 서해를 장악해야 합니다. 저 중원이 오호십육국으로 갈라져 혼란스런 틈을 타서 한때 백제가 요서를 경략했습니다. 지금도 미미하나 그

영향력을 갖고 있긴 합니다만, 백제가 해상을 장악했기 때문에 요서 경영이 가능했던 것입니다. 백제가 감히 우리 고구려 남경을 넘보는 것도 해상권을 장악하고 있는 힘 때문입니다. 패하(예성강)와 바다가 만나는 곳에 있는 예성항(벽란도), 그 맞은편 갑비고차(강화도)의 승천포구 같은 곳은 인삼 교역항입니다. 몇 년 전 백제가 부소갑을 둘러싼 청목령 좌우에 관방을 설치한 것도 오로지 인삼 경작지를 차지하기 위한 전략이었습니다. 백제는 또한 부소갑의 인삼 농가를 갑비고차로 이주시켜 인삼 경작지를 늘려가고 있습니다. 이는 백제가 서해의 해상권을 장악하고 있기 때문에 가능한 일입니다. 예전에 해평이 반란을 일으키는 바람에 이 몸이 바다에 표류되었던 적이 있습니다. 그때 백제로 가는 동진 사신단이 탄 무역선을 만나 한동안 갑비고차에 머물러 있었지요. 갑비고차와 예성항 사이의 물길은 한수(한강)를 통해 백제의 한성으로 진입하는 관문 역할을 하고 있습니다. 그곳에 백제는 관미성을 쌓아 관문을 굳건히 지키고 있는데, 외부에서 접근하기 어려운 군사요충지입니다. 우리 고구려는 관미성을 공략해 백제로부터 인삼 교역권을 빼앗아 와야 합니다. 그러면 자연적으로 부소갑과 갑비고차의 인삼 경작지도 우리 고구려의 차지가 됩니다. 백제는 인삼 교역권을 국가 소유로 하여 현지에 관리를 파견하고 있습니다. 인삼 교역으로 발생되는 수익이 국고에 들어가고, 그 자금으로 군사력을 강화한 것입니다. 백제의 관문인 관미성을 공략하기 위해서는 많은 군선이 필요합니다. 우리 고구려가 관미성을 손에 넣어 부소갑과 갑비고차의 인삼 경작지를 차지하게 되면, 저 중원과의 인삼 교역으로 막대한 수익을 창출할 수 있을 것입니다. 그때에 대비하여 상선을 더 많이 보유해야 할 것이구요. 외숙께서 이 기회에 군선도 수십 척 만들어 나라에 기여할 의향은 없으십니까? 그 보답은 관미성 공략 후 인삼 교역권을 드리는 것으로 대신하겠습니다."

담덕은 오래전부터 마음속으로 계획하고 있던 관미성 공략 계획을 하명재에게 털어놓았다.

"태자 전하께서 그런 원대한 계획을 가지고 계시다니, 정말 대단하십니다. 그렇지 않습니까, 왕후 전하?"

하명재가 담덕에게 머물렀던 눈길을 왕후에게로 향하며 놀란 표정을 지었다.

"오, 우리 태자의 지략이 나라의 부국강병에까지 미치고 있지 않습니까? 오라버니께선 우리 태자의 청을 들어주실 수 있습니까?"

왕후도 감동한 눈빛으로 담덕과 하명재를 번갈아 바라보았다.

"물론입니다. 명색이 상인인데 이러한 큰 거래를 놓칠 수 없지요. 압록나루에는 배를 만드는 장인들이 상주하고 있으니,

앞으로 1년 안에 상선과 군선 1백 척을 만들어 나라에 바치겠나이다."

하명재는 흔쾌히 담덕의 청을 들어주었다.

"외삼촌께서 인삼 교역을 하게 되면 저 중원 땅에서 서역을 오가며 대상단을 이끄는 우리 고구려 유민 출신의 행수를 소개해 드리겠습니다."

담덕은 장안에서 만난 조환과 손장무 두 행수의 얼굴을 떠올리며 자신 있게 말했다.

3

백제 대왕 진사는 재위 6년째로 접어들면서 차츰 불안을 느끼기 시작했다. 형 침류왕의 원자 아신이 점차 나이를 먹어가고 있기 때문이었다. 진고도와 진가모가 모반을 일으켜 침류왕을 독살하고 그 동생 진사를 왕위에 추대할 때, 원자 아신이 어리다는 이유로 장자가 아닌 형제계승을 고집했던 것이다. 그런데 아신이 장년의 나이로 접어들게 되자, 요서에 있는 침류왕의 처남 진무가 조카의 왕위를 찬탈한 진사와 그의 세력들을 축출하겠다며 이를 갈고 있다는 풍문이 심심찮게 백제 도성인 한성으로 날아들고 있었다.

이미 요서지역에서는 모용수가 후연을 세워 점차 세력을 확장해 나가면서 전에 백제가 경략했던 요서와 진평 두 군에 대한 지배력이 크게 약화되었다. 근초고왕의 형과 진평이 각기 나누어 경영했던 이 지역은, 두 사람이 죽고 나서 통치 근간이 흔들려 피지배세력이었던 대부분의 부여 유민들이 뿔뿔이 흩어져버렸다. 그 기회를 틈타 후연이 모용부를 설치하고 점차 그 세력을 확장해 나가고 있었다. 이렇게 되자 진정의 아들 진광과 손자 진무는 가솔과 가신들만 거두어 발해만 작은 포구로 이주해 정착했다. 이후 그들은 작은 상단을 꾸려 백제와의 교역으로 겨우 생계를 유지해 나가고 있는 형편이었다.

진고도의 아들 진가모는 진사왕 재위 3년 정월에 달솔의 품위를 받았다. 달솔은 수도 5부 및 지역 오방五方의 장인 방령에게 주어지는 관등이었다. 백제 최고 관등인 6좌평에 오르려면 반드시 달솔을 거쳐야 하는 요직이었다.

진사왕 재위 6년 8월, 달솔 진가모가 대왕 진사를 알현했다.

"달솔 진가모, 폐하께 아뢰나이다. 작금 요하의 진무가 아신을 왕으로 추대하기 위해 역모를 꾸미고 있다는 소문이 나돌고 있사옵니다. 이와 때를 같이하여 국내에서도 장자계승의 원칙을 고집하는 침류왕 추종 세력 또한 움직임이 심상치 않습니다. 근래 들어 흉작으로 인해 민심이 날로 흉흉해지는 이때에 국론분열이야말로 진무 일당에게 기회를 주는 꼴이 될 위험이 있사옵니다. 나라의 힘을 하나로 뭉치는 가장 확실한 방법은 전쟁뿐이옵니다. 작년 이맘때 고구려 변경을 쳐서 적의 힘을 시험해 본 결과, 이번에 다시 대군을 일으켜 고구려를 치면 반드시 승산이 있을 것이옵니다. 고구려왕 이련은 심질환을 앓아 자리보전을 한다는 소문입니다. 어렵게 차지했던 요동 땅을 연나라 모용농에게 다시 빼앗기면서 얻은 지병인데, 작년에 우리 백제가 고구려를 쳤을 때도 그 병 때문에 원정군을 보내지 못했다고 합니다. 이번에 우리 백제군이 고구려를 치면 고구려왕 이련은 심질환으로 인한 울화 때문에 오래 견디지 못하고 죽을 것입니다."

"흐음, 고구려를 칠 절호의 기회인 것은 사실이나 적국 왕의 환후가 깊은 것을 기회로 이용한다는 점이 걸리는군요."

대왕 진사는 신중한 태도를 견지했다.

"오래전 고구려왕 사유가 우리 백제와의 전투에서 전사했을 때 당시 태자 전하께서 근초고대왕께 곧바로 평양성을 치자고 강력히 주장한 바 있습니다. 그러나 대왕이 군대를 철수시키는 바람에 절호의 기회를 놓쳤사옵니다. 만약 당시 태자 전하의 주장대로 평양성을 공격했더라면 우리 백제가 패수(대동강)를 경계로 하여 그 이남의 땅을 차지할 수 있었을 것입니다. 서로가 죽고 죽이는 전쟁에서 적의 사정을 봐준다면 이는 언어도단일 뿐입니다. 인륜을 따지고 예법을 차리면서 어찌 적에게 창칼을 들이댈 수 있겠습니까? 한번 군사를 일으켜 안으로는 내부의 혼란을 잠재우고, 밖으로는 우리 백제의 강함을 보여주는 일거양득의 효과를 거둘 수 있는 절호의 기회입니다."

진가모는 열변을 토했다.

"달솔께선 고구려와의 전쟁으로 어찌 내부 혼란을 잠재울 수 있는지 설득력 있게 설명해 보시오. 짐은 그 점을 잘 납득할 수 없습니다."

진사는 침착했다. 전쟁을 자주 일으켜서 오히려 국력을 약화시키는 결과를 초래하지 않을까 심히 우려되었던 것이다.

"대왕 폐하의 굳건함을 보여주는 것은 강한 군사력이옵니다. 그리고 강한 군사력은 적군을 크게 무찌름으로써 증명되옵니다. 강한 군사력을 가진 대왕 폐하에게 감히 누가 도전을 해오겠습니까? 소문처럼 요하의 진무가 국내의 침류왕 추종 세력과 밀통하여 아신을 왕으로 추대하는 역모를 꾸미고 있다 해도, 이번 고구려 원정에서 크게 성공하면 더럭 겁을 먹고 꼬리부터 내리게 될 것이옵니다. 그것이 바로 내부 혼란을 잠재울 수 있는 유일한 방법이옵니다."

"원정군을 파견했을 때 진무와 결속한 국내 세력이 준동한다면 어찌하려고 하오?"

"아직 아신의 세력은 크게 염려할 정도가 아니옵니다. 하지만 그대로 놔두면 점점 힘을 길러 나중에는 걷잡을 수 없을 정도로 세력이 강해질 것이옵니다. 소장은 이 기회에 아예 반역

세력의 싹을 더 이상 자라지 못하게 싹둑 잘라버리자는 것이 옵니다. 그렇다고 지금 볍씨를 뿌려놓은 못자리에서 피를 골라내듯 반역의 무리들을 찾아내 제거할 수도 없는 노릇이옵니다. 심증은 가나 물증이 없다면 그런 무리들을 찾아내 제거하기 곤란하니, 고구려와의 전쟁에서 크게 승리를 거두어 대왕 폐하의 군대가 강함을 보여줌으로써 차제에 반역의 뜻을 품을 수 없게 만들자는 것이옵니다."

"이를 테면 내부의 우환을 외부에서 해결한다는 전략이로군!"

"맞습니다. 소장에게 군사 5천만 주시면 기습공격으로 고구려 변경의 성을 공략하고 돌아오겠습니다."

"5천으로 되겠소?"

"부소갑을 지키는 청목령 군사들 5천을 지원토록 하는 파발을 띄워주시면 도합 1만으로 적의 허를 찔러 고구려왕 이련의 심사가 뒤집어지도록 만들겠사옵니다."

이렇게 하여 달솔 진가모는 대왕 진사를 설득, 날랜 군사 5천을 차출해 고구려 변경으로 출병하라는 명을 받았다.

원래 진가모는 자기 능력을 지나치게 과신하여, 남 앞에 용맹을 드러내 칭찬을 받고 싶어 하는 용렬한 성격의 소유자였다. 지난날 청년 장수 시절 부소갑을 공격한 고구려 소수림왕의 군대를 격파하러 출동했다가 허허실실의 전략에 속아 기습

작전에 실패하는 우를 범했던 것도 그러한 성격을 잘 드러내주고 있었다. 그가 불과 5천의 병력을 이끌고 가서 고구려 변경을 치려고 하는 것은, 자신의 벼슬이 달솔로는 성에 차지 않아 백제 전군을 지휘할 수 있는 병관좌평의 지위에 오르기 위한 욕심에서 비롯된 것이었다.

진가모는 출정하기에 앞서 미리 파발마를 띄워 청목령 군사들 5천을 그 북쪽에 위치한 팔곤성에 보내 시위케 했다. 이렇게 먼저 고구려의 이목을 팔곤성으로 집중시킨 연후, 그는 한성에서 출정한 원정군을 이끌고 가서 도곤성을 기습해 일격에 탈취하려는 것이었다. 이른바 성동격서의 전략으로, 고구려의 아픈 곳을 찌른 후 곧바로 군사를 돌려 회군함으로써 미처 손을 쓸 수 없도록 하자는 데 있었다.

이러한 작전대로 진가모는 한성의 군사 5천을 이끌고 도곤성으로 출정했는데, 군사 누구도 목적지가 어디인지 알지 못한 채 낮에는 숲속에 들어가 휴식을 취하고 깊은 밤에만 소리 없이 이동했다. 군사들에게 하무를 물리고 말발굽은 헝겊과 볏짚 등으로 감싸 이동의 흔적조차 남기지 않았다.

한편 고구려군은 청목령 북변의 팔곤성에서 백제군이 시위하고 있다는 보고를 받고, 그들의 움직임을 예의 주시하고 있었다. 그러다가 느닷없이 백제 원정군이 도곤성을 급습해 함락시킨 후 2백여 명의 포로를 이끌고 한성으로 회군했다는 소식이 들려왔다.

"무엇이? 도곤성이 함락됐다고?"

고구려 대왕 이련은 백제군에게 농락당한 기분이었다. 차라리 제대로 싸워보고 도곤성을 빼앗겼다면 그래도 덜 분할 것 같았다. 백제 한성의 원정군이 도곤성까지 쳐들어와 기습 공격을 할 때까지 아무런 기미도 알아차리지 못했다는 것은 부쩍 자존심 상하는 일이 아닐 수 없었다.

대왕 이련은 조회에 나온 대신들 누구도 먼저 입을 여는 사람이 없자, 답답한 마음에 재차 언성을 높였다.

"대체 어찌 된 노릇이냐고 묻고 있질 않소? 도처에 파견해 놓은 세작들은 낮잠을 자고 있었던 것이오? 어찌 백제 원정군의 움직임을 간파하지 못했단 말이오?"

이련은 얼굴까지 벌겋게 달아올라 옥좌에서 벌떡 일어나 대신들을 손가락질을 해대며 꾸짖었다.

"폐하! 진정하시옵소서. 적장은 진가모라고 내신좌평 진고도의 아들이온데, 성동격서 전략으로 팔곤성에서 시위를 벌이면서 기습으로 도곤성을 쳤사옵니다. 원정군도 불과 5천을 끌고 와서 도곤성을 공략한 뒤 곧바로 회군했다 하옵니다. 포로병 2백여 명까지 이끌고 한성으로 회군해 백성들이 보는 앞에서 시위를 했다는 소문이 있사옵니다. 이는 전면적으로 전쟁을 하자는 것이 아니라, 백제 내부의 문제를 해결하기 위한 얕은 수

작에 불과하다고 판단됩니다. 백제왕 진사는 이번 도곤성 공략의 공로를 인정하여 진가모를 병관좌평에 임명했다 하옵니다. 이는 진사왕이 사사롭게는 처남인 진가모에게 병권을 쥐어주기 위한 일종의 미봉책이라 사료되옵니다. 이는 분명 진사왕과 조카 아신 사이에 불협화음이 일어나는 것을 강력한 군사력으로 막기 위한 고육지책이므로, 곧 얼마 지나지 않아 백제에서 분란이 야기될 것으로 예견됩니다. 그러하오니 폐하께서는 백제군을 크게 염려하지 않으셔도 될 것이라 사료되옵니다."

아무도 먼저 나서려는 대신들이 없자, 국상 고계가 일단 사태를 수습하려고 체면 무릅쓰고 졸렬하기 짝이 없는 이유를 들어 변명부터 했다.

"제신들은 그런 백잔의 하찮은 꾀에 우리가 넘어간 것이 억울하지도 않단 말이오?"

대왕 이련은 몸을 부들부들 떨다 옥좌에 쓰러지듯 주저앉았다. 방금 열에 들떠 벌겋게 달아올랐던 얼굴은 어느 사이 백랍처럼 하얗게 변해 있었다. 그는 오른손으로 가슴을 쥐어뜯으며 몸부림을 쳤다.

"폐하, 이런 때일수록 옥체를 굳건히 하셔야 하옵니다. 여봐라! 어의는 어디 있느냐? 어서 폐하를 모시어라!"

태자 담덕의 얼굴에 일순, 깊은 그늘이 덮였다.

어의가 달려와 맥을 짚어보고 급히 침을 놓자, 대왕 이련은 겨우 안정을 되찾았다. 내관들에 의해 대왕은 침전으로 옮겨졌고, 어의가 처방한 보심단을 먹고 곧 잠이 들었다.

부왕의 병세만 위독하지 않았다면 당장이라도 군사를 일으켜 백제를 치고 싶었지만, 담덕은 인내심을 가지고 참을 수밖에 없었다. 백제는 남쪽 변방 이곳저곳을 조금씩 건드리며 변죽만 울리는 전법으로 고구려를 괴롭혔다. 그 소식을 접할 때마다 부왕의 심기허 증상은 더욱 악화되었다. 마치 백제는 그런 부왕의 증상을 부채질하듯 호시탐탐 공격을 가해 왔던 것이다.

해가 바뀌었다. 대왕 이련의 병세는 호전될 기미를 보이지 않았다. 이제는 침전에서 아예 자리보전을 하고 누워 있을 뿐, 문 밖출입도 제대로 하지 못했다. 사실상 이때부터 태자 담덕이 국정을 맡아 진행했다.

담덕은 부왕의 환후로 보아 한 계절을 넘기기 어려울 것 같다는 느낌을 지울 수 없었다. 만약 이러한 틈을 노려 백제가 대군을 이끌고 변경을 공격해 온다면, 고구려로서는 내우외환으로 심각한 혼란에 빠질 우려가 있었다. 작년 가을 백제군 5천을 이끌고 와서 도곤성을 급습한 공로로 병관좌평이 된 진가모는, 그러한 상대의 약점을 노려 급소를 치는 빠지는 파렴치한 방법도 서슴지 않을 위인이었다.

봄이 끝나갈 무렵, 담덕은 말갈군 장수 두치에게 비밀리에 명령을 내렸다.

"대왕 폐하의 환후가 염려되는 이때 백제군이 도발할까 심히 염려스럽소. 그들이 도발하기 전에 우리가 먼저 적의 급소를 쳐서 기를 죽여놓아야겠소. 두치 장군이 그동안 훈련장에서 갈고닦은 말갈군 1천을 이끌고 가서 백제의 적현성을 치시오. 작년에 적장 진가모가 우리 고구려의 도곤성을 친 것에 대한 보복의 의미도 있소. 기밀을 유지해 적이 우리 군사의 움직임을 모르도록 해야 할 것이오."

담덕의 명을 받고 두치는 휘하의 말갈군 1천을 이끌고 백제 북변의 적현성을 기습해 일격에 함락시켰다.

4

한창 초여름으로 접어드는 5월, 고구려 대왕 이련의 환후는 더욱 깊어졌다. 태자 담덕은 며칠 동안 꼼짝도 하지 않고 부왕의 병상을 지켰다. 그는 조용히 눈을 감고 있는 부왕의 얼굴을 바라보았다. 얼굴의 양쪽 광대뼈가 툭 불거진 데다 볼살은 빠지고 눈자위도 움푹 들어가, 살가죽만 없다면 해골이나 다를 바 없었다. 입을 앙다문 채 이마에 깊은 주름 두어 개가 그려진 모습은, 그래도 그 얼굴에 나타난 고집 하나만큼은 살아 있음의 증거라고 할 수 있었다. 아니, 그 고집이라도 있기 때문에 오랜 병고에도 목숨을 부지하고 있는 것이란 생각이 들었다.

바로 그때 혼잣소리처럼 대왕 이련의 이를 갈아붙이는 소리가 들렸다.

"백잔, 이놈들이 감히……!"

대왕의 마른 장작 같은 팔과 손가락에는 힘이 잔뜩 들어가 부들부들 떨리고 있었다.

"폐하! 고정하소서!"

담덕이 부왕의 손을 잡았다.

그때 대왕이 눈을 번쩍 떴다.

"흐음……! 태자, 네가 곁에 있었구나!"

"너무 화를 내시면 몸에 해롭습니다. 마음을 편하게 가지셔야 하옵니다."

대왕이 고개를 돌려 담덕을 바라보았다.

"담덕아! 이 아비의 오랜 숙원이 뭔지 너도 잘 알고 있겠지? 생전에 부왕의 원수를 갚으려고 했는데, 그것을 이루지 못하고 이렇게 누워 있기만 하니 울화가 치밀어 못 견디겠구나."

대왕은 자신의 손아귀에 잔뜩 힘을 주었다. 그 손을 잡고 있는 담덕에게도 뼈만 앙상한 손가락에서 예상치 못한 강한 힘이 느껴졌다. 그것이 더욱 담덕의 마음을 안쓰럽게 했다. 건강해서 힘이 생긴 것이 아니라, 그것은 강한 분노로 인한 안간힘 같은 것에 다름 아니었다. 그런 느낌이 들자 담덕의 부왕을 바라보는 눈빛이 더욱 처연해졌다.

"어의가 말하기를 울화는 독이라 했사옵니다. 폐하께서 몸이 쾌차해 일어나시면 소자가 반드시 백잔의 무리들을 물리쳐 선대왕들의 원수를 갚아 그 숙원을 풀어드리겠나이다."

이렇게 말하는 담덕을 가만히 올려다보던 대왕이 마침내 기운을 차려 자리를 털고 일어나더니, 목울대가 움직이도록 침을 안으로 삼키며 천천히 입을 열었다.

"그럼, 그리해야지. 우리 태자가 그리하리라 믿는다. 백잔뿐만이 아니다. 저 요동의 선비족과 북방의 거란이나 부여 또한 호시탐탐 우리 고구려 변경을 노리고 있다. 그들을 부용국으로 삼아 동명성왕의 다물정신을 이어가야 하느니라. 그리하려면 우리 고구려가 주변국 어느 나라도 감히 넘보지 못할 정도로 강성해져야 한다. 알겠느냐? 담덕아, 그런 강국을 만들려면 앞으로 어찌해야 한다고 생각하느냐?"

"우리 고구려를 강국으로 만들려면 우선 백성들의 마음을 하나로 뭉치게 해야 한다고 생각하옵니다."

담덕이 대답했다.

"백성들의 마음을 하나로 뭉치게 하려면……?"

"저 부처의 나라 천축(인도)을 통일한 아육왕(아소카왕)처럼 불교를 융성케 하여 백성들을 교도하겠나이다. 폐하께서 평양성에 아홉 개의 사찰을 창건하라 명하신 것도 그와 같은 호불

정신을 근간으로 한 것이 아니옵니까?"

"바로 그러하다. 허나 나라 경제가 어려워 사찰 창건조차 중지하고 있으니, 그것이 매우 안타깝구나."

"폐하! 너무 걱정하지 마시옵소서. 소자가 반드시 경제를 부흥시켜 평양성에 세우고 있는 아홉 개의 사찰부터 완공토록 하겠나이다."

"무엇으로 경제를 부흥시키려느냐?"

"나라의 부강은 군사력도 중요하지만, 그것을 길러낼 경제력을 먼저 키워야 할 것이옵니다. 우선 백잔이 장악하고 있는 부소갑과 갑비고차의 인삼 재배단지를 차지하여 인삼 교역권을 우리 고구려가 가져와야 합니다. 갑비고차를 차지하려면 백잔의 관문인 관미성을 반드시 빼앗아 고국원대왕의 원수도 갚고 인삼 교역을 통한 나라 경제도 부강하게 만들어야 합니다. 그런 연후 저 서북방의 거란을 치겠사옵니다. 거란족의 한 갈래인 비려 땅에 가면 염수가 있사온데, 호숫가에 소금이 산같이 쌓여 있사옵니다. 그리고 거기서 더 서북쪽으로 가면 금산이 있는데 땅속에 철이 대량으로 매장되어 있다 하옵니다. 또한 금산을 넘어가면 서역과 통하게 되어 있사옵니다. 대흥안령과 금산을 넘어 서역과의 교역을 활성화한다면 우리 고구려에는 머지않아 재화가 넘쳐나게 될 것이옵니다. 그런 연후 부여 땅까지 차지할 경우 그 북쪽의 초원길을 열 수 있고, 지금처럼 우회

하지 않고도 서역의 명마들을 들여와 철갑기병을 더욱 많이 길러낼 수 있사옵니다. 이렇게 인삼에 소금과 철, 그리고 서역의 명마까지 얻는다면 우리 고구려는 곧 부강한 나라가 될 것이옵니다. 그 재화로 무기와 갑옷을 만들고 군사들을 길러 불국정토의 나라로 우뚝 서게 한다면, 어느 누구도 감히 우리 고구려를 넘보지 못하는 강한 나라로 만들 수 있사옵니다."

담덕은 그동안 꿈꾸어 오고 있던 자신의 생각을 부왕 앞에 당당하게 털어놓았다. 그의 말을 신뢰한다면 부왕이 병마를 이기고 자리에서 훌훌 털고 일어날 것만 같은 생각이 들었던 것이다.

"오오! 우리 태자가 대단한 포부를 가지고 있구나. 그리해야지, 암 그리해야 하고말고……."

대왕 이련은 얼굴 가득 미소를 띠고 담덕을 바라보았다.

바로 그때 왕후 하씨가 침전의 문을 열고 들어섰다.

"폐하! 부자지간의 오가는 대화가 화기애애하십니다."

"오오, 왕후구려! 어서 오시오. 짐은 이제 죽어도 여한이 없을 것 같소. 태자의 말을 들으니 우리 고구려를 이끌어 갈 역량을 충분히 갖추고 있지 뭐요."

대왕은 모처럼 만에 껄껄대고 웃기까지 했다.

"방금 하신 말씀은 거두어주소서. 폐하가 없이 어찌 소자가 나라를 이끌어 갈 수 있겠나이까? 어서 쾌차하셔서 소자에게 주변국을 공략하도록 명을 내려주소서."

담덕이 왕후에게 자리를 비켜주며 말했다.

"모처럼 부자간의 대화를 방해하지 않기 위해 내관에게 조용히 하라고 주의를 주었지요. 그런 연후 몰래 문밖에서 다 들었답니다. 요즘 태자가 폐하의 병상을 지키느라 밤새 한숨도 못 잔다고 들었다오. 오늘은 이 어미가 폐하의 곁에서 병수발을 들 터이니 태자는 물러가서 편히 쉬도록 하세요."

왕후는 담덕을 쉬게 하기 위해 일부러 대왕의 병상을 찾아온 것이었다.

"하오면 소자는 물러가옵니다. 두 분께옵서 모처럼 좋은 시간을 가지시기 바라옵니다."

담덕은 부왕의 병상에서 물러나 밖으로 나왔다.

다음 날 오후, 담덕은 왕후의 부름을 받았다. 내전으로 들자 왕후가 반갑게 태자를 맞았다. 다과와 차가 마련되어 있었다.

"이제부터 태자가 마음을 단단히 먹어야 합니다."

왕후의 눈언저리에 물기가 번져 있었다. 분으로 한 화장이 얼룩져 있어 담덕도 그것을 알 수 있었다.

"폐하의 환후를 걱정하고 계셨군요?"

"……그래요."

대답 끝에 왕후의 입에서 긴 한숨이 새어 나왔다.

"웬 한숨이시옵니까?"

담덕은 왜 왕후가 수심에 쌓여 있는지 잘 알면서도 딱히 위로할 말을 찾지 못했다.

"태자 곁에 든든한 버팀목이 있어야 하는데, 어미는 그것이 걱정이에요."

"폐하가 계시지 않습니까? 곧 쾌차하셔서 나라 정사를 살피실 것이옵니다."

"그렇지가 않아요! 어제 태자가 한 말을 들으시고 폐하께선 매우 흡족해 하셨어요. 태자가 폐하의 근심을 많이 덜어드린 것은 매우 잘한 일이라 생각해요. 다만 어제 태자가 나간 후 폐하께서 말씀하시기를, 이제 마음 놓고 눈을 감을 수 있다고 하시는 게 아니겠습니까? 그런 마음 약한 말씀 마시라고 했지만, 폐하의 눈을 보니 전보다 분노가 사라지고 편안해지셨어요. 태자는 그것이 무엇을 의미하는지 아시겠지요?"

왕후가 정면으로 담덕의 눈을 바라보았다. 서로의 눈길이 한동안 만났다가 어느 순간 허공에서 엇갈렸다. 그 헤어지는 왕후의 눈길에는 애처로움이 진하게 묻어 있었다.

"너무 걱정하지 마시옵소서. 소자도 이제 어린아이가 아닙니다."

"알아요. 하지만 열여덟 살의 나이로 우리 고구려를 짊어지고 가기에는 그 무게가 너무 버겁다는 말씀입니다. 더구나 아직 배우자도 없으니, 폐하와 내가 걱정하는 것이 바로 그것입니다. 고구려 왕실을 굳건하게 하기 위해서는 폐하가 살아 계실 때 국혼을 치러 태자비를 정해야 하는데……."

왕후는 또 말끝에 한숨을 토해 냈다.

"지금은 국혼을 치를 때가 아닌 것 같사옵니다. 먼저 폐하께옵서 병상을 털고 일어나시는 것이 우선되어야 하옵니다. 그때 가서 소자가 배우자에 대한 말씀을 올리겠사옵니다."

담덕은 그러면서 다시금 부여 땅에서 만난 아미령 낭자의 얼굴을 떠올렸다.

"우리 태자가 효자라는 것은 내가 익히 알고 있는 바요. 그러나 그 문제 말고 이 어미에게 또 하나 근심거리가 있다오."

"무엇이오니까?"

"태자 곁에 든든한 버팀목이 될 만한 충정 어린 대신이 필요합니다. 옛날 을두미 사부 같은 스승이 있어야 태자가 외롭지 않을 터인데……."

왕후는 그러면서 슬쩍 태자의 눈치를 살폈다.

담덕은 이미 왕후가 드러내 놓고 내색은 하지 않았지만 부왕 사후의 일을 걱정하고 있음을 모르지 않았다.

"부여 땅에서 같이 온 우적 사부가 있지 않사옵니까? 또한 선재 사범도 소자에게는 든든한 우군이 되어줄 것이옵니다."

"그 두 사람이 태자에게 큰 힘이 되어줄 것임을 이 어미도 모르지 않습니다. 그러나 장차 고구려를 강국으로 만들기 위해서는 지략을 겸비한 인물들이 더더욱 많아야 하지 않겠느냐, 이 말씀입니다."

왕후가 담덕을 향하여 의미 있는 눈빛을 던졌다.

"하오면, 따로 생각하고 있는 인물이 있사옵니까?"

담덕의 물음에 왕후는 잠시 뜸을 들이다가 마침내 결심이 선 듯 입을 열었다.

"태자의 호위무사 이름이 마동이라고 했지요?"

"예, 그렇사옵니다. 하가촌 도장에 있을 때 을두미 사부가 마동을 소자의 호위무사로 정해 주셨사옵니다. 당시에는 업동이라 불렸는데, 그가 말을 하도 잘 타서 소자가 마동이라고 이름을 새로 지어주었습니다."

"그 아비 되는 사람이 산동에 있다고 했지요?"

"예, 산동에서 해적들을 무찌르는 해룡부의 수장 일목장군을 말씀하시는군요?"

"그래, 일목장군이라 했지. 외눈박이 장군이라 그리 부른다면서요?"

"예, 그렇게 들었사옵니다."

"혹시 태자는 그 장군의 본명이 무엇인지는 아시오?"

"소자는 모르옵니다. 아마도 마동은 알고 있을지도……."

"허면, 이 어미가 마동을 한번 만나보고 싶소. 조만간 내게 마동을 보내줄 수 있겠소? 긴히 둘이서 할 얘기가 있습니다."

왕후는 무엇인가 확신에 찬 눈빛으로 담덕을 바라보았다.

담덕은 다음 날 마동을 왕후 처소로 보냈다.

"신, 마동이 왕후 전하를 뵈옵니다."

마동은 왕후 하씨를 대하자 겁부터 집어먹었다. 왕후가 그를 부른 까닭을 도무지 짐작할 수 없었기 때문이다.

"우리 태자를 곁에서 잘 호위해 준다고 들었다. 매우 고마운 일이야. 그것에 대해선 내가 따로 고마움을 표시할 날이 있을 것이다. 오늘은 다른 일로 불렀다. 내가 지금부터 묻는 말에 한 치의 거짓 없이 대답해 주기 바란다."

왕후의 말은 매우 사무적이었다. 그 차가운 눈빛을 대하자 마동은 갑자기 죄를 지은 듯 어찌할 줄 몰랐다.

"예, 무엇이든 하문하시면 거짓 없이 아뢰겠나이다."

"산동에 있는 그대의 아비에 관한 일이다. 일목장군이라고 했지?"

"예!"

"그대는 어린 시절부터 아비와 함께 지냈다고 들었는데, 어미는 어찌 되었는가?"

"예, 소인은 어미 없이 자랐사옵니다. 어미가 누구인지도 모르옵니다. 부친의 말씀으로는 패수 강가에서 홀로 울고 있는 갓난아기를 주워왔다고 했사옵니다."

이 말에 왕후는 가만히 고개를 끄덕거렸다.

"그래서 어린 시절 그대 이름이 업동이라 불렸던 게로구나."

"예, 을부미 사부께서 처음부터 그렇게 부른 것이 그대로 이름이 되어버렸다고 들었사옵니다."

"허면 그대의 아비 이름인 일목도 을두미 사부께서 지어준 것이겠군!"

"예, 평양성 전투에서 왼쪽 눈을 잃어 그런 이름을 지어주셨다 하옵니다."

"그대는 아비의 본명은 알고 있느냐?"

왕후는 그러면서 마동의 눈을 뚫어지게 바라보았다. 그 차가운 눈빛에 잔뜩 겁을 집어먹은 마동은, 자신도 모르는 사이에 눈길을 아래로 내려뜨리고 대답했다.

"모, 모르옵니다."

"어찌 갑자기 말을 더듬느냐?"

"하가촌 도장에서도 아비는 일목으로 불렸을 뿐, 본명이 무엇인지 아무도 가르쳐주지 않았사옵니다."

마동의 말은 거짓이 아닌 것 같았다.

"알았다. 이제 나가 보거라."

왕후는 무언가 확신에 찬 눈빛이 되어, 등을 돌려 나가는 마동의 뒷모습을 응시했다.

'맞아! 추수가 분명해! 추수가 죽지 않고 살아 있었던 거야!'

왕후는 담덕이 요동 전투에서 대왕과 함께 돌아왔을 때, 자신이 품속에 간직하고 있던 단도와 똑같은 것을 일목이 가지고 있었다는 말을 기억했다. 왕후는 분명히 그 단도가 평양성 전투에 나갈 때 자신이 행운을 비는 마음에서 추수에게 준 선물이라고 확신했다.

다음 날 왕후는 태자 담덕을 다시 불렀다. 그러고는 마동을 시켜 반드시 산동에 있는 해룡부 수장 일목장군을 국내성으로 오도록 하라고 지시했다.

그로부터 며칠 후, 대왕 이련은 끝내 숨을 거두고 말았다. 잠을 자다 말고 갑자기 심장이 멈추어버렸다. 태자 담덕이 매일 병상을 지키고 있었지만, 잠시 자리를 비운 사이에 혼자 죽음의 순간을 맞이했던 것이다. 국내성 인근의 고국양 언덕에 장사지내니, 그가 바로 고구려 제18대 고국양왕이었다.

제4장

영락태왕

1

　왕의 자리는 한시도 비워둘 수 없었다. 그러므로 부왕의 훙거로 태자 담덕은 곧바로 왕위를 이어받아야만 하였다. 국상 중이었기 때문에 즉위식은 약식으로 거행되었다. 담덕 스스로가 그렇게 하길 원했고, 제신들도 크게 이의를 달지 않고 그 명에 따랐다.

　부왕의 장례를 모시고 나서 상복을 벗고 용포로 갈아입은 대왕 담덕은, 모든 문무대신이 참석한 조회에서 무겁고 강한 어조로 다음과 같이 선언했다.

　"우리 고구려는 천자의 나라요. 그러므로 지금과는 다른 나라가 되어야 하오. 이제까지 저 서북쪽의 선비족과 거란족, 그리고 남쪽의 백잔이 호시탐탐 우리의 국경을 노렸소. 그러나 짐은 앞으로 그런 일이 절대 없도록 할 것이오. 그러기 위해서는 우리 스스로가 강해져야 한다고 생각하오. 우리 고구려를 강국으로 만드는 길은 우선 경제를 일으켜 나라를 부강하게 해야 하고, 그 재화로 군사력을 길러 무적의 군대를 육성하는 길밖에 없소. 저 중원에선 제후국을 거느린 황제국의 경우 연호를 사용한다 들었소. 우리 고구려도 이제부터 연호를 사용하고 주변국을 제후국으로 만들어 천자의 나라를 건설할 것이오. 단군왕검 이래 우리 민족은 천자의 나라였소. 조선국이 해체되어 여러 나라로 갈라지면서 천자의 나라가 각기 소국으로 전락했지만, 우리 고구려를 창건한 동명성왕께서는 옛 조선의 땅을 회복한다는 다물정신을 건국이념으로 삼았소. 동명성왕, 즉 추모대왕은 해모수대왕의 아들이고, 해모수대왕은 하늘에서 내려온 단군의 자손이오. 따라서 고구려는 단군왕검의 직계 혈통을 물려받은 나라로서 조선의 건국이념인 홍익인간의 정신을 마땅히 이어가야만 한다고 생각하는 바이오. 홍익인간 정신을 구현하기 위해서는 반드시 저 오랑캐들이 점령한 조선의 옛 땅을 회복해야만 하오. 오래전 태조대왕이 요하를 건너 요서지역까지 진출한 바 있소. 또 가깝게는 짐의 증조부이신 미천대왕께서 친정하여 요동의 현도와 서안평을 경략했소. 그러나 동명성왕의 고구려 건국이념인 다물정신을 실현하는 데는 크게 미치지 못했다는 것을 우리 스스로 부끄럽게 생각해야 할 것이오. 이제부터 짐은 고토를 회복해 동명성왕의 꿈을 실현하는 데 이 한 몸 바칠 각오가 되어 있소. 그리하여 조선시대처럼 천자의 나라를 회복하고, 주변국을 제후국으로 만들어 단군왕검의 홍익인간 정신을 실천에 옮길 것이오. 다음은 국상께서 그동안 궁구하여 정한 연호를 발표할 것이오."

담덕의 말이 끝나자, 국상 고계가 나섰다.

"대왕 폐하의 성지를 받들어 연호를 정한 결과를 말씀드리겠습니다. 우리 고구려는 지금부터 영락永樂이란 연호를 사용할 것입니다. 그 뜻은 '영원한 즐거움'인데, 이는 곧 영원한 평화의 세상을 이루겠다는 의지의 표현입니다. 연호를 사용하는 천자의 나라로서 마땅히 군주의 격도 지금과는 달리 격상되어야 한다고 생각합니다. 우리 고구려는 저 중원의 황제와 달리 태왕太王이라 칭하기로 했습니다. 자, 다 같이 태왕 폐하에게 충성을 맹세토록 합시다. 천자의 나라 고구려 만세! 태왕 폐하 만세!"

고계는 먼저 두 손을 번쩍 들고 외쳤다.

"천자의 나라 고구려 만세! 태왕 폐하 만세!"

"영락태왕 만만세!"

제신들이 모두 만세를 부르며 태왕을 연호했다.

이때 태왕 담덕이 옥좌에서 일어나 제신들의 환호에 답하며 만세 합창이 끝나기를 기다렸다.

"이제부터 짐은 주변국의 공략에 나설 것이오. 그 첫 번째 나라는 숙적 백잔이오. 관미성은 적국의 국도 한성으로 들어서는 관문 역할을 하는 곳. 그곳을 쳐서 백잔의 해로를 차단함으로써 발해만을 비롯한 서해의 해상권을 회복할 생각이오. 이는 자고이래 대단위 인삼 재배단지로 특화돼 온 부소갑을 비롯하여 새롭게 조성된 인삼 재배단지 갑비고차를 차지함으로써, 인삼교역권을 우리 고구려가 가져오기 위한 전략이오. 오래전 짐이 해평의 모반으로 유랑생활을 할 때 한동안 갑비고차에 머물면서 지형지물을 살펴본 바 있는데, 패하의 물이 바다와 만나는 지점인 예성항이 인삼 교역의 중심 무역항 역할을 하고 있었소. 그 맞은편에 있는 천연의 요새 관미성을 공략하게 되면 예성항이 자연적으로 우리 고구려의 지배하에 놓이게 되므로, 저 중원과의 인삼 교역으로 부富를 창출하면서 동시에 백잔의 인후부를 틀어막음으로써 적의 숨통을 조이는 일거양득의 효과를 가져올 것이오. 이제부터 제신들은 관미성 공략 준비에 만전을 기해 주기 바라오."

태왕은 오래전부터 계획하고 있던 관미성 공략을 문무 제신들 앞에서 당당하게 천명했다. 비록 나이 열여덟 살이었지만 그의 목소리에는 근엄하면서 무게감이 실려 있었으며, 그 패기에 찬 표정은 제신들로 하여금 저절로 고개를 숙이게 만들었다.

"태왕 폐하, 성은이 망극하오이다!"

제신들이 모두 공감하고 입을 모아 외쳤다.

그로부터 며칠 후 조회에서 태왕은 제신들 앞에서 다시 명을 내렸다.

"짐이 태자가 된 직후부터 평양성에 아홉 개의 사찰을 짓기 시작했는데, 선왕께서 환후가 깊으시고 나라 재정도 어려워진 관계로 건설이 일시 중단되어 버렸소. 짐은 우리 고구려를 불국 정토의 나라로 만들 생각이오. 백성들의 마음을 하나로 모아 변방의 오랑캐들을 거수국(제후국)으로 삼기 위해서는 먼저 아홉 개 사찰의 완공부터 서둘러야 할 것이오. 저 염수의 소금대상 우 대인이 그동안 적지 않은 재화를 보내주어 왕실 재정이 튼튼해진 만큼, 짐이 내탕금을 내어 사찰을 건축하는 데 희사하기로 했소."

태왕은 내불전 승려로 있는 명선을 평양성으로 파견했다. 명선은 하가촌 도장에서 을두미가 동자로 데리고 있다가 국내성으로 함께 왔는데, 후에 승려 석정의 제자가 되어 불도를 닦고 있었다. 석정은 오래전 북위에 사신으로 다녀온 후 명선에게 내불전을 맡기고 평양성에 가서 아홉 개 사찰을 짓는 일에 몰두하고 있었다.

다시 그로부터 며칠 후 태왕 담덕은 호위무사 마동을 조용히 불렀다.

"압록강 둔치 훈련장에서 무술을 닦고 있는 왕당군의 군사들 중 서른 명을 호위무사로 가려 뽑을 작정이다. 그대가 호위대장이 되어 흑부군·태극군·말갈군 등에서 마음에 맞는 젊은이들을 골라 별도로 훈련을 시키도록 하라!"

태왕이 된 담덕은 전에 마동이라 부르던 호칭을 '그대'로 바꾸어 불렀다.

"호위무사를 서른 명씩이나 뽑는단 말입니까?"

마동은 놀란 입을 다물지 못했다.

"나를 따르는 별동대로 키울 생각이다. 스물 안팎의 몸이 날랜 젊은이들로 가려 뽑아 먼저 호위무사의 기량을 닦도록 하고, 그런 연후 고구려 주변국으로 내보내 지리를 익히도록 할 것이다."

담덕은 태왕 직속의 별도 조직을 만들어 호위무사 겸 작전 수행을 위한 정보원으로 활용할 계획을 갖고 있었다.

"예, 폐하! 분부대로 거행하겠습니다."

마동은 편전에서 물러나와 말을 타고 왕당군이 무술 수련을 하고 있는 압록강 인근의 훈련장으로 달려갔다. 그러고는 태왕의 명대로 왕당군에서 따로 별동대를 차출했다.

"너희들은 태왕 폐하의 그림자이자 눈귀가 되고, 향후 철저히 수족 역할을 수행해야 한다. 따라서 지금 이 순간부터 너희들 자신에 대해서 완전히 잊기 바란다. 너희들은 지금 이 순간부터 자기 자신은 죽었고, 태왕 폐하의 호위무사로 새롭게 태어난 것이라고 생각하라. 태왕 폐하의 옥체를 대신하여 언제 어느 때고 자신의 목숨을 내놓아야 한다. 만약 호위를 하다가 태왕 폐하의 옥체에 조금이라도 위해가 되는 일이 발생할 경우, 너희들은 이 칼에 목이 달아날 각오를 해야 할 것이다."

마동은 자신의 칼을 뽑아 들고 외쳤다.

오래도록 무명선사로부터 무명검법을 익힌 여자 호위무사 수빈도 마동과 함께 훈련사범이 되어 그들에게 검법을 가르쳤다. 비록 수빈은 가녀린 여자의 몸이었지만 마동보다 오랜 기간 무명검법을 익혀 자세와 동작이 정석에 가까웠다.

한 달 후 태왕 담덕은 훈련장으로 가서 별동대의 인사를 받고, 대련 등을 시켜보았다. 그리고 실전처럼 며칠 동안 사냥 훈련을 함께 하면서 호위무사들의 일면을 살폈다.

그러고 나서 태왕 담덕은 마지막 날 호위무사들을 모아놓고 말했다.

"그만하면 제 몸은 간수할 기량이 되겠구나. 너희들은 지금부터 백잔의 땅으로 가서 고구려가 머지않아 관미성을 칠 것이라고 소문을 내거라. 시기는 여름을 넘기지 않을 것이라고 해야 한다. 그리고 백잔의 군대가 언제 어디로 움직이는지 면밀히 파악하고 돌아와 짐에게 보고하라."

태왕은 별동대 전원에게 첫 임무를 부과하였다.

별동대가 떠나고 나서, 태왕은 마동을 따로 불렀다.

"그대는 부친의 소식이 궁금하지 않나?"

"부친이요?"

마동은 갑작스런 물음에 그렇게 되묻지 않을 수 없었다.

"산동에 계신 일목장군 말이네."

"왜요? 산동에 보내주시려구요?"

"그래."

"폐하! 그게 저, 정말입니까?"

마동은 그때서야 산동에 있는 아버지의 얼굴을 떠올렸다.

"보내줄 테니 곧 채비를 갖춰 산동으로 출발하도록!"

담덕은 빙그레 웃었다.

"그런데…… 그동안 폐하는 누가 호위를 하구요?"

마동은 을두미 사부가 담덕의 호위무사로 정해 준 이후 단 한 번도 떨어져본 적이 없었다. 그는 사부의 명대로 담덕의 그림자 역할을 충실히 해냈던 것이다. 그래서 아버지 생각이 문득문득 들 때조차도 전혀 내색을 하지 않았던 것이다.

"수빈이가 있지 않은가?"

"폐하! 수빈이가 호위무사이긴 하지만 가녀린 여자가 아닙니까?"

"백잔의 땅에 보낸 별동대가 돌아오면 그들도 호위무사 노릇을 하게 될 테니 그런 걱정은 말아라."

"그냥 아버님을 만나고 오라는 분부는 아니실 테고, 소신이 산동에 가는 임무는 무엇입니까?"

마동은 눈치가 빨랐다.

"이건 극비 사항이다. 내가 일목장군에게 보낼 편지를 마련해 둘 터이니, 너는 떠날 채비를 해라."

"예, 알겠습니다."

마동은 더 이상 묻지 않았다. 다만 태왕이 자신에게 특수 임무를 맡긴 것으로 알고 그에 따를 뿐이었다. 아마도 태왕이 자신을 보내는 이유는, 그가 아니면 다른 누구도 그 임무를 수행하기 어렵다고 판단했기 때문일 것이다.

2

마동을 산동으로 떠나보내고 나서 태왕 담덕은 왕당군으로 하여금 압록강에서 본격적으로 수군 훈련을 하도록 군사軍師 우적에게 지시했다. 그는 왕당군의 훈련 총감독인 우적을 이번 백제와의 전투에서 군사로 삼기로 했던 것이다.

한편, 담덕은 외삼촌 하명재가 건조한 군선 1백 척과 상선 10척을 군선으로 개조해 국내성 군사들로 하여금 도강 훈련을 시작하도록 했다. 고구려를 상징하는 삼족오기, 수군을 상징하는 청룡기와 황룡기를 매단 깃대가 하늘을 찌를 듯 군선 위에 곧추선 채 세찬 바람에 펄럭이고 있었다.

도강 훈련은 아군과 적군으로 나누어 실시했다. 군선을 탄 군사들은 아군이고, 강 저쪽에서 도강하는 군사들에게 공격을 가하는 쪽은 적군으로 분류하여 실전처럼 훈련을 시켰다. 실제 화살을 날리거나 창칼을 휘두르지는 않았지만, 양군의 힘겨루기 싸움은 난투극을 방불케 했다.

　훈련은 낮부터 밤까지 계속되었다. 담덕은 밤에 도강 훈련을 할 때는 군사들이 실제로 강을 건너 1백 명씩 조 단위로 나누어 부소갑을 향해 진군토록 했다. 백제에서 보낸 세작들에게 들키지 않도록, 낮에는 잠을 자고 밤을 도와 산길로 이동하여 부소갑 북변의 모처에 각기 모이도록 밀명을 내렸던 것이다. 그러는 가운데 압록강에서는 도강 훈련이 매일 계속되고 있었다.

　이것은 백제 세작들의 판단을 흐리게 하기 위한 작전이기도 했다. 담덕은 그들에게 곧 고구려군이 관미성으로 출진할 것 같은 분위기를 보여주면서, 사실은 기습으로 부소갑을 치려는 것이었다.

　태왕 담덕이 백제 각처에 세작으로 파견했던 별동대들이 한 달 남짓 지나면서 하나둘 돌아오기 시작했다. 그들의 보고에 의하면, 여름이 가기 전에 고구려가 관미성을 공략한다는 소문을 들은 백제의 병관좌평 진가모가 한성의 군사들을 관미성으로 파견하고 부소갑을 지키는 청목령의 군사 일부를 또한 관미령으로 보내 길목을 막도록 했다는 것이다.

관미령은 고구려 군사가 육로를 통해 관미성으로 가기 위해 반드시 넘어야 할 고개로, 그곳만 제대로 방어해도 관미성의 안전을 도모할 수 있었다. 관미령을 넘으면 곧바로 바다가 열리는데, 그 바다 건너편에 천연의 요새 관미성이 곧바로 바라다보였다.

사실 진가모가 한성의 원군을 관미성에 파견하고 청목령의 군사들을 관미령으로 이동시키는 단안을 내린 것은, 고구려 국내성에 파견한 세작들로부터 압록강에서 고구려군이 대대적인 도강 훈련을 하고 있다는 보고를 받은 직후였다. 고구려 수군의 규모나 그 작전 형태로 볼 때 관미성 공략을 위한 훈련임을 충분히 미루어 짐작하기 어렵지 않았던 것이다.

영락 원년인 391년 7월, 한창 무더운 여름이었다. 담덕은 서북방을 지키는 각 성에서 차출한 군사 1만, 태왕 직할부대인 왕당군 5천을 포함하여 국내성 군사 2만, 그리고 평양성과 수곡성에서 각기 5천씩 도합 1만 등 총 4만 병력으로 부소갑 북방을 공격하기로 했다. 청석령에 있는 요새 석현성을 비롯하여 백제군이 주둔한 10개 성을 한꺼번에 공략하여 각 성끼리 서로 도움을 요청할 수 없도록 했던 것이다.

태왕은 왕당군 각 부대를 선봉군으로 세워 서로 경쟁을 하도록 유도했다.

"이번 전투는 속전속결로 각자 맡은 성을 탈환해야 한다. 백잔의 병관좌평 진가모가 한성의 원군을 관미성으로 파견했고, 부소갑의 북방 요새인 청목령의 군사를 관미령으로 이동시켰다. 우리는 그 틈을 노려 부소갑을 둘러싼 각 성을 일시에 쳐서 무너뜨려야 한다. 그래야만 관미성과 관미령을 지키러 간 적군이 출동하기 전에 부소갑을 차지할 수 있다."

담덕은 왕당군의 세 부대에게 각기 공격할 성을 맡겨 동시에 공략하라고 명했다.

먼저 태극군 2천5백 중에서 1천은 본진에 남아 태왕 담덕의 지휘를 받기로 했다. 그리고 군사 우적과 대장군 선재가 국내성에서 파견된 보병 5천을 더하여 본진의 병력을 지휘 감독한다는 전략을 세웠다.

나머지 태극군 1천5백은 한때 담덕의 무술사범이었던 장수 유청하가 이끌고 진군해 석현성과 좌우의 성을 공략토록 했다. 이 선봉군에는 국내성에서 파견된 1만의 보병이 그 뒤를 받쳐주었다.

흑부군은 연나부 출신의 장수 우형이 1천5백으로 도곤성과 그 좌우에 포진한 성을 공략하기로 했다. 이들 선봉군에게는 서북방 각 성에서 차출한 보병 1만을 붙여주었다.

장군 두치가 이끄는 말갈군 1천은 선봉으로 적현성과 그 좌우의 성을 공략토록 했다. 이때 보병으로 평양성과 수곡성에서 각기 5천씩 차출한 1만 병력을 지원하였다.

이들 왕당군 3개 부대는 각기 특색이 있었다. 태극군은 삼태극 문양의 깃발을 높이 세우고 미늘 갑옷으로 무장했다. 이 갑옷은 야철장 김슬갑이 특별히 고안해 만든 것으로, 물고기 비늘 같은 작은 철판 조각을 가죽 끈으로 단단히 묶어 몸의 활동이 자유롭도록 했다. 투구는 양쪽에 뿔이 난 형태였고, 정수리에는 붉은 장식의 술을 달았다. 또한 가죽으로 된 목가리개를 둘러 적의 창칼이나 화살로부터 최대한 몸을 보호할 수 있도록 했다.

조의선인들로 구성된 흑부군은 주작과 현무의 문양으로 된 깃발을 세우고, 역시 미늘 갑옷을 착용했다. 그러나 머리는 삭발을 하고, 검은 두건으로 감싸 뒤로 단단히 묶은 모습이었다. 목가리개나 팔뚝보호대의 가죽도 검은색이고, 다리에 차는 각반 역시 검은색 일색이었다.

말갈군은 백호 문양의 깃발을 들었으며, 머리를 산발해 가죽 끈으로 질끈 묶었다. 대장 두치는 호피로 갑옷을 만들어 입었으며, 병사들도 각기 짐승의 털로 만든 갑옷을 몸에 걸쳐 미늘 갑옷보다 한결 활동이 편하도록 했다. 오래도록 산에서 사냥을 하면서 단련된 몸이라 미늘 갑옷이 불편했던 그들은 스스로 사냥꾼 차림을 고수했던 것이다.

왕당군이 탄 말들은 모두 철갑으로 무장을 하고 있었다. 말들 역시 미늘 갑옷으로 머리부터 앞가슴과 몸통까지 감싸고 있어, 적의 화살을 막을 수 있도록 했다.

담덕은 전투를 오래 끌지 않았다. 철갑기병으로 이루어진 왕 당군은 선봉에서 속전속결로 성을 공략해 부소갑 일대를 완전히 장악하는 데 성공했다. 전에 소수림왕 시절 부소갑 일부를 고구려가 점령한 적이 있었으나, 백제가 청목령에서 서해 바다에 이르는 곳에 관방을 쌓으면서 사실상 실효적 지배권을 잃어버렸다. 담덕은 그 지배권을 되찾기 위해 부소갑을 공격했던 것이다. 이렇게 고구려군이 부소갑을 둘러싼 10개의 성을 불과 이틀 만에 점령하자, 부소갑 중심부의 평지성을 지키던 백제의 중앙군은 전투 한번 치러보지도 못하고 그대로 성을 내준 채 도주해 버렸다.

한편, 뒤늦게 고구려군 4만이 일제히 들이닥쳐 부소갑 일대의 성들을 공격한다는 소식을 접한 백제의 병관좌평 진가모는 눈알이 튀어나올 것처럼 깜짝 놀랐다. 그는 관미성을 지키다 말고 한성에서 차출한 원군 1만을 이끌고 급히 바다를 건넜다. 그러나 배가 예성항 입구에 들어서기도 전에 관미령을 지키던 백제 패잔병들이 허겁지겁 배를 타고 바다로 탈출하는 장면을 목격했다.

"대체 어찌 된 일이냐?"

진가모가 백제의 패잔병을 붙들고 물었다.

"적들이 부소갑의 요새인 열 개의 성을 한꺼번에 기습하는 바람에 속수무책으로 당하고 말았습니다. 고구려왕 담덕의 친위부대라는 자들이 모두 선봉에 섰는데, 그 기세가 질풍노도와도 같아 미처 손쓸 겨를조차 없었습니다.”

“무엇이?”

그때 진가모는 패잔병들을 향해 화를 낼 수도 없었다. 그 순간, 떠도는 소문만 믿고 관미성을 지키려고 한 자신의 실수를 깨달았던 것이다. 관미성을 친다면서 부소갑을 먼저 공략하는 고구려의 성동격서 전략에 완전히 농락당한 꼴이었다.

‘고구려 애송이 담덕에게 속다니! 고구려가 노린 것은 관미성이 아니라 부소갑이었어.’

진가모는 마음속으로 분개했다.

결국 진가모는 뱃머리를 다시 관미성으로 돌릴 수밖에 없었다. 그는 전령을 보내 부소갑에서 후퇴한 백제의 패잔병들을 모두 관미성으로 입성케 하였다. 그리고 자신도 급히 관미성을 들어가 다시 작전을 짤 수밖에 없었다. 고구려군이 관미성을 공격하겠다는 소문이 결코 헛소문만은 아니라는 생각이 들었던 것이다. 이미 부소갑을 점령당했지만, 다음 고구려군의 목표는 관미성이 될 것이 틀림없었다. 그리고 보면 부소갑 북방의 10개 성을 공략한 것은, 고구려군이 관미성 공격에 대비하여 먼저 육로를 확보하기 위한 전략으로 볼 수 있었다.

진가모는 급히 한성으로 파발마를 띄웠다. 전령은 곧 대왕 진사에게 그의 서찰을 전했다.

서찰을 받아본 백제 대왕 진사는 격노했다.

"담덕이 부소갑을 점령하고 관미성까지 노린다? 관미성을 빼앗기면 바로 옆에 붙어 있는 갑비고차까지 내주는 꼴이 되는 것 아닌가?"

대왕 진사는 이를 부드득 갈아붙였다. 관미성은 서해에서 한수를 따라 한성으로 들어오는 백제의 관문이었다. 관미성을 고구려에게 빼앗기면 부소갑과 갑비고차의 인삼 재배단지는 물론, 예성항에서 이루어지는 중원과의 인삼 교역권까지 한꺼번에 잃게 되는 것이었다. 더구나 한수를 통해 수도인 한성을 공격하는 수로를 제공하는 꼴이라, 관미성을 고구려가 차지하게 될 경우 백제는 코앞에 적을 두는 위급한 상황에 처할 수밖에 없었다.

병관좌평 진가모의 서찰에는 고구려가 4만의 군사로 부소갑 북방의 10개 성을 공략했으므로, 관미성을 공격할 때는 그보다 더 많은 병력을 동원할 것으로 예상된다고 했다. 따라서 시급히 지방의 군사까지 차출하여 대군을 관미성으로 출동시켜 달라는 요청이었다.

"담덕! 두고 보자. 짐이 친히 네놈 얼굴을 대면하러 대군을 이끌고 가리라."

대왕 진사는 이를 갈아붙이며 친정에 나서기로 단단히 결심했다. 그러고는 급히 각 지방에 파발마를 띄워 지방관들로 하여금 군사를 차출해 한성으로 보내줄 것을 요청했다.

3

박작성은 압록강 하구에 세워진 천연의 요새였다. 호랑이 머리 모양을 한 호산의 기암절벽을 이용하여 높다랗게 석성을 쌓았는데, 애하와 압록강의 합류 지점에 위치한 관계로 고구려는 이곳을 수륙 방어용 군사기지로 활용하고 있었다. 따라서 이 성은 압록강을 거슬러 국내성으로 진입하려는 적선을 제지하고, 요동반도와 평양성을 잇는 해상 교통로의 방어에도 매우 용이한 지리적 여건을 갖추고 있었다.

고구려는 391년 10월 추수가 끝난 후 마침내 관미성 공격의 시동을 걸었다. 태왕 담덕이 이끌고 온 고구려군 1진의 군선들은 기암절벽의 박작성 아래 포구에 정박해 있었다. 2진과 3진은 아직 국내성에서 출발하지 않고 있었다.

담덕은 박작성의 높은 성벽에서 그 아래 압록강 하구의 강물을 조용히 내려다보고 있었다. 보름을 닷새 앞둔, 배가 불러오기 시작한 반달이 서쪽 하늘에 걸려 사위를 비추고 있었다.

저녁 어스름이 지면서 초겨울의 날씨는 제법 쌀쌀한 기운을 내뿜었다. 소금기 머금은 바람과 함께 살갗에 와 달라붙는 냉기는 짜고 매웠다. 태왕 담덕 곁에는 군사 우적이 동행했고, 그 뒤를 바짝 호위무사 수빈이 따라붙고 있었다.

"군사께선 이번 전쟁을 어떻게 보십니까?"

문득 담덕이 절벽 아래 강물로 떨어뜨리고 있던 눈길을 돌려 우적을 바라보았다.

"그동안 수군 훈련을 시킨다고 했지만, 사실 우리 고구려군의 경우 육상 전투 경험은 많지만 해상 전투는 처음입니다. 그러나 관미성의 백제군은 바다를 끼고 있으므로 수군들의 실전 경험이 풍부할 것이옵니다. 따라서 해상에서의 전면전보다는 다른 전략을 구사해야 한다고 생각합니다."

"동감입니다. 지금으로선 그것이 가장 큰 근심 덩어립니다. 관미성은 사방이 바다로 둘러싸여 있으므로, 성을 공략하려면 어디로든 배를 타고 바다를 건너 상륙해야 합니다. 그래서 압록강에서 도강 작전을 펴면서 상륙 훈련을 많이 실시한 이유도 거기에 있습니다. 그런데 군사의 말씀처럼 적들은 분명 우리 군이 성에 접근하기 전에 배를 타고 나와 전면전을 펼칠 것으로 예상됩니다. 1차는 적선들을 파괴하여 수로를 확보해야 하고, 2차로 그 수로를 타고 관미성으로 상륙해야만 합니다."

담덕은 젊었지만 결코 패기만을 내세우지 않았다. 매사 신중을 기하는 태도는 노장인 군사 우적조차도 높이 사는 점이었다.

"백제군은 근초고왕 이후 오래도록 서해와 발해 지역의 해상권을 장악하고 있었습니다. 근자에 들어 요서지역의 백제 세력이 쇠퇴하면서 해상권도 잃게 되었지만, 그동안 쌓아온 수군들의 전투력은 결코 좌시할 수 없습니다. 저들 또한 우리 고구려군이 해전에 약하다는 것을 알고 그 약점을 이용해 초전에 기선을 잡으려고 덤벼들 것이옵니다. 그러한 적들의 오만함을 역이용하는 전략을 세워야 할 것 같습니다."

"군사께서 따로 세워놓은 전략이 있는지요?"

"그건 해상 전투 경험이 많은 산동의 일목장군이 오면 그때 논의하는 것이 옳다고 생각됩니다."

담덕도 군사 우적의 말에 고개를 크게 끄덕였다.

서북쪽에서 바람이 불어왔다. 그러자 성 아래 포구에 정박해 있는 군선들의 깃발이 세차게 펄럭였다.

"폐하! 바람이 찹니다. 돌아가서 쉬시지요."

호위무사 수빈이 말했다.

"내일이면 일목장군이 도착할 테니, 그때 작전을 짜봅시다."

담덕은 성벽에서 몸을 돌렸다.

다음 날, 정오쯤 되어 10여 척의 군선이 서해에서 압록강 하구로 들어섰다. 태왕 담덕은 휘하 장수들과 함께 포구에 내려가 산동에서부터 군선을 이끌고 온 일목을 맞았다.

"일목이 태왕 폐하를 뵙습니다."

먼저 일목이 군선에서 내리며 군례를 올렸다. 그 옆에 마동이 서 있다가 같이 예를 갖추었다.

일목이 군선에 태우고 온 병력은 3천이었다. 산동의 해룡부대 중 1천 병력을 남기고 모두 출진한 것이었다. 서해안의 해적들을 소탕하는 부대이므로 해상 전투에서는 일당백의 실전 경험을 갖춘 군사들이었다.

그날 밤, 태왕은 휘하 장수들을 불러 작전회의를 열었다.

"관미성은 어린 시절부터 짐이 목표로 삼아온 첫 번째 공략 지역이오. 사사롭게는 백부가 되는 소수림대왕께선 어린 왕손인 짐을 데리고 사당에 가서 참배를 하고 나서, 평양성 전투에서 승하하신 고국원대왕의 신주 앞에 놓인 뾰족한 쇳조각을 보여주셨소. 바로 짐독을 묻혀 조부이신 고국원대왕의 생명을 앗아간 저 백잔의 화살촉이었소. 그때부터 짐은 왕위에 오르면 반드시 원흉 백잔의 급소를 찔러 조부의 원수를 갚고자 결심했소. 먼저 부소갑을 공략한 것은 백잔의 관문인 관미성을 치기 위한 전초전이었고, 이제야말로 관미성에서 전면전을 치러 다시는 저들이 우리 고구려의 남변을 넘보지 못하도록 힘을 보여줄 것이오. 사실상 우리 고구려의 다물정신을 실현하는 데 걸림돌이 되고 있는 적들은 저 서북방의 선비와 거란인데, 그들이 안심하고 서북 변경을 침입하는 것은 바로 백잔이 호시탐탐 남변을 노리고 있기 때문이오. 짐은 백잔을 공략해 다시는 남변을 넘보는 일이 없도록 기를 꺾어놓은 후, 서북방을 공략해 우리의 옛 영토를 되찾을 생각이오. 따라서 관미성 공략은 백잔뿐만 아니라 서북방의 적들까지 잔뜩 겁을 집어먹을 수 있도록 우리 고구려가 완벽한 승리를 가져와야 하오. 제장들은 각자 저 관미성을 깨뜨릴 수 있는 전략을 이 자리에서 허심탄회하게 밝혀주기 바라오."

"폐하! 관미성은 바다에 둘러싸여 있는 관계로 군선으로 접근할 수밖에 없는 까닭에 수군의 능력이 뛰어나야만 하옵니다. 그동안 우리 고구려는 서해와 발해의 해상권을 백잔에게 빼앗겨 수군들의 전투력이 크게 약화된 것이 사실이옵니다. 산동에서 해적들을 소탕하여 상선들의 항로를 열어주고 있는 해룡부대의 일목장군 의견을 먼저 들어보는 것이 좋을 듯합니다."

군사 우적의 말이었다.

"군사의 말이 옳소. 우선 일목장군의 의견을 듣고 싶소."

담덕이 일목을 향해 눈길을 돌렸다. 모든 제장들의 눈길도 그쪽으로 모아졌다.

검은 가죽 안대로 왼쪽 눈을 가린 일목은 좌우로 제장들을 한차례 훑어보았다. 비록 오른쪽 눈 하나만 뜨고 있을 뿐인데도, 그의 눈빛은 칼날을 튕겨내는 햇빛처럼 강렬했다. 오래전 그의 스승 을두미가 '일목요연'이란 말에서 따다 일목이란 이름을 지어주었듯이, 그 철판도 뚫을 듯한 눈길에선 시퍼런 불길이 일렁이고 있었다.

"벌써 꽤나 오랜 세월이 흘렀습니다만, 당시 왕자이셨던 태왕 폐하께서 유랑 끝에 산동의 해룡부에 잠시 머문 적이 있사옵니다. 그때 폐하께선 양피지에 그린 관미성 지도를 보여주셨사옵니다. 정확하게는 관미성 바로 옆의 갑비고차 해저 지도였습니다만. 그때 소장은 그 지도를 보고 놀라움을 금치 못했습니다. 그리고 반드시 오늘과 같은 날이 올 것이라는 생각을 했사옵니다. 폐하께서 유랑생활을 할 당시 갑비고차에 머물면서 느끼셨던 것처럼, 그 지역은 해저의 뱃길을 모르면 접근하기 쉽지 않습니다. 관미성이 요새인 까닭은 해상의 자연 절벽을 이용한 성채보다는, 바로 해저에 숨은 바닷길에 있습니다. 마치용이 바다에서 강을 향해 몸을 뒤틀면서 올라간 것과 같은 자취가 갯벌 가운데 나 있기 때문입니다. 수면 밑에 있는 길이므로 육안으로 볼 수 없어 외부에서 접근하기 매우 어렵습니다. 그러나 문제는 물때에 있습니다. 서해안은 조수 간만의 차가 심하여 만조 때는 군선이 관미성 근처까지 접근하기 용이하나, 간조 때는 수면이 낮아져 배가 자칫 갯벌에 얹힐 우려가 있습니다. 더구나 용틀임을 하듯 갯벌 사이로 난 뱃길을 따라 전진한다는 것은 곡예와 다름없는 모험이 뒤따르는 일입니다. 따라서 인근에 사는 어부들도 작은 고깃배를 사용할 때는 지장이 없지만 큰 배를 띄울 경우 반드시 간조 때를 피하는 것이 상례로 되어 있습니다. 일출과 일몰 시각, 월출과 월몰 시각도 정확하게 알아두어야만 작전에 성공할 수 있을 것입니다. 이것이 첫째로 관미성 공략의 어려운 점입니다."

여기서 일목은 잠시 말을 끊고 제장들을 둘러보았다.

일목의 말을 들은 제장들의 얼굴에는 침통한 표정이 역력하게 나타났다. 육상 전투에는 자신이 있지만 해상 전투 경험이 없었으므로, 물때니 조수 간만의 차니 하는 용어조차 생소했던 것이다.

"첫째라 하심은? 그 이외에 또 다른 어려움이 있다는 것입니까?"

조용한 가운데 무겁게 입을 뗀 것은 담덕이었다. 그는 해평의 반란으로 마동과 함께 바다에 표류되었다가 동진 사신이 탄 상선에 구조되었을 당시를 떠올렸다. 그때 관미성 인근으로 들어서다 배가 갯벌에 얹힌 경험을 다시금 되새기지 않을 수 없었다.

"둘째는 아까 우적 군사께서 말씀하신 대로 우리 고구려 수군의 해상 전투 경험 부족을 들 수 있습니다."

"일목장군! 사실 짐이 호위무사 마동을 보내 장군께 해룡부대의 지원을 요청한 까닭도 거기에 있습니다. 일목장군이 해룡부대 3천으로 그 길을 열어주셔야겠습니다."

"물론 태왕 폐하께서 이번 전투에 소장을 불러주신 뜻을 모르지 않습니다. 그래서 해룡부대 군사들 가운데 갑비고차와 관미성 인근의 해저 뱃길에 익숙한 자들을 가려 뽑아 왔습니다. 사실 태왕 폐하께서 오래전에 갑비고차 해저 지도를 보여주셨을 때 소장이 더 소상하게 그려 넣었던 것은, 이번에 뽑아 온 그 지역 뱃길에 익숙한 자들이 의견을 보충했기에 가능했던 것입니다."

일목의 말이 끝나기 무섭게 담덕은 품속에서 양피지에 그려진 지도를 꺼내 탁자 위에 펼쳐놓았다.

제장들의 눈길이 모두 지도 위에 모아졌다. 지도는 천연의 요새인 관미성보다는 갑비고차의 지형을 더 자세하게 보여주고 있었다.

이때 일목이 자신의 품속에서 다른 지도 하나를 꺼내놓았다. 바로 관미성 해저 뱃길 지도였다.

두 지도를 옆에 붙여놓고 보자 제대로 된 군사 지도가 되었다. 관미성 공략은 인접해 있는 갑비고차까지 포함해야만 제대로 된 작전을 세울 수 있었다. 이를 테면, 관미성은 넓은 의미로 갑비고차까지 방어를 하는 전략상의 군사요충지였던 것이다. 따라서 관미성뿐만 아니라 갑비고차와 검개(김포) 사이로 빠져나가 한수로 향하는 뱃길 양편에도 탄탄한 성곽이 조성되어 있어 철저하게 출입통제를 하고 있었다. 즉, 관미성과 함께 갑비고차까지 점령해야만 고구려가 백제의 관문을 완벽하게 손에 넣을 수 있는 것이었다.

"두 지도를 붙여놓고 보니, 관미성 함락 작전을 짜는 데 큰 도움이 될 듯싶습니다. 제장들의 이해를 돕기 위해 일목장군께서 보충 설명을 해주시기 바랍니다."

군사 우적의 얼굴에 드리워졌던 그늘이 어느 사이 말끔하게 걷혀 있었다.

"관미성 인근의 뱃길을 잘 아는 군사들을 통해 조사한 바에 의하면, 지금 이 시기의 물때는 만조 시각이 새벽 인시(3~5시)와 저녁 유시(17~19시)입니다. 만조 때가 아니면 성 가까이 접근하기 어렵습니다. 따라서 아군에게 유리한 공격 시각은 저녁때인 유시인데, 일몰 시각과 겹치는 것이 문제입니다. 이것이 세 번째 어려움입니다. 다만 지금은 때마침 보름이 가까워지기 때문에 달이 밝습니다. 보름달은 일몰 시각이 좀 지나서 곧바로 떠오르므로 야간 전투로 관미성을 공략하는 길밖에 없습니다. 그리고 간조 시각인 오시(11~13시)에는 적의 군선들을 바다 가운데로 유인하여 해상 전투를 벌이는 것이 유리합니다. 즉 낮에는 적을 바다 가운데에서 맞아 싸우고, 밤에는 밀물을 따라 빠른 속도로 배를 몰아 성을 공격해야 합니다. 이처럼 적과 대치하여 들고나는 유연한 전략을 구사해야만 아군에게 실익이 있습니다. 적들도 만조와 간조 시각을 잘 알고 있기 때문에, 이에 대비한 전략을 치밀하게 세우고 있을 것입니다. 문제는 밀고 당기는 작전의 유연성과 군사들의 용맹에 있다고 생각합니다."

일목의 설명을 들으며 태왕은 이번 전투의 어려움을 충분히 감지할 수 있었다. 그러나 고전이 예상되지만 해상 전투야말로 반드시 극복해야 할 난관임을 그는 가슴 깊이 아로새겼다.

일목을 통해 바다 사정을 알게 되면서 군사 우적의 얼굴에 미묘한 표정이 떠올랐다. 그는 한참 동안 가만히 고개만 주억거리다가 마침내 입을 열었다.

"어제 저녁에 보니 서북풍이 불어오고 있더군요. 바다에서 관미성을 공격하는 데 있어서는 적군보다 아군에게 유리한 입장이라 생각합니다. 적선은 서북풍을 가슴으로 안으며 방어 전술을 펴게 되고, 아군은 등으로 바람을 받으며 군선의 닻을 높이 올려 전속력으로 공격을 가할 수 있기 때문입니다. 백제 수군은 전투 경험이 많으므로 우리 고구려 수군의 실력을 얕잡아볼 것이 틀림없습니다. 따라서 처음에는 공격하는 척하다 뒤로 빠지고, 다시 공격하는 척하면서 적선을 바다 한가운데로 이끌어내는 전략을 구사해야 할 것입니다. 일목장군의 말씀에 의하면 만조 시각이 유시이므로 낮에는 적을 바다 가운데로 유인해 접전을 벌이다가, 저녁때가 되면 서북풍을 이용해 돛을 높이 올려 강력하게 밀어붙여야 합니다. 최대한 접근전을 벌이되, 일반 화살로는 거리가 멀기 때문에 강한 노弩를 이용해 불화살을 쏘아 적선을 불태우는 화공전을 펼치는 것이 좋을 듯합니다."

군사 우적의 말에 일목이 동조하고 나섰다.

　"좋은 전략입니다. 문제는 관미성에 근접하기가 어렵다는 것인데, 우선은 갑비고차부터 차지하고 난 다음 사방에서 관미성을 치는 것이 유리할 듯싶습니다. 따라서 우리 해룡부대 사병들 중에서 헤엄을 잘 치는 자들을 가려 뽑아 갑비고차에 몰래 상륙시켜 적을 교란시키도록 하겠습니다. 그런 연후 안전하게 우리 군사들이 갑비고차에 상륙해 적군을 섬멸하면, 관미성은 독 안에 든 쥐 꼴이 되고 말 것입니다."

　"갯벌 때문에 군선도 접근하기 쉽지 않은데, 아무리 헤엄을 잘 치는 군사들이라 하더라도 어떻게 섬에 상륙할 수 있겠습니까? 갑비고차부터 점령하자는 것은 좋은데, 일단 접근이 쉽지 않다는 게 큰 문제로군요."

　담덕도 여러 가지 생각을 해보았으나, 여전히 관미성이 난공불락의 요새임을 인정할 수밖에 없었다. 육지라면 모르겠는데, 사면이 바다로 둘러싸여 있으므로 공격하는 데 한계가 있었다.

　"그 점은 이 자리에서 미리 말씀드리기 곤란하고, 일단 소장에게 맡겨주시기 바랍니다. 물때와 바람과 월출 시각 같은 것을 고려해서 판단해야 하므로 그때 가서 자세한 전략을 설명드리도록 하겠습니다."

　일목은 자신감 있게 말했다.

　이것으로 그날의 작전회의는 끝났다.

태왕 담덕은 전령을 보내어 국내성에 대기하고 있는 2진과 3진의 군선을 출진토록 했고, 관미령에 대기하고 있는 1만의 고구려군에게도 협공하는 날짜와 시각을 차후 알려주겠다는 파발마를 띄웠다.

4

관미성 내에서는 백제의 병관좌평 진가모가 노심초사하며 한성의 원군이 오기만을 기다리고 있었다. 관미성에는 군사 2만이 고구려군의 공격에 대비해 철저하게 방어 태세를 갖추고 있었고, 대왕 진사는 지방에서 차출한 원군 2만 중 한수에 군선을 띄워 수로를 통해 1만, 미추홀(인천)을 거치는 육로를 통해 1만의 군사를 출진시켜 놓고 있었다. 이미 출진할 때 대왕 진사가 한성에서 파발마를 띄웠으므로 진가모는 전령을 통해 그러한 소식을 하루 전에 통고받았다.

고구려군이 5만 병력이라 하니, 백제군도 관미성 방어 병력이 도합 4만이면 충분히 승산 있는 싸움이라고 생각했다. 더구나 오래전부터 관미성을 지키던 군사들은 요서지역인 진평군에서 진정 휘하에 있다 합류한 병사들이 많았는데, 특히 그들은 수전에 능했다.

그러나 진가모는 지난여름 고구려군에게 불과 이틀 사이에 부소갑 북변의 10개 성을 빼앗긴 것에 대해 크게 심적 부담을 느끼고 있었다. 그는 고구려군의 전투력이 그만큼 강하다는 것을 부인하지 못했다. 특히 담덕 휘하의 왕당군은 일당백의 실력을 갖추고 있다는 소문이었다.

이번에 고구려군은 수륙 양면으로 공격해 올 것이 틀림없었다. 물론 관미성이 사면 모두 바다로 둘러싸여 있긴 하지만, 관미령에 진지를 구축하고 있는 고구려군 1만이 지척인 예성항에서 배를 타고 접근할 경우 방어할 시간이 충분하지 않았다. 예성항에서 관미성은 날씨가 맑을 경우 피아의 움직임이 그대로 육안으로 보일 정도로 가깝기 때문에 수전을 치를 시간적 여유도 없이 곧바로 적선이 성 기슭에 닿을 수 있었다. 이때 적선이 최대한 관미성 가까이 접근하지 못하도록 막아야 하는데, 한꺼번에 대군이 밀어닥칠 경우 피아를 구분할 수 없는 공방전이 벌어질 것이었다. 일당백으로 소문난 담덕의 왕당군이 들이닥친다면 난공불락의 관미성도 결코 안심할 수 없는 상황이었다.

진가모가 걱정하는 것은 그뿐만이 아니었다. 고구려에 파견한 세작들의 보고에 의하면 담덕은 산동에서 해적들을 소탕하는 해룡부대 장수 일목에게 요청하여 3천의 군사를 지원받았고, 그들은 압록강 하구 박작성에서 고구려 수군과 합류해 지금 한창 작전을 짜고 있다고 했다. 원래 고구려 수군은 해전 경험이 거의 없어 해상전이 벌어질 때 크게 염려하지 않아도 되지만, 바다에서 해적들을 물리친 일목의 해룡부대 전력은 결코 무시할 수 없었다.

이처럼 진가모가 여러 가지 생각으로 고심하고 있을 때 전령이 달려와 보고했다.

"장군! 방금 승천포구에서 연락이 왔습니다. 발해만에 근거지를 두고 무역을 하던 요서 진평군 출신의 진무 대행수가 상단 휘하 졸개들을 상선에 태워 승천포구에 도착했다 합니다."

"무엇이? 진무가? 진무가 어찌하여 여기 나타났단 말이냐?"

진가모는 당혹스러웠다.

"진무 대행수는 관미성의 위급을 알고 우리 백제군을 돕기 위해 왔다고 합니다. 졸개들까지 하면 그 무리가 1백여 명은 될 듯합니다. 더구나 세 척의 대형 상선에 군량미도 가득 싣고 와서 대기 중입니다."

"흐음! 일단 성문을 열어주지 마라. 진무 대행수에겐 내가 승천포구로 나갈 때까지 기다리라고 전하라."

이렇게 전령에게 명하고 나서 진가모는 벌떡 일어섰다.

이때 진가모의 생각은 반반이었다. 한편으로는 뭔가 의심쩍은 데가 있으면서, 다른 한편으로는 원군을 만난 듯 반가웠다. 진무는 죽은 침류왕의 아들 아신의 외삼촌이었다. 사촌형 진광의 아들이므로 진가모에게는 진무가 종질이 되었다. 그러나 얼마 전까지도 진무가 귀국해서 아신을 왕으로 추대하여 모반을 일으킬 것이라는 소문이 나돌았으므로, 진가모는 조카를 정적으로 생각하고 있었다.

'자라 보고 놀란 놈이 솥뚜껑 보고 놀란다고, 내가 헛소문으로 떠도는 말을 너무 믿고 있었던 모양이군!'

진가모는 무엇보다 진무가 세 척의 대형 상선에 군량미를 가득 싣고 왔다는 사실에 매우 고무되었다. 어쩌면 관미성 전투는 장기전이 될 가능성이 높았다. 만약 적군이 사면의 바다를 장악하고 장기전을 편다면 4만의 병력이 현재 비축해 둔 군량미로는 한 달 이상 버티기 힘들 것이었다.

한동안 고심하던 끝에, 진가모는 마침내 무장을 갖춘 졸개들 10여 명을 거느리고 관미성 동문을 나섰다. 동문을 나서면 곧 선착장이었다. 그는 그곳에서 배를 타고 지척에 있는 승천포구로 건너갔다.

"장군! 조카 진무가 인사드립니다."

진무가 진가모를 향해 군례를 올렸다.

"네가 진무로구나? 사촌형을 꼭 빼닮았군."

진가모와 진무는 처음 만나는 사이였다. 사촌형 진광과는 어린 시절을 같이 보내 얼굴을 기억하고 있지만, 조카 진무는 요서의 진평군에서 태어났으므로 그동안 직접 대면할 기회가 전혀 없었던 것이다.

"아버지로부터 숙조부와 당숙에 대한 이야기는 많이 들었습니다."

진무가 말하는 숙조부는 진고도이고, 당숙은 그 아들 진가모였다.

"발해만에서 대상단을 이끌고 있다는 얘길 들었다만, 이렇게 조국의 위태로움을 알고 달려와 주리라곤 미처 생각지 못했구나. 발해만 상단은 어찌하고 온 것이냐?"

진가모는 일단 모자라는 군량미를 해결하기 위해서라도 조카 진무의 입국을 받아들이고 싶었지만, 그렇다고 의심이 다 풀린 것은 아니었다.

"조국이 위급한 상황에 처했는데 가만히 팔짱만 끼고 있을 수 없다며 아버님께서 출전을 명하셨습니다. 그래서 상단을 지킬 수 있는 행수 두어 명과 수하 졸개들 기십 명을 남겨두고 모두 이끌고 왔습니다. 저희는 이번 관미성 전투를 승리로 이끈 후 다시 발해만으로 돌아가야 합니다."

진무의 말을 전적으로 믿을 수는 없었지만, 진가모는 일단 조국을 생각하는 그 충성심에 경계하던 마음도 스르르 녹아버렸다. 이번 기회에 발해만 상단을 해체하고 완전히 귀국한 것이 아닐까, 잠시 의심을 했던 것은 사실이었다. 그런데 진무가 상단 운영 때문에 전투가 끝난 후 다시 발해만으로 돌아가야 한다고 말하자 비로소 한시름 놓을 수 있었다.

"아버님께서 상단을 지키고 있다고? 환후가 깊으시다 들었다. 하여 발해만 상단을 지키기에 어려움이 많을 것인데, 이렇게 수하들을 많이 이끌고 오면 해적들이 상단을 들이칠 경우 대책이 없질 않겠느냐?"

진가모는 다시 한번 진무의 숨은 의도가 무엇인지 짚어보고 싶었다.

"장군! 아버님이나 저도 그 점을 걱정했지만, 우리 상단의 경우 이번 관미성 전투에서 고구려에게 패한다면 피해가 막심합니다. 예성항과 승천포에서 거래되는 인삼은 우리 상단의 대표적인 물목으로 저 중원의 각 나라에 판매하고 있습니다. 그 판매권을 고구려에 넘겨줄 수는 없는 일입니다. 관미성이 무너지면 우리 상단은 망합니다. 그러니 당연히 출정을 해야지요. 우리 상단의 수하들도 일당백을 하는 무술을 갖추고 있으니, 관미성 방어에 일익을 담당할 수 있을 것입니다."

이 같은 진무의 말을 듣고 나서야 진가모는 그동안 가졌던 그에 대한 의심을 일단 접어두기로 했다. 관미성 성주를 통해 진무가 상선을 이끌고 자주 예성항과 승천포에 와서 인삼 교역을 한다는 소릴 들은 바 있었기 때문이다.

'관미성이 무너지면 우리 상단은 망합니다.'

진무의 이 말이 진가모에게 진실로 와 닿았다.

진가모는 오래전부터 대상단을 이끄는 수하들이야말로 일당백이란 소문을 들었다. 항해를 하다 보면 도처에서 출몰하는 해적들 때문에, 상단의 행수에서부터 수하들까지 모두가 무술을 필수로 익히지 않으면 안 되었다. 그런 점에서 진무가 이끌고 온 1백여 명의 수하들 실력을 인정했고, 앞으로 고구려와의 전투에 큰 힘이 될 것이라고 생각했다.

"자, 상단 수하들을 이끌고 성안으로 들어가자. 내일이 보름, 세작들의 보고에 의하면 적들은 아마도 내일쯤 공격을 개시해 올 것이다. 헌데 한성을 떠난 원군이 아직 도착하지 않아 근심하고 있던 중이다. 관미성에 들어가 적의 공격에 대비한 작전을 궁리해 보자꾸나."

진가모는 진무 일행을 이끌고 관미성 동문을 통해 입성하였다.

관미성 군사들과 진무가 이끌고 온 상단 수하들은 세 척의 상선에 가득 싣고 온 군량미를 성안으로 운반했다. 성내 창고에 가득가득 쌓여가는 군량미 더미를 보고 진가모는 더욱 마음이 든든해졌다.

그날 저녁 늦은 시각에 작전회의가 열렸다.

"지금 성내에 있는 아군은 2만이고, 적군은 5만으로 추정되오. 중과부적이오. 대왕 폐하가 한성에서 이끌고 오는 원군 2만이 도착하면 총 4만이니, 어느 정도 적군과 대치할 수 있는 병력이 됩니다. 적은 공격하는 쪽이고 아군은 방어하는 쪽이므로, 병력 수로 1만이 적다고 하지만 우리가 더 유리한 입장이라고 봅니다. 공성전투에서는 방어보다 공격하는 쪽이 세 배 이상은 돼야 하기 때문이오. 그러나 적군이 공격할 때까지 원군이 도착하지 않으면 아군이 수세에 몰릴 수 있으므로, 사전에 철저한 대비책을 세워놓아야 합니다. 관미성은 갑비고차 북쪽에 위치한 작은 섬이지만, 우리의 병력으로 갑비고차를 포함한 넓은 지역을 다 방어해야 한다는 것이 매우 어려운 점입니다. 갑비고차는 큰 섬입니다. 따라서 방어 병력이 절대적으로 많이 필요하오. 관미성만 지킨다면 현재의 2만 병력으로 버텨볼 수 있지만, 갑비고차에 이미 병력을 파견해서 관미성 방어 병력도 모자라는 판이오. 더구나 적군은 관미성뿐만 아니라 갑비고차를 포함해 전면적으로 파상공격을 해올 것으로 예상됩니다. 그럴 경우 성안의 병력을 갑비고차 서안 포구마다 더 보충해 배치해야 하오. 그러므로 원군이 오기 전까지 특단의 조치를 취해야 하는데, 제장들은 이에 대한 대책을 말해 보시오."

진가모는 그동안 많이 생각하고 또 생각을 거듭했으나, 그 역시 해상 전투 경험이 부족해 전략을 세우기 쉽지 않았다.

이때 관미성 성주 여각이 나섰다.

"오래전부터 관미성을 지키던 군사는 1만이고, 우리 성내의 군사들은 해전 경험이 풍부한 수군들입니다. 그러므로 병관좌평께서 이끌고 온 원군 1만은 성을 방어하고, 관미성 수군들은 군선을 이끌고 나가 적선과 해전으로 승부를 해야 합니다. 적군은 해전 경험이 부족해 우리 수군이 초전에 기선을 제압하면 잔뜩 겁을 집어먹고 함부로 공격치 못할 것입니다. 더구나 갑비고차나 관미성은 해저의 뱃길이 갯벌 사이로 나 있어, 아군의 군선은 그 길에 익숙하지만 적선은 함부로 들어섰다가 갯벌에 얹혀 오도 가도 못하게 되기 십상입니다. 우리는 해저의 지형지물을 최대한 이용하여 적을 유인하고, 암초나 갯벌에 좌초된 적선들을 불화살로 쏘아 태워버리는 화공작전을 펴야 합니다. 오전에는 썰물이 되므로 그때 빠른 속력으로 적선을 추격하다가, 간조 때인 오시가 오기 전에 선수를 돌려 후퇴하면서 적선을 유인해 최대한 섬 가까이 끌어들여야 합니다."

"문제는 적선이 우리보다 세 배 이상 많다는 데 있습니다. 현재 관미령에 포진한 적이 1만이고, 대부분의 적 4만은 군선을 타고 해로를 따라 여러 갈래로 공격해 올 것이오. 4만 대 1만은 중과부적이오. 적어도 군선 한 척에 3백씩 병사를 태운다 해도, 적은 1백하고도 수십 척이 넘습니다. 우리 아군의 군선 50여 척으로는 대적하기 쉽지 않습니다."

진가모가 걱정하는 것은 바로 백제군이 군선이나 병사의 머릿수에서 매우 열악한 입장에 놓여 있다는 점이었다.

"군사나 군선의 수로 볼 때는 아군이 열세이긴 하지만, 여각 장군의 말씀에도 일리는 있습니다. 적들은 바다 밑바닥을 모르나, 우리는 눈을 감고도 갯벌 사이의 뱃길을 찾을 수 있을 정도로 근해의 해저 지리에 익숙합니다. 적선의 수가 많다 보니, 저들은 분명 학익진의 형태로 접근해 올 것입니다. 그러다 보면 자칫 아군의 군선이 포위되기 십상이니, 이 점만 유념해서 적선을 최대한 해안 가까이 끌어들여 일거에 소탕해야 합니다."

진무가 거들고 나섰다.

"허면 적선이 공격해 올 때 성주 여각은 좌장군이, 조카 진무는 우장군이 되어 군선을 지휘토록 하시오. 본관은 관미성을 방어하면서, 육로를 통해 관미령까지 진출해 있는 고구려 왕당군 1만의 적을 상대하겠소. 고구려군은 바다와 육지에서 동시에 협공할 것으로 보이는데, 현재 관미령에 진채를 내리고 있는 적들은 공격 개시와 함께 예성항으로 쏟아져 들어와 배를 타고 성을 공격해 올 것이오. 이때 맞은편의 승천포구에 정박한 우리 군선이 출동해 사전에 적선의 관미성 접근을 막겠지만, 적들은 어떤 수를 쓰든 섬 기슭에 배를 대고 성벽으로 기어오르려 들겠지요. 일단 우리는 대왕 폐하께서 이끌고 오는 원군이 도착할 때까지 죽기를 각오하고 싸워야 합니다. 그래서 원군 2만이 관미성에 입성하면, 적군이 5만 병력이라 하더라도 아군에게 반드시 승리의 기회가 주어질 것입니다."

진가모는 일단 그 이상의 전략은 없다고 판단했다. 하루만 버티면 전황이 유리한 쪽으로 바뀔 것이라는 기대감을 앞세워, 그는 내심 초조해지는 마음을 안정시키려고 노력했다.

보름을 하루 앞둔 달이 밤바다에 은빛 가루를 뿌리는 가운데, 관미성의 밤은 깊어만 갔다. 서북풍이 불어와 관미성 곳곳에 세운 깃발들을 동남 방향으로 펄럭였다.

관미성 전투

1

초겨울로 접어들어 아침저녁으로 제법 쌀쌀한 기운이 도는 10월 보름, 일출 시각을 기해 관미성을 향한 고구려 군선의 공격이 시작되었다. 일출 시각은 묘시(5~7시)와 진시(7~9시) 사이로, 새벽에는 안개가 자욱하여 앞이 잘 보이지 않다가 동녘에서 해가 뜨면서 서서히 시정거리가 확보되었다. 안개가 걷히기 시작하자 바다 위에 떠 있는 듯한 크고 작은 섬들이 보였고, 저 멀리 관미성 요새와 갑비고차의 산 능선이 어렴풋이 시야에 잡혀왔다.

고구려군의 군선은 서해를 통한 6개 노선, 예성항을 통한 1개 노선, 총 7개 노선으로 도합 150여 척이었다. 그에 비하면 백제군은 관미성과 갑비고차 서안 포구에 대기하고 있는 군선 30

여 척, 승천포구에서 예성항의 적선과 대치하고 있는 군선 20여 척 등 50여 척이 전부였다. 150 대 50이면 제아무리 백제 수군의 전투력이 강하다 해도 해상으로 나가 전투를 벌일 수 있는 상황이 아니었다.

더군다나 학익진으로 공격해 올 것이라 예상했던 백제 우장군 진무의 판단과는 달리, 고구려 군선은 날 일 자 형태의 종렬로 편성된 6개 노선으로 서해 앞바다에 장사진을 펼치고 있었다. 즉 각 선단의 가운데 장군선이 위치해 있고, 그 앞뒤와 좌우로 군선들이 겹을 이루어 보좌하는 진형을 갖추고 있었던 것이다.

백제 좌장군 여각도 고구려 군선의 공격 형태를 보고 우장군 진무에게 급히 전령을 보내 절대 공격하지 말고 방어만 할 것을 주문했다. 진무 역시 고구려 군선의 움직임을 예의 주시하되, 일단 공격보다는 방어를 하면서 적의 동태를 살피는 것이 좋겠다고 판단하고 있었다. 군선의 진용으로 보아 적선이 어찌 나올지 예측하기 매우 어려웠던 것이다.

한편, 고구려 태왕 담덕과 군사 우적은 가운데 노선의 해룡부대 장군선에 일목과 함께 승선하고 있었다. 고구려군이 서해에서 관미성과 갑비고차를 향해 군선을 배치할 때, 학익진도 일자진도 아닌 종렬의 형태를 취한 것은 해저 뱃길을 잘 아는 해룡부대의 군선을 6개 노선의 선두에 세웠기 때문이다. 자칫

하면 갯벌에 좌초될 수 있으므로, 뒤에 붙은 군선은 선두에 선 향도선의 움직임을 보고 그대로 따르도록 한 것이었다.

"적들이 도무지 방어만 하고 움직이질 않는군요? 더 공격해 가야 하지 않을까요?"

해룡부대 장군선의 시야가 확 트인 지휘소에서 적정을 살펴 보던 담덕이 문득 좌우를 번갈아 보며 물었다. 그 좌우에는 우 적과 일목이 서 있었다.

"우리의 전력에 겁을 먹은 듯합니다. 그래도 지금은 썰물 때 라 더 이상 다가가면 위험하니 적들이 해양 가운데로 나올 때 까지 인내심을 가지고 기다려야 할 것 같습니다."

일목은 지금의 상황을 어느 정도 예상하고 있었던 듯했다.

"시위도 일종의 전략입니다. 일몰 시각이 될 때까지 누가 더 오래 버티나 두고 보도록 하지요."

우적이 말했다.

"지금 백잔왕 진사가 한성에서 원군 2만을 이끌고 관미성으 로 오고 있다고 하오. 그들이 입성을 하게 되면 관미성은 4만의 대군이 방어를 하게 되므로 쉽게 깨뜨리기 어렵습니다."

담덕은 지난여름 부소갑 인근의 10개 성을 공략해 백제군을 몰아낸 경험이 있어, 육상 전투에서는 어느 정도 자신감을 갖 고 있었다. 그러나 처음 경험하는 해상 전투에서는 초장부터 어려움을 실감하지 않을 수 없었다.

"폐하! 밤이 되기를 기다려보시지요. 만조와 월출 시각이 거의 비슷한 유시입니다. 그 시각에 맞춰 밀물의 흐름과 서북풍을 이용해 우리 해룡부대 군선을 적진 깊숙이 침투시킬 작정입니다."

일목이 혼자 생각해 놓았던 작전을 비로소 털어놓았다.

"너무 깊숙이 들어가면 군선이 갯벌에 좌초될까 염려됩니다."

"일부러 좌초되도록 만들려는 겁니다. 일단 적들은 우리가 해저 뱃길을 모른다고 판단해, 아군의 군선들이 좌초되도록 유도작전을 펼칠 것입니다."

"적의 작전에 말려드는 것처럼 보이게 하자는 것이로군요."

군사 우적의 말에 일목이 조용히 고개를 끄덕였다.

"일단 아군의 군선 세 척을 갑비고차 인근까지 몰고 가서 갯벌 위에 얹히도록 할 것입니다. 우리 군선이 좌초되면 적들은 뭍에서 불화살을 쏘아 화공작전을 벌이겠지요. 이때 좌초된 군선에서 아군은 불을 끄는 척 아우성을 치다 미리 엄선해 둔, 헤엄을 잘 치는 군사들이 바다로 뛰어들 것입니다. 나머지 병력은 미리 준비해 둔 소형 선박을 밧줄로 내려 각자 나누어 타고 탈출을 시도하게 되지요. 이때 안전 지역에 대기하고 있던 우리 군선들이 그들을 태워 회군하게 되면 일단 작전의 절반은 성공하는 겁니다. 이미 그때쯤이면 헤엄을 잘 치는 군사들이 각자 갑비고차의 기슭에 당도해 섬으로 상륙하는 데 성공했을 테니까요."

일목의 말에 담덕이 고개를 끄덕거렸다. 역시 해적들을 많이 물리친 경험이 있는 해룡부대 장군다운 계책이었다. 오래전에 부왕이 고구려 군사 4만을 출진시켜 요하에서 전투를 벌일 때, 일목이 유황을 태워 연나라 대군을 겁먹게 한 적이 있었던 것을 담덕은 생생하게 기억하고 있었다.

"육참골단은 이를 두고 하는 말이로군요. 아군의 군선 세 척을 내주고 특공대를 섬으로 들여보내는 전략이라……."

"그렇습니다. 섬에 상륙한 특공대는 적들이 지키는 갑비고차의 군사요충지와 각 포구에 정박한 적선에 불을 지르게 되고, 적진이 어지러워지면 그 틈을 노려 우리 군선들이 일제히 출격해 갑비고차부터 점령하는 겁니다. 그러면 갑비고차 동북쪽에 있는 적군의 중심 항구인 승천포구까지 아군의 차지가 되므로, 그 서북쪽에 위치한 관미성은 자연히 고립될 수밖에 없습니다. 고립된 적은 독 안에 든 쥐의 신세이므로, 아군의 피해를 최대한 줄이면서 손쉽게 적을 공략할 수 있을 것입니다."

"좋은 전략입니다."

군사 우적이 크게 고개를 끄덕이며 일목을 바라보았다. 그는 일목보다 10여 세 연상으로 이미 오십대 중반을 넘어선 나이지만, 이번 전투에 대해서는 일목장군의 판단에 의존하고 있었다.

그때 일목은 차츰 안개가 걷히고 있는 갑비고차의 구불구불한 산 능선에 시선을 박아두고 있었다. 왼쪽 눈을 검은 가죽 안대로 가려 오른쪽 눈밖에 볼 수 없었지만, 그의 시력은 두 눈을 가진 사람보다 더 좋았다. 오랜 세월 바다에서 해적들을 상대로 싸우면서 수평선 같은 먼 곳을 바라보는 데 익숙해져 있었던 것이다.

　　일목은 향도선에 명령을 내려 좀 더 섬 가까이 접근하도록 했다. 포구에 정박해 있는 백제 군선들을 끌어내기 위해 유도 작전을 펼치고자 한 것이었다. 해안선 가까이 접근한 고구려의 향도선들은 백제의 군선들을 향해 일제히 노를 쏘았다. 활은 먼 거리까지 날아가기 어렵지만, 노는 활보다 멀리 화살을 날려 보낼 수 있기 때문에 적에게 위협적이었다. 그래도 적들이 방패로 화살을 막을 뿐 별다른 반응을 보이지 않자, 노수弩手들은 불화살을 쏘기도 했다. 불화살이 떨어져 배에 불이 났지만, 그때마다 백제 수군들이 대기하고 있다 물을 퍼부어 불을 껐으므로 고구려군은 별 효과를 거두지 못했다.

　　일목의 작전 계획은 좋았지만, 그러나 기후까지도 고구려군을 도와주지 않았다. 월출 시간을 기다린 보람도 없이, 저녁때가 되면서 하늘이 흐려지기 시작하더니 보름달조차 구름에 가려 사방을 분간하기 어려울 정도로 어둠이 짙게 바다를 덮었다. 결국 첫날 고구려군은 백제와 한 번도 제대로 된 접전을 벌여보지 못한 채 뱃머리를 돌릴 수밖에 없었다.

한편 관미령에 진지를 구축하고 있다가 10월 보름을 기하여 새벽같이 군사를 몰아 예성항으로 진격한 육상의 고구려군은, 항구에 정박한 배를 타고 관미성을 향해 총공격을 시도했다. 고구려군의 장수는 왕당군을 훈련시킨 선재였다. 평양성과 수곡성에서 각기 5천씩 차출한 군사 1만에, 선재 자신이 이끌고 온 왕당군 1천이 포함된 병력이었다.

관미성을 지키는 진가모의 주력 부대는 고구려군의 군선이 섬 기슭에 가까이 접근하지 못하도록 집중적으로 불화살을 쏘아 위협했다. 갑비고차의 승천포구에서도 백제의 군선이 출동해 고구려 군선과 접전을 벌였다. 양군은 막상막하의 혼전을 거듭했다. 그러다가 오후 신시(15~17시) 무렵, 백제 대왕 진사가 이끄는 원군이 한수를 타고 내려오면서 전투의 양상은 고구려군에게 불리한 쪽으로 바뀌었다. 결국 고구려군은 날이 어두워지기 시작하자 관미성 근처까지 가보지 못하고 예성항으로 회군하고 말았다.

다음 날은 육로를 통해 미추홀을 거쳐 갑비고차로 상륙한 백제 원군 1만까지 관미성으로 입성하여 총 군세는 4만이 되었다.

'이제야 해볼 만한 싸움이 되겠군!'

그동안 노심초사하며 기다려온 백제 원군이 관미성 군사들과 합세하자, 진가모는 자신감에 차 있었다.

"이제부터는 군선과 병력이 확보되었으므로 우리가 바다 가운데로 진격해 적선을 격파해야 할 때입니다. 어제처럼 관미성 방어 군사 1만을 놔두고, 좌장군 여각과 우장군 진무는 3만의 병력을 나누어 공격하는 적선을 궤멸토록 하시오. 이제부터 우리 백제 수군의 전투력을 본격적으로 보여줄 때입니다."

이번 전투에서 백제의 대장군을 맡은 병관좌평 진가모는 대왕 진사와 함께 1만의 군사를 독려하여 관미성을 지키기로 했다.

백제의 수군 3만이 출격한 후, 대왕 진사가 진가모에게 물었다.

"어찌하여 발해만에 있는 진무를 이 전투에 끌어들인 것이오?"

진가모는 이틀 전에 세 척의 상선에 군량미를 가득 싣고 상단의 수하 1백여 명과 함께 관미성을 지키기 위해 온 진무의 이야기를 사실 그대로 보고했다.

"진무의 말을 믿을 수 있겠소?"

"만약을 몰라 진무의 동태를 감시할 군사들을 여러 명 가까이에 심어두었습니다. 도성에 아신을 볼모 삼아 묶어두고 있는데 진무가 뭘 어찌하겠습니까? 너무 심려치 마시옵소서. 해전에 강한 진무가 오히려 마음을 든든하게 해주고 있질 않습니까?"

다음 날, 백제의 좌장군 여각과 우장군 진무는 대왕 진사의 군사들이 타고 온 군선 40여 척까지 합한 90여 척을 이끌고 해양으로 나갔다. 전날처럼 고구려 군선은 6개 노선으로 진격해 왔다. 백제군은 항구에 정박한 채 때를 노리다가 썰물이 한창 빠져나가는 시각인 사시(9~11시)를 기해 전 군선을 출동시켰다.

백제의 군선은 빨랐다. 좌장군 여각과 우장군 진무는 각기 군선을 좌우의 날개로 삼아 썰물의 흐름을 타고 미끄러지듯 바다 가운데로 나갔다.

고구려 군선이 미처 선수를 돌릴 사이도 없이 백제의 군선에서 화살이 날아왔다. 일목은 백제 군선을 가운데로 유인하여 3면에서 에워싸고 집중 공격을 가하려고 했는데, 강공으로 나오는 적선을 대하자 일단 작전을 바꿀 수밖에 없었다. 선수를 다시 백제의 군선 쪽으로 돌려 돌격하도록 명령을 내렸던 것이다.

바다 가운데서 벌어진 양군의 전투 양상은 피아를 구분하기 어려울 정도로 한데 어우러져 아우성치고 있었다. 양군의 군선은 서로 부딪쳐 깨지거나, 갈고리 달린 밧줄을 걸어 서로가 상대의 배에 뛰어들어 난투극을 벌였다. 격렬한 전투는 본격적으로 밀물이 들어오기 시작하는 신시(15~17시)까지 계속되었다.

"후퇴하라!"

백제의 좌장군 여각이 장군선의 깃대에 후퇴를 알리는 깃발을 올리게 했다. 이와 동시에 우장군 진무도 후퇴를 명했다.

그러나 백제의 군선은 느리게 후퇴를 하면서 추격하는 고구려 군선을 향해 화살을 쏘아댔다. 일종의 유인작전이었다. 만조 시간이 지나 고구려 군선을 해안 가까이 끌어들이기만 하면 백제군이 유리한 전략을 펼칠 수 있기 때문이었다.

그러나 그날의 일기 상황은 백제군에도 고구려군에게도 득이 되지 못했다. 날씨는 흐렸고, 달은 구름 속에서 제 모습을 보여주지 않았다. 따라서 일몰이 되자 바다는 칠흑의 어둠으로 변해 버려 피아간에 전투를 할 입장이 못 되었다.

일몰과 함께 고구려 군선은 선수를 돌려 퇴각했고, 백제의 군선들도 제각기 정해진 포구로 귀항했다.

2

전날의 치열했던 해상 전투에 비하여 다음 날은 고구려군이나 백제군이나 근접전을 피한 채 소강상태를 보였다. 서로 거리를 둔 채 양군이 모두 함성으로 시위만 할 뿐 먼저 공격하길 꺼렸다. 그도 그럴 것이, 전날의 전투에서 어느 쪽의 승리라고 장담하기 어려울 정도로 양군의 피해가 너무 컸다. 고구려와 백제 모두 군선 10여 척이 불타거나 부서져 수장되었으며, 군사들도 양군 모두 1천여 명 이상씩 사상자가 발생했다. 그것은 양군에게 깊은 상처로 남았다. 다만 얻은 것이 있다면 적개심을 부추겨 반드시 다음 전투에서는 보복을 하고 말리라는 심리가 군사들의 마음속에 싹텄다는 점과, 무조건적인 해상에서의 전면전은 서로에게 상처만 주게 된다는 새삼스런 깨달음이었다.

오전에는 비가 내렸으나 오후가 되면서 하늘에서 서서히 구름이 걷혔고, 화살촉 같은 햇살이 바다의 물결을 은빛으로 빛나게 했다. 바다는 잔잔했고, 군선에 와서 하얗게 부서지는 파도는 군사들의 졸음을 재촉하는 자장가 소리처럼 들렸다.

저녁때가 되자 서쪽 수평선으로 해가 떨어지면서 바닷물은 붉은 노을빛으로 물들었다. 수평선에서 턱걸이를 하는 해는 바닷속까지 짙게 물을 들여 마치 해저에서 불기둥이 불끈 솟아오르는 것처럼 보이기도 했다.

"드디어 때가 왔습니다."

일목이 노을빛에 취해 붉은빛 도는 얼굴로 태왕 담덕을 바라보았다.

이번 관미성 전투에서 일목은 내심 남다른 감회로 임전태세를 갖추고 있었다. 반드시 이겨야만 된다는 강박감과 함께, 직접 원정에 나선 백제 대왕 진사의 목숨을 거두어 고국원왕의 한을 풀자는 목적도 갖고 있었던 것이다. 그가 외눈박이가 된 것은 당시 평양성 전투에서 백제 태자 수(근구수왕)의 근위 무사들 화살을 맞았기 때문이다. 지금 근구수왕의 둘째 아들인 백제 대왕 진사가 저 관미성에 와 있으므로, 감회가 남다를 수밖에 없었다. 평양성 전투는 20여 년 전에 있었던 일이지만, 일목은 단 한시도 그날의 오욕을 잊어본 적이 없었다.

담덕은 그러한 일목의 심사를 아는지 모르는지, 막 수평선으로 넘어가는 붉은 해를 바라보며 혼잣소리처럼 중얼거렸다.

"오늘은 달이 뜨겠지."

날이 어두워지기 시작하면서 서쪽 하늘에 유난히 반짝이는 금성이 떠 있었다. 하늘이 청회색에서 점차 검은빛으로 변하면서, 별은 더욱 또렷한 금빛으로 빛나기 시작했다.

"폐하, 태백성이 나타났습니다."

군사 우적이 의미 있는 눈빛으로 담덕을 바라보았다. 살아생전에 스승 무명선사가 기다리던 태백성은, 나중에 알고 보니 바로 담덕을 지칭하는 말이었던 것이다.

"오늘 밤 갑비고차를 점령하게 되면, 그다음은 관미성을 공략해야 합니다. 문제는 관미성이 난공불락의 요새라는 데 있습니다."

담덕의 고민은 거기에 있었다. 일목의 갑비고차 점령 작전은 충분히 성공할 수 있다고 생각했다. 그러나 관미성은 사면이 바다로 둘러싸여 접근이 어려우므로 공성전투가 쉽지 않았다.

"장기전이 될까 염려하시는군요?"

우적이 빙그레 웃으며 담덕을 바라보았다.

"장기전이 되면 아군에게 불리하게 됩니다. 지난번 부소갑

전투처럼 이번 역시 최대한 속전속결로 끝내야 합니다."

"일목장군의 전략대로 우리가 갑비고차를 점령하게 되면, 적들은 그곳에서 더 이상 버티지 못하고 관미성으로 들어가 농성 준비를 할 것입니다. 지금 우장군이 되어 전투에 참여하고 있는 적장 진무는 얼마 전까지만 해도 발해만에서 인삼 교역을 하던 대상이었습니다. 이번에 상선 세 척에 군량미를 가득 싣고 와서 수하 1백여 명과 함께 전투에 참여하게 되었는데, 병관좌평 진가모가 그들을 받아들인 것은 바로 관미성에 군량미가 부족하다는 것을 의미합니다. 진무는 아신의 외삼촌으로, 지금의 백제왕 진사나 병관좌평 진가모와는 정적 관계입니다. 그럼에도 불구하고 진무를 관미성에 입성케 한 것은 군량미를 확보하기 위한 궁여지책이 아니었나 생각됩니다. 일단 군량미가 확보되었으니 적들은 장기농성에 돌입할 전략을 세울 것입니다. 우리는 이에 대한 대책을 논의해야 합니다."

우적은 태왕과 일목을 번갈아 쳐다보며 눈빛으로 의견을 물었다.

"군사의 말씀을 듣고 보니 어느 정도 대책을 세우신 것 같은데, 일단 그 전략을 먼저 말씀해 보시지요."

일목이 우적을 쳐다보았다.

"짐작하셨겠지만, 적의 취약한 곳을 먼저 치는 것입니다. 즉, 군량미만 없앨 수 있다면 적들은 장기농성을 포기하고 관미성도 내놓을 수밖에 없을 것입니다."

"문제는 관미성 안에 있는 군량미를 어떻게 없애느냐에 달려 있겠군요. 그렇다면 갑비고차를 점령한 후 그곳에 있던 적들을 추격할 때 몰래 우리 군사들 몇몇을 그들 속에 침투시켜 함께 관미성으로 들어가도록 하면 되겠군요. 그것은 호위무사 마동 이 훈련시킨 특공대를 투입토록 조처해 놓겠습니다. 이미 그들 을 지난여름에 백제 땅에 세작으로 파견한 바 있으므로, 적군 도 크게 의심하지 않을 정도로 충분히 적응이 되어 있습니다. 일단 관미성으로 침투하게 되면, 그들로 하여금 적의 군량미 창고를 불태우도록 지시하겠습니다. 관미성 가운데 화개산이 있는데, 여기 또한 관미성의 내성인 산성이 있습니다. 화개산까 지 불태우면 관미성 군사들은 발칵 뒤집힐 것입니다. 적들의 주 요 군사시설이 화개산 기슭에 자리 잡고 있기 때문이지요. 화 개산에 불이 오르는 것을 신호로 우리 군선들이 사방에서 일 제히 관미성 가까이 접근하고, 그 섬의 뭍에 오른 병사들로 하 여금 성벽을 타고 넘도록 하면 적들은 쥐구멍을 찾기 바쁠 것 입니다."

담덕의 말에 우적과 일목이 모두 감탄한 얼굴로 찬동하고 나섰다.

"기발한 전략이십니다."

"폐하, 언제 그런 특공대까지 조직해 놓으셨습니까?"

담덕은 빙그레 웃으며 말했다.

"예전에 해평의 모반으로 마동과 함께 표류되었을 때 본의 아니게 갑비고차에 오래도록 머무른 적이 있습니다. 그때 갑비고차 해안을 돌면서 백제의 요새인 관미성을 눈여겨봐 두었지요. 난공불락의 요새는 특공작전밖에 통할 게 없다고 생각했습니다. 공성전투로 전면전을 벌일 경우 피아간에 군사의 출혈이 너무 크기 때문이지요."

날이 어두워지면서 백제의 군선은 선수를 돌려 퇴각하기 시작했다. 밀물이 지고 있는 데다 때마침 서북풍이 불어와서, 고구려 군선은 빠른 속도로 적선을 추격해 들어갔다.

그러나 백제 군선은 급히 서두르지 않았다. 고구려 군선이 가깝게 접근하면 불화살을 쏘아 위협을 하면서 천천히 퇴각하고 있었던 것이다. 이른바 유인책이었다.

마침내 달이 떠올랐다. 보름이 이틀 지나 약간 이지러진 달이지만 하늘이 청명해 달빛이 매우 밝게 바다를 비추고 있었다. 까만 융단이 깔린 듯한 하늘에는 마치 보석을 박아놓은 듯 별들이 반짝거렸다. 창처럼 날카로운 것으로 융단 같은 하늘을 찌르면 한꺼번에 별들이 와르르 쏟아져 내릴 것만 같았다.

백제 좌장군 여각은 퇴각하는 군선들에게 적선과 일정 거리를 유지하라고 신호를 보냈다.

"너무 떨어져도 안 되고 너무 가까워도 안 된다. 겨우 화살이 날아갈 정도의 거리만 유지하면서 퇴각하라."

이미 깃발과 북소리로 신호 체계를 갖추어 놓고 있어서, 백제 군선들은 약속한 대로 일사불란하게 그 명령에 따라 움직였다.

한편, 고구려군에서도 일목이 각 군선에 명령을 내렸다.

"노를 이용해 불화살을 쏘면서 좀 더 바짝 추격하라."

고구려 군선 세 척은 적선을 바짝 추격했고, 그 나머지는 향도선의 움직임에 따라 조금 여유를 가지고 속도를 맞추어 나갔다.

"이제 접전을 하면서 최대한 시간을 끌어야 한다."

백제 우장군 진무도 좌장군의 군선과 속도를 맞추어 휘하 군선들에게 지시를 내렸다. 적어도 해시(21~23시)까지는 적선을 해안 가까이 묶어두어야만 했던 것이다. 만조 시간이 유시 초이고 간조 시간이 해시 말이므로, 썰물이 거의 빠져나가는 시간이 되어야 적선이 갯벌에 얹혀 오도 가도 못하게 만들 수 있었다. 그러므로 이젠 더 이상 퇴각할 것이 아니라 접전을 하여 적으로 하여금 시간이 흐르는 것도 잊은 채 투혼을 불사르도록 할 필요가 있었다.

해상에서의 야간 전투는 양군 모두 시계視界의 어려움 때문에 웬만해선 회피하기 마련인데, 작전상 서로 간에 밀물과 썰물이 교차되는 시각을 기다리다 보니 달밤을 이용해 치열한 접전이 벌어졌다. 고구려군은 만조 시간을 기다려 출격해야만 했고, 백제군은 반대로 간조 시간이 될 때까지 밀고 당기며 시간을 끌어야 하는 입장이었다.

썰물이 빠져나가기 시작하면서 연해부터 갯벌이 드러나자, 고구려 군선 세 척은 오도 가도 못하는 신세가 되고 말았다. 겉보기에는 물 위에 떠 있는 것 같았으나, 썰물이 빠져나가면서 배 밑바닥이 갯벌에 얹혔다.

"적선이 좌초됐다. 집중적으로 불화살을 쏘아라!"

백제 군선에서 좌초된 고구려 군선 세 척을 향해 일제히 불화살이 날아왔다. 좌초된 지역이 연해여서 지근거리에 있는 갑비고차의 백제 방어진지에서도 불화살이 까마득하게 높은 밤하늘로 포물선으로 그리며 날아갔다.

고구려 군선 세 척에선 금세 불꽃이 솟아올랐다. 어차피 작전상 좌초시킨 것이므로, 고구려 군사들이 스스로 불을 지른 후 급히 소형 배를 바다에 띄워 퇴각했던 것이다. 한편 특공대로 선별된 헤엄 잘 치는 병사들은 초겨울의 바닷물로 뛰어들어 갑비고차의 뭍을 향해 헤엄치기 시작했다. 잠수를 했다가 숨을 쉴 때만 머리를 잠시 내민 후 다시 물속으로 자취를 감추었으므로, 백제군은 그들의 침투를 전혀 눈치채지 못했다. 검은빛 도는 바닷물에 반사된 달빛이 은백색으로 반짝거려 시야를 어지럽게 하는 통에, 육안으로는 헤엄치는 고구려 특공대를 발견하기 쉽지 않았다. 더구나 좌초된 적선들이 불에 타는 광경을 지켜보면서 승리의 기쁨에 취해 있었기 때문에, 백제군은 발밑으로 기어드는 고구려 특공대가 있으리라고는 전혀 예상 치 못했다.

전투가 소강상태에 접어들자 백제의 군선들은 각기 포구로 이동해 정박했고, 군사들은 갑비고차 방어진지에서 고구려 군 선 세 척을 불태운 기쁨에 취해 자축연을 열었다.

"이제 고구려 군선들은 물러갔다. 밤늦게까지 전투를 하느라 고생한 병사들에게 술과 안주를 푸짐하게 내어 배불리 먹이도 록 하라."

좌장군 여각은 이렇게 명을 내리고 나서, 우장군 진무와 함 께 술을 마시며 다음 날 전개될 전투에 대비해 어떤 새로운 전 략으로 나갈 것인가 논의를 거듭했다.

"이제 적들은 좌초될까 두려워 함부로 연해에 접근하기 꺼려 할 것입니다. 밀물과 썰물을 이용해 진격과 후퇴를 적절히 하면 서 적선을 괴롭히면 우리에게 승산이 있습니다. 적들이 지쳐서 물러갈 때까지 공격보다 방어에 치중하면 관미성과 이곳 갑비 고차는 무사할 것입니다."

좌장군 여각은 기쁨에 도취해 있었다.

"관미성이야말로 우리 백제의 관문이 아닙니까? 죽기를 각 오하고 싸워 이곳을 지켜내야만 합니다."

우장군 진무도 술기운에 불콰해진 얼굴로 의기충천해서 일갈했다.

그렇게 백제군이 술로 자축을 하는 사이 밤은 자정을 지나 새벽을 향해 달려가고 있었다.

백제 군사들이 거의 모두 잠이 들었을 무렵, 갑비고차 방어진지 곳곳에서는 불꽃이 피어올랐다. 이와 거의 동시에 포구에 정박해 있는 백제 군선에서도 불길이 솟기 시작했다.

이때 일제히 불을 끈 채 갑비고차 근해의 해상에 머물러 있던 고구려 군선마다 횃불이 환하게 켜지면서 진군의 북소리가 울렸다.

"모든 군선은 향도선을 따라 갑비고차를 향해 진격하라!"

장군 일목이 외쳤다.

백제 군선을 쫓아 진격했던 길이므로, 다시 해저 뱃길을 따라 항해하는 것은 그다지 어렵지 않았다. 고구려 군선들은 서북풍에 맞춰 돛을 높이 올렸다. 때마침 새벽이 되어 밀물이 들어오기 시작하면서 군선들은 빠른 속도로 갑비고차를 향해 바다 위를 미끄러져 나갔다. 서쪽으로 기울기 시작한 달도 여전히 바다에 달빛을 뿌리며 그들의 뱃길을 인도해 주고 있었다.

고구려 군선들이 갑비고차 곳곳의 포구에 닿자마자, 승선했던 군사들은 물이 정강이까지 올라오는 바닷길을 걸어 상륙작전을 감행했다. 먼저 상륙해 화공으로 적의 진지를 교란시킨 특공대 덕분에 고구려 군사들은 안전하게 상륙에 성공했다. 그들은 각자 맡은 적의 방어진지를 급습해, 잠을 자다 말고 깨어나 허둥지둥 불을 끄기에 바쁜 백제 군사들에게 공격을 가했다.

달빛 아래서의 싸움이지만 피아를 구분하기 어려운 공방전이 오래도록 계속되었다. 창으로 찌르고, 칼로 베고, 쫓기고 쫓으면서 갑비고차 곳곳의 백제 방어진지에선 함성과 비명이 혼합된 아우성 소리가 밤하늘을 뒤덮었다.

뒤늦게 고구려의 기습을 알아차린 백제의 좌장군 여각과 우장군 진무는 급히 군사들을 이끌고 관미성이 있는 북쪽을 향해 후퇴하지 않을 수 없었다. 이때를 틈타 마동은 태왕의 호위무사들로 조직된 특공대 10여 명과 함께 백제 군복으로 위장하고 퇴각하는 적의 군사들 무리에 슬쩍 끼어들었다.

관미성으로 후퇴하는 백제군은 갑비고차 북쪽에서 다시 배를 타고 바다를 건너야 했으므로, 승선하는 도중에도 추격하는 고구려군의 공격을 받아 많은 사상자가 발생했다. 관미성과 가까운 갑비고차의 포구에선 일대 살육전이 벌어졌다. 배를 타려다 미처 오르지 못하여 고구려군의 창칼에 목숨을 잃거나, 겨우 승선했지만 저희들끼리 밀치다가 바다에 빠져 익사하는 백제 군사들도 부지기수였다. 그야말로 아비규환의 지옥도가 관미성과 갑비고차 사이의 좁은 바다에서 벌어지고 있었다.

이러한 혼전 속에서 좌장군 여각과 우장군 진무는 새벽이 되어서야 겨우 관미성 남문과 동문을 통해 입성할 수 있었다.

그들을 따르던 백제군은 절반 이상이 고구려군의 창칼에 희생되거나 미처 배를 타지 못해 갑비고차의 산야로 도망치고 말았다.

"도망치는 적은 절대 쫓지 마라."

태왕 담덕은 백마 위에 높이 올라 앉아 고구려 군사들에게 명령했다.

"저들을 살려두면 후환이 있을지도 모릅니다."

일목이 휘하 군사들과 함께 백제의 패잔병을 쫓으려다 멈칫하고 말 머리를 돌려 담덕을 바라보았다.

"저들은 패잔병들입니다. 지휘하는 장군을 잃으면 졸개들은 무용지물에 불과합니다. 저들도 군사이기 이전에 백성들입니다. 함부로 백성들의 목숨을 앗아서는 안 될 것입니다. 군사께서는 우리 고구려의 전 병사들에게 패잔병은 물론 갑비고차 백성들에게 조그만 피해도 끼쳐서는 안 된다는 군령을 각 부대에 내려주십시오. 특히 재물을 빼앗는다든가 여자를 희롱하는 자는 엄벌에 처할 것입니다."

담덕은 단호한 태도로 군사 우적에게 특명을 내렸다.

"역시 태왕 폐하이십니다."

일목이 자신의 잘못을 깨닫고 태왕을 바라보며 경의를 표했다. 그는 전날 백제군의 화살에 고국원왕이 전사하고 자신이 한쪽 눈을 잃은 데 대한 보복을 하겠다는 일념으로, 패잔병까지도 끝까지 추격하여 도륙하려는 마음을 먹고 있었던 것이다. 그러나 한창 전투를 하는 중에도 평정심을 잃지 않고 백성들의 안위를 생각하는 젊은 군주 앞에서 그는 저절로 고개가 숙여지지 않을 수 없었다.

3

관미성의 밤은 파도소리로 깊어가고 있었다. 서북풍과 더불어 밀려온 파도는 이빨을 사리문 채 관미성 성벽 기슭을 핥으며 잔기침하는 고양이처럼 카르릉거리고 있었다.

백제 대왕 진사는 병관좌평 진가모를 위시한 제장들을 둘러보았다. 침울한 분위기 속에서 여각과 진무는 그저 고개만 아래로 떨어뜨린 채 침묵하고 있었다. 전날 고구려군에게 갑비고차를 빼앗긴 데 대한 자책감 때문이었다.

"적들은 관미성 사면의 바다를 군선으로 둘러싸고 있소. 저들은 곧 공성전투에 돌입할 것이오. 어제의 패전을 더 이상 묻지 않겠소. 이제부터 제장들은 관미성을 사수할 방도를 말해보시오."

대왕 진사의 얼굴은 긴장감으로 잔뜩 일그러져 있었다. 그의 일그러진 오른쪽 눈꺼풀이 가늘게 떨렸다.

이번 전투의 대장군으로 막중한 책임감을 느끼고 있는 병관좌평 진가모가 먼저 나섰다.

"폐하! 이제부턴 장기 농성에 돌입해야 하옵니다. 적들은 지난여름 부소갑을 점령하고, 어제 갑비고차까지 차지했습니다. 인삼 재배단지가 모두 적의 수중에 들어갔습니다. 일차적으로 적들이 노린 것은 관미성이 아니라 인삼 재배단지를 장악함으로써 인삼 교역의 수익을 챙기자는 수작이 분명합니다. 저들이 관미성을 공략한다고 소문을 내놓고 실은 두 곳의 인삼 재배단지를 차지해, 우리는 두 번 속고 말았습니다. 그러나 이제 적들은 이차로 이곳 관미성 공략에 본격적으로 나설 것입니다. 관미성은 우리 백제의 관문이므로, 이곳만큼은 철저히 지켜내야 합니다. 불행 중 다행이라면 진무 장군이 세 척의 상선에 곡물을 가득 싣고 와서, 현재 성안에는 우리 군사들이 석 달간 농성할 수 있는 군량미를 확보해 놓았습니다. 3만의 군사가 성안에 있고, 어제 전투에서 5천의 아군 사상자가 났다고 치더라도 5천 정도는 갑비고차의 산속에 흩어져 재기를 노리고 있을 것이옵니다. 그중 많은 병력이 삼랑성(정족산성)에 모여 체제를 정비하고 있는 것으로 알고 있사옵니다. 이곳 관미성에서 농성을 하면서 적의 빈틈을 노려 공격을 시도하고 삼랑성에 주둔한 아군이 협공을 하면, 석 달 안에 고구려군을 충분히 패퇴시킬 수 있을 것이옵니다."

진가모의 말을 진무가 거들었다.

"폐하! 어제 새벽 갑비고차에서 이곳 관미성으로 퇴군할 때 미처 배를 타지 못한 병사들이 있었습니다. 하여 소장이 휘하의 장수 하나에게 갑비고차에 남은 잔병을 수습해 삼랑성으로 가서 농성을 하라고 일러두었사옵니다. 대장군의 전략대로 이곳 관미성과 갑비고차의 삼랑성에서 아군이 협공을 하면 적군도 오래 견디기 힘들 것이옵니다."

"허면, 두 성이 연락을 취할 수 있는 방법을 모색해야 할 것이 아니오?"

대왕 진사가 물었다.

"폐하! 그 점이라면 염려 마시옵소서. 관미성 군사들 중 갑비고차 지리에 밝고 헤엄을 잘 치는 자를 뽑아 연락책으로 보내겠사옵니다."

이렇게 나선 것은 관미성 성주 여각이었다.

한편, 사방이 바다로 둘러싸인 관미성을 군선으로 포위한 고구려군은 성안에서 불길이 솟아오르기만을 기다리고 있었다. 마동의 특공대가 관미성 군량미 창고에 불을 지르는 순간 고구려군은 총공격을 개시하기로 되어 있었다.

고구려 군선은 크기 때문에 성 가까이 접근할 경우 갯벌이 엎힐 위험성이 높으므로, 썰물이 지더라도 안전한 해상에 머물러 있었다. 그리고 일단 성안에서 치솟는 불길을 신호로 각 군선에선 일제히 밧줄로 소형 선박을 내려 군사들이 나누어 타고 관미성으로 진격해 들어가기로 한 것이었다.

그러나 하루 종일 기다렸지만 성안 어디에서도 불꽃이 오르는 것을 볼 수 없었다. 밤이 되어서도 달빛만 고요할 뿐 밤하늘을 밝히는 화광은 보이지 않았다.

사정은 마동이 거느린 고구려 특공대 쪽에 있었다. 군량미 창고를 둘러싼 백제군의 경비가 삼엄하여 침투하기 쉽지 않았던 것이다. 창고는 화개산 기슭의 내성 안에 있었다. 관미성의 내성인 산성도 자연의 지형지물을 이용한 요새로 몰래 잠입하기 어려움이 많아, 고구려 특공대는 밤을 기다려 겨우 침투할 수 있었다. 그런데 군량미 창고로 접근하려면 세 군데의 방어 초소를 거쳐야 했다. 게다가 초소마다 철저하게 통제하고 있어 쥐도 새도 모르게 초병들을 죽이지 않고는 통과하기 어려웠다.

"일단 계획을 바꾸어야겠다. 화개산 꼭대기에 봉화가 있다. 특공대를 두 조로 나누어 한 조는 산꼭대기로 올라가 봉화 초소를 불태우고, 다른 한 조는 이곳에 매복해 있다가 그 소란한 틈을 타 군량미 창고에 불을 지르기로 하자."

마동이 화개산의 봉화대가 있는 쪽을 바라보며 말했다. 봉화대 능선 왼쪽에 달이 떠 있었다. 달무리로 인해 주변에 옅은 안개가 낀 듯했지만, 밤길을 비추는 달빛은 그리 밝지도 어둡지도 않아 오히려 특공대의 움직임에 도움을 주었다.

마동은 곧 봉화대로 올려 보낼 다섯 명의 특공대를 뽑아 출발시켰다. 그리고 그는 나머지 다섯 명의 대원들과 함께 남아 봉화대에 불길이 오르는 순간 백제군들의 어수선한 틈을 이용해 군량미 창고로 접근하여 초병들을 처치하고 방화하기로 했다.

날이 새기 직전, 깊은 어둠 속에서 고구려 특공대는 민첩하게 움직였다. 서산으로 달이 넘어가고 나자 더욱 짙은 어둠이 숲을 덮어왔다.

"불이닷! 봉화대에 불이 났다!"

화개산성을 지키던 백제 군사들이 소리쳤다. 이때 군량미 창고를 지키던 초병들도 당황해서 봉화대 쪽을 올려다보며 우왕좌왕했다. 처음에는 봉화대에서 봉화를 올려 신호를 보내는 것으로 알았으나, 하늘을 향해 치솟는 검붉은 불길이 화재임을 알자 산성을 지키던 백제 군사들은 불을 끄기 위해 산길을 오르기 시작했다.

이때를 틈타 마동은 특공대원들과 함께 행동을 개시했다. 마동은 수리검으로, 대원들은 짧은 비수로 무장을 하고 적의 초소로 뛰어들었다. 당황해서 화개산 정상의 봉화대를 올려다보던 백제 초병들은 느닷없이 어둠 속에서 튀어나온 고구려 특공대의 수리검에 급소를 맞거나 비수에 찔려 제대로 비명 한 번 질러보지 못하고 그대로 엎어졌다. 특공대는 바람처럼 움직여 순식간에 초소 세 개의 초병들을 차례로 제압하고, 드디어 군량미 창고에 불을 지를 수 있었다.

한편, 관미성을 지키던 백제군들도 봉화대와 군량미 창고가 불에 타면서 화개산 전체로 불이 번져 나가자 당황하지 않을 수 없었다. 초겨울로 접어드는 계절이라 나무들은 대부분 낙엽을 지우고 있었고, 땅에 쌓인 바짝 마른 낙엽에 불이 붙자 산은 순식간에 불야성으로 변했다. 더구나 서북풍이 불면서 불길이 동남쪽으로 번졌고, 아직 낙엽을 지우지 않은 나뭇가지로 옮겨 붙으면서 화광과 검은 연기가 화개산 하늘을 가득 메웠다.

　"군량미 창고를 사수하라!"

　관미성 성주 여각이 소리쳤다. 그는 잠을 자고 있던 병력뿐만 아니라 관미성 초소를 지키는 일부 병력까지 뽑아 화개산의 불을 끄도록 명령했다.

　"창고가 불타면 우리는 굶어 죽는다!"

　대장군 진가모도 잠을 자다 말고 일어나 화개산 쪽을 바라보며 외쳤다.

　"적의 책략입니다. 관미성도 철저하게 경계해야 합니다."

　젊은 장수 진무가 이렇게 외쳤고, 뒤늦게 화급한 사태를 보고 받고 뛰어나온 대왕 진사도 발을 동동 굴렀다.

　"허허, 이런 변괴가 있나?"

　"적군의 화공전략이다! 고구려군이 성벽을 타고 넘어올 것이다. 전군은 밀집대형으로 성루를 사수하라!"

진가모는 불을 끄기 위해 화개산 군량미 창고로 병력을 보냈다가, 다시 수정하여 관미성 성루를 지키도록 하는 등 명령을 번복하고 있었다. 그러는 가운데 군사들은 어둠 속에서 우왕좌왕하게 되었고, 도무지 어디로 가야 할지 방향을 잡지 못한 채 서로 부딪쳐 쓰러지는 자가 속출했다.

이러한 때에 1백여 척으로 관미성을 둘러싼 군선에서 대기하고 있던 고구려군은 화개산 봉화대에서 불길이 오르는 것을 신호로 일제히 총공격을 개시했다. 때마침 인시가 가까워 만조 시각이 되자 밀물이 밀려들어 갯벌에 얹힐 위험이 없었으므로, 사방에서 군선을 관미성 가까이까지 접근시킬 수 있었다. 따라서 소형 선박을 내릴 필요도 없이도 공격이 가능했다. 군사들은 군선에서 뛰어내린 후 헤엄을 쳐서 성벽 밑에 바짝 붙었다.

이처럼 상륙작전에 성공한 고구려 군사들은 줄을 매단 쇠갈고리를 던지거나 나무 사다리를 걸치고 성벽을 기어오르기 시작했다. 성벽을 넘어 피아간에 공방전이 벌어질 때는 이미 날이 훤하게 밝기 시작할 무렵이었다. 그때 화개산의 화염은 희끄무레하게 밝아오는 하늘로 더욱 기승을 부리며 솟아오르고 있었다.

해가 동녘 하늘을 붉게 물들일 때 이미 전투 양상은 고구려군의 승리로 마무리되고 있었다. 한번 기가 꺾인 백제군은 도망치기에 바빴고, 고구려군은 퇴각하는 적을 맹추격했다.

"폐하! 일단 관미성을 빠져나가는 길밖에 없습니다."

백제군의 패색이 짙어지자 대장군 진가모는 대왕 진사를 호위하여 관미성 동문으로 빠져나가기로 했다.

"이대로 못 물러가겠소! 어린 담덕에게 이렇게 어이없게 질 수야 없질 않겠소?"

"폐하! 전쟁에서 승패는 병가지상사입니다. 다음에 반드시 보복할 때가 있을 것이니 어서 서두르십시오. 더 이상 지체하면 성을 빠져나가기도 어렵게 됩니다. 이 성은 소장이 뼈를 묻을 각오로 사수하겠나이다. 그 틈에 성을 탈출하여 후일을 도모하소서."

성주 여각이 피투성이 얼굴로 대왕을 향해 군례를 올렸다.

"여각 장군의 말을 들으소서! 소장이 퇴로를 확보하겠나이다!"

역시 온몸에 피칠갑을 한 장수 진무가 대왕 진사 앞에 무릎을 꿇었다.

"아아, 하늘이 짐을 돕지 않는구나!"

진사는 호위무사들의 부축을 받으며 일어섰다.

진무는 핏물이 뚝뚝 떨어지는 칼을 휘두르며 말에 올라 고구려 군사들의 포위망을 뚫기 위해 휘하 졸개들과 함께 앞으로 달려 나갔다. 이때 젊은 장수 진무의 얼굴은 야차와도 같았다. 그 고군분투의 기세에 질려 고구려 군사들은 마치 썰물 때 갯벌이 훤히 드러나듯 일시에 양편으로 쫙 갈라졌다. 그 사이를 뚫고 호위무사들에 둘러싸인 대왕 진사가 빠져나갔다. 후미는 대장군 진가모가 잔여 병력을 이끌고 뒤따르면서 고구려군을 향해 화살을 날려 가까이 접근하지 못하도록 했다.

대왕을 호위하는 백제군은 관미성 동문을 통해 갑비고차로 건너가기에 바빴다. 뒤따르는 병력은 겨우 1천에 불과했다. 나머지 병력들도 각자 줄을 타고 성벽을 넘어 도망쳤으며, 고구려 군의 창칼에 찔리거나 도륙을 당해 죽어 넘어졌다.

한편, 고구려 태왕 담덕은 휘하 장수들과 함께 백제 패잔병들을 추격했다. 급히 백제 대왕 진사가 도망친 동문으로 군사들을 집결시켰는데, 추격군이 금세 5천을 넘었다.

진사가 동문에서 군선을 타고 승천포로 건너갈 때, 포구에 일대의 군사들이 집결하여 그 뒤를 추격하는 고구려 군선을 향해 일제히 화살을 쏘아댔다. 어디선가 백제군이 나타나 후퇴하는 백제 대왕의 퇴각을 돕고 있었던 것이다.

"아니, 저 군사들은 어디서 나타난 것인가?"

담덕은 동문 앞에서 승천포구 쪽으로 바라보다 당황한 얼굴로 소리쳤다.

"폐하! 저쪽을 보십시오. 봉화가 오르고 있질 않습니까? 아군이 어제 갑비고차를 점령할 때 백제의 패잔병들이 저 봉화가 오르는 삼랑성으로 들어간 것 같습니다. 그들이 이곳 관미성

화개산의 화염을 보고 봉화를 올려 한성으로 원군을 요청하고, 대왕 진사를 구하기 위해 급히 출동한 것이라 사료됩니다."

태왕 옆에 서 있던 장군 일목이 곧 사태를 파악하고 이같이 보고했다.

"음, 옳은 얘기요. 짐이 살려 보낸 적의 패잔병들이 바로 저들이로구먼! 백잔왕 진사의 명이 긴 것 같소. 우리 군사가 더 가까이 다가갔다가는 저들의 반격에 사상자가 많이 발생할 것 같으니 군사들을 거두어들입시다."

담덕은 크게 고개를 끄덕거렸다. 전날 패잔병들을 놓아 보낸 것에 대해 깊게 뉘우치는 바가 있었던 것이다.

백제 대왕 진사와 군사들은 겨우 승천포에 도착했고, 말을 달려 갑비고차의 삼랑성으로 입성했다. 이때 관미성을 지키던 성주 여각은 끝까지 분투했으나, 고구려군에게 포위되어 더 이상 버틸 수 없게 되자 칼로 목줄을 끊고 자결했다.

4

관미성에서 퇴각한 후 백제군이 삼랑성에서 맞이한 밤은 춥고 쓸쓸하고 길었다. 단군의 세 아들이 쌓았다는 삼랑성의 전설을 안고 있는 정족산의 밤은 그렇게 깊어갔다. 피곤했지만 누구 하나 잠을 제대로 이룰 수가 없었다. 패전에 대한 분개심이 잠을 쫓아내기도 했고, 서북풍이 세차게 나뭇가지를 흔들어 추우면서도 스산한 기운이 온몸으로 파고들었던 것이다.

그와 함께 또 다른 생각으로 번민을 거듭하여 자주 몸을 뒤척이는 자들도 있었다. 특히 진무는 여러 가지 생각으로 머리가 복잡했다. 일단 그는 관미성에서 탈출하면서 목숨을 걸고 백제군의 퇴로를 여는 데 성공하여 대왕 진사의 신임을 얻을 수 있었다. 그러나 다른 한편으로는 관미성을 고구려군에게 내주면서 인삼 교역 항구를 잃어버린 것에 대한 안타까움이 매우 컸다.

'나중에 반드시 관미성을 되찾으리라.'

진무는 마음속으로 다짐을 거듭했다. 그가 '나중에'라고 한 것은 바로 대왕 진사 대신 아신을 왕으로 추대한 이후를 뜻하는 것이었다.

관미성의 패전은 백제로 볼 때 쓰라린 아픔이지만, 진무가 대왕 진사를 제거하는 명분을 세우는 데는 유리한 면도 없지 않았다. 일단 관미성 전투의 실패는 진사의 왕권을 크게 실추시키는 데 일조한 측면이 있었고, 백성들의 불신도 그만큼 커져 원성이 높을 수밖에 없었다. 한때 반도를 넘어 저 대륙까지 호령했던 근초고왕과 근구수왕의 업적에 비하면 너무나 초라한 결과였다. 대왕 진사는 패전만을 거듭해 왔던 것이다. 더구나 아직 스무 살이 안 된 고구려 태왕 담덕에게 인삼 재배단지인 부소갑과 갑비고차를 내주고, 거기에 백제의 관문인 관미성까지 빼앗긴 것은 치명적인 아픔이었다. 국가적으로 방위가 불안하고 경제적 손실이 막심할 때 그 왕권은 흔들릴 수밖에 없었다. 백성들의 마음이 군주를 떠나는 것은 한순간이었다.

진무는 드디어 기회가 찾아왔다고 생각했다. 그러나 문제는 자신이 가지고 있는 군사력이었다. 그가 발해만에서 이끌고 온 상단 무사 1백여 명은 관미성 전투에서 거의 살아남았다. 그동안 해적이나 비적 떼들과의 전투 경험이 많아 실전에 강했던 것이다. 적의 창칼에 부상을 당한 자가 10여 명에 이르렀지만, 전사자는 불과 여섯 명밖에 안 되었다.

관미성 전투에서 고구려군에게 쫓겨 삼랑성에 들어온 백제군은 총 5천 정도의 병력이었는데, 이들 중에는 요서지역에서 진무의 부친 진광 휘하에 있다가 관미성으로 들어왔던 진평군 출신 군사들이 5백 남짓했다. 그러나 이들 또한 병관좌평 진가모의 지휘를 받고 있는 입장이라, 엄밀하게 말하면 진무를 따르는 군사라고 보기는 어려웠다. 밤새워 고민하던 끝에 진무는 일단 삼랑성에 남아 고구려군에 대항함으로써 대왕 진사의 신임을 더욱 두텁게 해둘 필요가 있다고 생각했다.

다음 날 아침 이른 시각에 군사회의가 열렸다. 대왕 진사는 어두운 얼굴로 내내 침묵을 지켰고, 병관좌평 진가모가 회의를 주도했다. 이제는 패장이므로 그 스스로 대장군의 자격도

박탈하고 싶은 심정이었다.

"곧 적의 추격군이 이곳까지 다다를 것입니다. 대군을 이끌고 온 적에게 포위당하면 아군은 살아남을 길이 없습니다. 군량미가 부족하여 일주일을 버티기 힘들 것이니, 이 성을 버리고 하루라도 빨리 도성으로 회군하여 후일을 도모하는 것이 좋을 듯싶습니다. 아군 중에는 적에게 쫓기다가 이미 갑비고차를 벗어난 군사들도 많을 것으로 짐작합니다. 그들을 재집결시킴과 동시에 후방에서 다시 군사를 모아 전력을 보강하면 머지않아 관미성을 되찾을 수 있을 것입니다."

진가모의 말에 한동안 아무도 입을 열지 않자, 진무가 나섰다.

"이대로 물러설 수는 없습니다. 일단 대왕 폐하와 대장군께서는 호위 병력의 도움을 받아 이곳 삼랑성을 빠져나가도록 하십시오. 소장이 나머지 병력을 이끌고 적들과 결사항쟁으로 대치해 시간을 벌겠습니다. 이곳 삼랑성을 사수하면 적들도 감히 후퇴하는 아군을 더 이상 쫓지 못할 것이옵니다. 만약에 그럴 경우 이곳 삼랑성의 남은 병력이 그 배후를 칠 것임을 저들도 모르지는 않을 테니까요."

"이곳에 남아 적들과 대치하려면 군사가 많아야 할 터인데, 기천의 병력으로 가능하겠소?"

대왕 진사가 조금은 밝아진 얼굴로 진무를 쳐다보았다.

"이곳 삼랑성은 작지만 견고합니다. 대왕 폐하의 호위 병력

1천을 제외하고 4천 병력을 주시면 소장이 목숨 걸고 이 성을 사수하겠습니다."

자신감에 넘치는 진무의 모습을 보고 진가모가 의심의 눈초리를 던졌다.

"고작 4천 병력 가지고 적의 대군을 맞아 삼랑성을 지킬 수 있겠소? 적은 5만 병력이오. 그동안 전투로 사상자가 발생했다 하더라도 4만 이상은 될 터인데, 무슨 수로 열 배나 많은 적의 공격을 막을 수 있겠소? 그보다는 일단 이 성을 버리고 모두가 갑비고차를 벗어나는 것이 지금으로서는 유일한 방책이라고 생각하오만."

"대장군! 소장은 관미성을 적에게 빼앗기면서 인삼 교역의 상권마저 상실했습니다. 소장은 억울해서라도 이곳을 떠나지 못합니다. 따라서 이곳 삼랑성을 지키면서 전면전을 피하고, 대신 특공대를 조직해 치고 빠지는 전략으로 적을 괴롭힐 작정입니다. 넉넉잡아 한두 달이면 원군이 오겠지요. 그때 성을 지키던 군사들이 나가서 갑비고차를 건너오는 아군을 엄호해야 하지 않겠습니까?"

진무의 말은 억지 같았지만, 다른 한편으로 생각하면 어느 정도 설득력도 갖고 있었다.

"진무 장군의 말에도 일리가 있는 듯하오. 관미성을 되찾아야만 도성에서 편히 잠을 잘 수 있으니, 짐은 반드시 군사를 모집해 원군을 이끌고 다시 이곳으로 올 것이오. 군사 4천을 남기고 갈 테니 원군이 올 동안 이곳 삼랑성을 잘 지켜주시오."

대왕 진사의 말에 병관좌평 진가모도 더 이상의 반론을 제기하지 못했다. 진무의 말을 듣고 보니 진가모 역시 수긍이 가는 부분이 있었던 것이다.

결국 그날 아침, 대왕 진사와 병관좌평 진가모는 호위 군사 1천을 이끌고 삼랑성을 나와 갑비고차 남쪽 포구로 향했다. 진무는 발해만에서 같이 온 상단 무사들과 함께 후위를 경계하며 만약에 있을지도 모를 고구려군의 추격에 대비했다. 그리고 삼랑성에 남은 군사들에게는 철저하게 방어태세를 갖추도록 명을 내렸다.

진무의 예측은 들어맞았다. 갑비고차 남쪽 포구로 가는 길목의 숲속에 고구려군이 매복해 있다가 백제군이 다가오자 일제히 공격을 가해 왔다. 피아간에 공방전이 벌어졌는데, 군사들이 서로 엉켜 적과 아군을 구분하기가 어려울 정도였다.

이때 진무가 이끄는 상단 무사들의 활약이 돋보였다.

"대왕 폐하를 보호하라!"

진무의 명을 받은 상단 무사들이 대왕 진사를 둘러싸고 기습공격을 가해 오는 고구려군을 무찔렀다. 그들의 일당백을 자랑하는 무술은 달려드는 고구려 군사들을 빗자루로 낙엽 쓸듯이 도륙했다. 그들에 의해 길이 열리고, 호위무사들에 둘러싸인 대왕 진사가 그 길로 겨우 빠져나갔다.

쫓기는 중에도 대왕 진사는 진무가 이끄는 상단 무사들의 무술 실력에 감탄했다. 어수선한 가운데 병관좌평 진가모도 상단 무사들의 칼에 고구려 군사들이 썩은 짚단처럼 쓰러지는 모습을 똑똑히 보았다.

"어서 배를 대라!"

포구에 다다르자 진가모는 백제 군사들을 향해 다급하게 소리쳤다. 대왕 진사가 안전하게 배에 승선해야만 진가모도 뒤따라 탈 수 있을 것이었다. 천만다행인 것은, 진무의 상단 무사들이 포구로 몰려드는 고구려 군사들의 접근을 철저히 막고 있어 그나마 시간을 벌 수 있었다.

대왕 진사가 군선에 막 올랐을 때였다. 어디선가 날아온 화살 하나가 뒤따라 배에 오르려는 진가모의 어깨에 꽂혔다. 그 바람에 그는 땅에 쓰러졌다가 겨우 정신을 차린 후, 휘하 군사들의 부축을 받아 배에 오를 수 있었다. 군선 세 척에 나누어 탄 백제 군사들은 급히 미추홀을 향해 떠났다.

퇴각하는 백제 군선이 모두 떠난 것을 본 진무는 휘하의 상단 무사들을 향해 소리쳤다.

"각자 흩어져 수단껏 삼랑성으로 입성하라."

명령을 내린 후 진무는 바닷물로 뛰어들었다. 고구려 군사들에 의해 퇴로가 막혔으므로 바닷길밖에 탈출할 방도가 없었던 것이다. 상단 무사들도 그를 따라 모두들 바다로 뛰어들어 헤엄을 치기 시작했다. 해상 전투 경험이 많은 관계로 그들은 잠수를 해서 오래도록 모습을 감춘 채 헤엄을 칠 수 있었다.

그날 오후, 고구려 군사들의 추격에서 벗어난 진무는 뒤따라온 상단 무사들과 함께 삼랑성에 입성했다. 상단 무사들의 수는 80명으로 줄어들어 있었다. 나머지는 고구려 군사들의 창칼과 화살에 희생을 당했다고 보아야 했다.

그날 밤 진무는 심복인 상단 무사 하나와 마주 앉았다.

"강치야, 제대로 처리했겠지?"

"예! 정확하게 왼쪽 어깨에 맞았고, 화살촉에 독을 발랐으니 하루를 넘기기 힘들 것입니다."

강치라 불리는 심복이 진무를 향해 꾸뻑 고개를 숙였다. 그는 물개처럼 헤엄을 잘 친다 하여 그런 별명이 붙은 것이었다.

사실 강치는 어린 시절부터 한집에서 같이 자라 진무의 손발 노릇을 하는 자였다. 진무의 부친 진광이 전쟁터에서 가족도 없이 홀로 살아남은 어린아이를 데려다 키웠던 것이다. 그는 부여 유민 출신이었다.

"백제 군사들 중에 네가 활을 쏘는 걸 본 자는 없겠지?"

"저들은 군선에 오르기에 바빠 그럴 겨를이 없었을 겁니다. 아마도 추격하던 고구려군이 쏜 화살이라고 짐작하겠지요."

강치의 말을 들은 진무는 다소 안심이 되는 표정으로 다시 입을 열었다.

"네가 다시 해야 할 일이 있다."

"말씀만 하십시오."

"내일 새벽에 내가 밀서를 써줄 것이니, 백제 도성인 한성에 가서 사륜 태부를 만나고 오너라. 중간에 백제 군사들에게 붙잡힐 경우 밀서를 봉투째 씹어 삼키고 자결하라."

"옛, 목숨 걸고 밀서를 전하겠나이다."

강치가 나가고 난 후 진무는 한동안 뚫어지게 허공을 바라보고 있었다.

'진가모는 곧 죽는다. 다음 차례는 진사다.'

진무는 지필묵을 당겨놓고 천천히 사륜에게 보낼 밀서를 쓰기 시작했다. 사륜은 침류왕 때 내법좌평을 지냈으며, 어린 시절의 왕자 아신에게 학문을 지도하던 태부였다. 나중에 아신이 커서 성년이 되었을 때 사륜은 자신의 딸과 혼인을 시켰다. 따라서 사륜은 아신의 장인이 되는 셈이었다. 침류왕을 살해하고 왕위에 오른 진사 때문에, 그는 실권을 상실한 후 서당에서 아이들을 가르치는 일개 훈장으로 전락했다. 그러나 언제든 사위가 왕위에 오르면 권토중래할 마음의 준비를 갖추고 있었으며, 비밀리에 발해만에 있는 진무의 부친 진광과 긴밀히 연락을 하는 관계였다. 따라서 진무의 밀서라면 사륜도 믿을 수 있었다.

진무는 밀서에 아신의 신변을 잘 보호하라고 썼다. 대왕 진사가 관미성 전투에서 패하면서 백성의 신임을 잃었으므로 이번이 그를 제거할 절호의 기회임을 강조했다. 그런 연후 한성에서도 무술이 뛰어난 자들을 가능한 한 많이 물색해 만약의 사태에 대비하라는 당부도 잊지 않았다.

'진가모가 죽으면 진사는 끈 떨어진 뒤웅박 신세가 된다. 그때 이곳 삼랑성의 군사들을 이끌고 한성으로 진격해 들어가 진사의 목을 끊어놓으면 아신에게 왕위 자리를 되찾아줄 수 있다. 원래 아신이 이어받을 왕좌였으니, 크게 이의를 다는 자는 없을 것이다.'

방금 쓴 밀서를 봉투에 넣어 봉하면서 진무는 회심의 미소를 지었다.

5

고구려군에게 쫓겨 퇴각하는 백제 군선이 미추홀에 당도해서야 대왕 진사는 병관좌평 진가모가 화살에 맞아 신음하는 것을 발견했다. 고구려군의 추격을 끝까지 저지하다 진가모가 마지막 배에 올랐기 때문에 맨 먼저 군선에 오른 진사와는 다른 배를 타고 있었던 것이다.

대왕 진사는 다급하게 외쳤다.

"대장군! 정신 차리시오!"

그러나 진가모는 이미 입이 굳어 새파랗게 변해 있었다. 뭐라고 말을 하려고 하는 것 같았으나 입안에서만 우물댈 뿐 소리가 되어 나오지 않았다.

"적의 독화살을 맞은 모양입니다."

병사 하나가 진가모의 왼쪽 어깨에서 뽑아낸 화살을 보여주며 말했다.

"어서 인근의 용한 의원을 불러 치료토록 하라!"

대왕 진사를 따르던 어의들도 고구려군의 추격에 죽거나 흩어져 한 사람도 남아 있지 않았던 것이다. 급히 병사들이 인근 마을의 의원을 불러왔으나, 이미 진가모는 온몸에 독이 퍼져 해독시킬 수 없는 상태였다. 결국 그로부터 몇 시간 후에 그는 절명하고 말았다.

백제군이 미추홀에 임시 막사를 치고 머물 때, 여기저기로 흩어져 도망치던 패잔병들이 그 소식을 듣고 몰려들었다. 하루 이틀 사이에 5천 가까운 병력으로 늘어났다.

미추홀에서 한성으로 가는 길목에는 사냥터가 하나 있었다. 대왕 진사가 해마다 한 번씩은 사냥하러 오던 곳으로, 개과에 속하는 동물인 여우와 늑대가 특히 많아 개 구 자를 붙여 구원狗原이라 불렸다.

대왕이 군사를 이끌고 사냥하는 것은 그냥 짐승이나 잡기 위해 놀이 삼아 하는 행위가 아니었다. 그것은 일종의 군사훈련이었다. 진사는 관미성에서 탈출해 여기저기 흩어진 백제의 패잔병들을 더 끌어모을 수 있는 방법으로 사냥이 가장 좋다고 판단했다. 병관좌평 진가모가 전사했으므로 대왕 진사가 직접 군사들을 진두지휘할 수밖에 없었다.

그는 호위무사들에게 명령했다.

"미추홀과 인근 지역에 방을 붙여 흩어진 군사들을 구원으로 오게 하라. 구원에서 사냥을 하면서 군사들을 훈련시키겠다. 청장년 중 나라를 위해 관미성 탈취작전에 자발적으로 참여하겠다는 백성들도 모두 구원으로 모이도록 각 지역마다 방을 써서 붙이도록 하라."

호위무사들은 미추홀과 그 인근 지역 농촌 마을마다 파견되어 군사를 모집하는 방을 붙였다.

곧 대왕 진사는 5천의 군사를 이끌고 미추홀을 떠나 구원으로 향했다. 백제 왕궁의 전용 사냥터이므로, 구원에는 임시로 대왕이 머물 수 있는 행궁이 있었다. 진사는 행궁에 머물면서 군사들을 독려해 임시로 군막을 치고 관미성 전투에서 흩어진 백제군 패잔병들이 구원으로 찾아오기만을 기다리기로 했다.

그러나 대왕 진사가 자발적으로 찾아오는 군사와 장정들을 기다렸지만, 행궁에 머문 지 사나흘이 지나도록 군사들의 수는 크게 늘어나지 않았다. 농번기가 지났으므로 이전 같으면 농부들이 나라를 살리기 위해 무리 지어 나타났을 터인데, 이번에는 그런 무리들조차 드물었다. 이미 관미성 싸움의 패전으로 백성들의 마음이 대왕을 떠난 것인지도 몰랐다.

대왕 진사는 지치고 추레한 모습의 패잔병들을 이끌고 도성으로 귀환하고 싶지 않았다. 사냥터에서 훈련을 시켜 기를 살린 후 당당하게 귀성하는 모습을 백성들에게 보여주고 싶었던 것이다.

한편, 밀서를 가지고 한성에 다녀온 강치는 대왕 진사의 소식을 진무에게 알렸다.

"폐하가 미추홀에서 패잔병 5천을 모아 사냥터인 구원으로 가서 행궁에 머물고 있답니다. 미추홀 인근 사방에 방을 붙이고 관미성 패전으로 흩어져 있는 군사들과 자원하는 장정들이 모이기를 기다리고 있다고 합니다."

"무엇이? 폐하가 아직 도성으로 입성하지 않았단 말이지?"

진무의 눈빛이 날카롭게 빛났다.

"예, 구원에서 군사들과 함께 사냥을 겸해 전투 훈련을 한다는 소문입니다."

그러면서 강치는 병관좌평 진가모가 미추홀에서 죽었다는 소식도 전했다.

"진가모가 죽었다면, 대왕 진사가 거느리고 있는 5천 병력은 오합지졸에 불과하다."

광개토태왕 담덕

여기서 진무의 머리가 빠르게 돌아가기 시작했다. 사실상 그동안 고구려군에게 삼랑성이 포위되어 그는 싸움 한번 제대로 걸어보지 못하고 있었다. 고구려군도 먼저 공략하지 않고 성안에 갇힌 백제군의 군량미가 떨어져 제풀에 항복하기만을 기다리고 있었다. 가끔 고구려 병사들이 성 가까이 다가와서 화살에 쪽지를 매달아 쏘아 보내곤 했다. 굳이 피아간 공방전으로 인명 피해를 입을 필요가 없다고 판단한 듯, 거기에는 항복하면 모든 군사들의 목숨을 보장한다는 일종의 회유책이 적혀 있었다.

그날 저녁, 진무는 전령을 보내 고구려군에게 항복하겠다는 문서를 전달했다. 다만 삼랑성에 있는 백제군이 갑비고차 남쪽 항구에서 군선을 타고 한성까지 무사히 철군하도록 용인해 줄 것을 요구 조건으로 걸었다.

고구려 태왕 담덕은 휘하 장수들을 소집해 긴급회의를 열었다.

"적이 항복 조건을 통보해 왔소. 삼랑성의 백제군 모두가 무사히 갑비고차를 빠져나갈 수 있도록 안전을 보장해 달라는 것이오. 제장들의 생각은 어떠하오?"

"삼랑성의 적들이 모두 갑비고차를 떠난다면 우리는 후환거리를 완전히 없애는 효과가 있으므로, 저들의 조건을 마다할 이유가 없다고 생각합니다. 『손자병법』에도 피를 흘리지 않고

이기는 것이 최상의 승리라고 나와 있습니다. 폐하, 적의 조건을 받아들이시지요."

군사 우적이 대답했다.

"허나 적들은 한성으로 귀환한 후 재정비를 해서 다시 관미성을 공략하려 들 것이옵니다. 적을 이대로 살려 보내는 것은 당장의 후환거리를 없애는 효과는 있을지 모르나, 차후에 더 큰 걱정거리가 될까 염려가 되옵니다. 신중하게 판단할 일이라 사료되옵니다."

해룡부대 장군 일목은 전투를 벌여 적을 섬멸하자는 쪽이었다. 지난번 담덕이 백제의 패잔병들을 놓아주어 결국 그들이 삼랑성으로 들어가 농성을 벌이는 결과를 낳지 않았느냐는 뜻이었다.

"일목장군의 말에도 일리가 있으나, 저들도 전쟁터에서는 적이지만 평화로운 시기에는 선량한 백성이오. 적국의 백성까지도 너그러운 마음으로 감싸 안을 수 있어야만 태왕의 도리에 맞다고 생각하오. 짐은 고구려 주변국들과 전쟁을 치러 그들을 굴복시키되, 그것으로 전쟁을 종식시켜 평화의 시대를 열고자 하는 꿈을 갖고 있소. 그리하려면 때로는 적도 포용할 줄 알아야 한다고 생각하는 바이오."

담덕은 조용히, 그러나 한 마디 한 마디 힘을 주어가며 말했다.

"다시 한번 태왕 폐하의 넓으신 도량과 크신 꿈에 감동했사옵니다."

이로써 일목도 삼랑성의 백제군에게 길을 터주는 데 동의했다.

다음 날 아침 고구려군이 요구 조건을 수락한다는 답변을 보내오자, 오후부터 삼랑성의 백제군은 백기를 들고 남문을 통해 정족산을 내려가기 시작했다. 고구려군이 지켜보는 가운데, 진무는 백제군을 이끌고 군선에 올라 곧 갑비고차 항구를 출항했다.

"강치야, 너는 활 잘 쏘는 상단 무사들 30명을 뽑아 대왕 진사가 머물고 있는 구원의 행궁으로 달려가거라. 우리 군의 패잔병으로 꾸며 방을 보고 찾아온 것이라 하면 의심하지 않을 것이다. 구원의 백제군에 편성되어 사냥을 하다가 기회를 보아 진가모처럼 대왕을 독화살로 쏘아 죽이고 한성으로 달려오도록 하라! 이때 반드시 고구려군이 잠입해 독화살을 쏘았다는 소문을 진중에 퍼뜨려야 한다. 알겠느냐?"

"예! 한성에서 오는 길에 들으니 백성들 사이에도 진가모가 고구려군이 쏜 독화살에 맞아 죽었다고 소문이 났더군요. 이번에도 대왕을 쏘아 죽이면 같은 독 성분이 묻은 화살이므로 그렇게들 알게 될 것입니다."

강치가 무심한 표정으로 대답했다.

진무는 군선을 검개포구에 잠시 정박해 강치 등 30명의 상단 무사들을 하선시킨 후, 계속해서 한수를 거슬러 올라 백제의 도성인 한성으로 향했다. 군사 4천이 승선한 군선 열다섯 척은 강을 따라 이틀 만에 삼밭나루(삼전도)에 도착했고, 곧장 한성으로 입성했다.

한성에서는 원정을 떠났던 백제군이 관미성에서 패전하여 돌아오는 것으로 알고 아무런 의심 없이 성문을 열어주었다. 겉모습은 그러했으나, 실은 사전에 긴밀한 연락 관계를 취하고 있던 사륜의 아들 사벽이 개인 사병들을 이끌고 와서 위병들을 제압한 후 성문을 열어 진무의 군대를 입성케 한 것이었다.

"한성은 위사좌평만 제압하면 문제가 없습니다. 대왕 진사의 관미성 원정군에 위병들도 대거 참여했으므로, 지금 한성에는 겨우 성곽 경비만 할 수 있는 병력밖에 없습니다. 위사좌평 해연주만 제거하면 나머지 병사들은 바로 굴복할 겁니다."

사벽의 말을 진무가 받았다.

"폐하는 구원에서 사냥을 하다 고구려 첩자의 독화살을 맞고 훙거하셨으니, 곧바로 나를 위사좌평에게 안내해 주시오."

"예? 폐하께서……?"

사벽은 진무의 말을 듣고 깜짝 놀라지 않을 수 없었다.

"군주의 자리는 한시도 비워둘 수 없소. 위사좌평을 만나 어서 빨리 아신 왕자를 왕위에 오르게 해야 할 것이오."

사벽은 곧 진무를 위사좌평 해연주에게 안내했다.

"나는 관미성에서 대왕 폐하를 모시고 싸우던 진무요. 대왕 폐하가 안전하게 후퇴할 수 있도록 끝까지 고구려군을 막고 있다가 갑비고차에서 철수하는 길이오. 대왕 폐하는 구원의 사냥터에서 고구려의 첩자가 쏜 독화살을 맞아 훙거하셨소. 이제 다음 왕위를 이을 차례는 아신 왕자이니, 어서 왕위 계승 절차를 밟도록 하시오."

진무가 해연주를 향해 말했다.

"그, 그것이 사실이오? 아직 나는 구원의 행궁으로부터 그러한 소식을 듣지 못했소. 행궁에서 사자가 오면 그때 왕위 계승 절차를 밟아도 늦지 않을 것이오."

해연주는 도무지 진무의 말이 믿기지 않는다는 듯 당황한 목소리로 대답했다.

"지금 적은 관미성을 차지하고, 한수를 통해 언제 이 도성으로 공격해 올지 모르는 상황이오. 그러므로 왕위 계승은 한시도 미룰 수가 없소이다."

진무가 다그쳤다.

"무엇들 하느냐? 이자가 수상하다. 이자는 아신의 외삼촌 진무다. 반역죄인이니 어서 체포하라."

해연주가 졸개들을 향해 소리쳤다.

이때 사벽이 대동하고 온 사병들이 해연주의 졸개들을 순식간에 제압해 버렸다. 더군다나 진무의 군사들이 해연주의 저택을 겹으로 둘러싸고 있어, 아무리 무술이 뛰어난 위사좌평이라 해도 옴치고 뛸 수가 없었다.

위기를 느낀 해연주가 칼을 빼어들었으나, 진무의 동작이 더 빨랐다. 해연주는 사십대 후반의 노장이었고, 진무는 이십대 후반으로 한창 힘쓸 나이였다. 그만큼 날렵하게 몸을 움직여, 실로 눈 깜짝 할 사이에 진무의 칼이 해연주의 옆구리를 깊숙이 찔렀다.

"으음, 분하다!"

해연주의 옆구리에서 검붉은 피가 분수처럼 뿜어져 나왔다.

진무는 다시 칼을 빼어 해연주의 목을 단칼에 잘랐다.

"이 목을 궁궐을 수비하는 숙위군영 앞에 높이 매달아 숙위군의 항복을 받아내시오."

진무가 사벽에게 해연주의 머리를 넘겨주었다.

위사좌평 해연주의 머리는 곧 높은 장대에 매달려 숙위군영 앞에 걸렸고, 그의 휘하에 있던 숙위군들은 모두 진무의 군사 앞에 항복했다. 이때부터 궁궐의 수비를 관미성에서 귀환한 진무의 군사들이 맡게 되었다.

진무는 곧 제신들이 모인 가운데 왕자 아신을 새로운 왕으로 추대했다. 아직 대왕 진사의 훙거 소식이 구원으로부터 오지 않은 상황에서 일방적으로 벌어진 일이었다.

그로부터 사흘이 지난 후, 진무가 구원으로 보낸 강치 무리들은 수레에 대왕 진사의 시신을 싣고 귀성했다. 그동안 구원에서 패잔병을 모아 만든 병력 6천이 그 뒤를 따라왔다. 진사를 죽인 것은 강치의 독화살이었지만, 백성들에게는 구원의 사냥터로 숨어든 고구려 첩자들에 의해 살해되었다고 알려졌다.

진사왕 재위 8년 11월 초의 일이었다.

6

밤이 깊어가고 있었다. 바다에서 불어오는 바람은 관미성 성벽 위 곳곳에 꽂혀 있는 깃발을 찢어발기기라도 할 듯 휘몰아치고 있었다. 초소를 지키는 고구려 병사들은 졸다가 말고 그 깃발 펄럭이는 소리에 깜짝 놀라 잠이 확 달아나곤 했다.

고구려 태왕 담덕은 백제 대왕 진사의 사망 소식을 듣고 곧 국내성으로 철수할 준비를 서둘렀다. 그런데 문제는 장군 일목이 해룡부대를 이끌고 다시 산동으로 돌아가려고 하는 데 있었다. 담덕은 모친인 태후의 특별한 부탁을 받들어 그를 반드시 국내성 회군 때 동참케 하려고 했다.

깊은 밤에 담덕과 일목이 마주 앉았다. 들창 밖의 바람이 문풍지를 울리며 요란을 떠는데도 불구하고 찌르르르 황촉불 타들어가는 소리가 들려올 정도로 방 안에는 적요가 흐르고 있었다. 아니, 두 사람 사이의 긴장감이 공기를 팽창시켜 그런 느낌이 들게 했다.

"장군! 이제 결심해 주셔야겠습니다. 국내성으로 같이 가셔야 합니다."

젊은 태왕 담덕은 낮으나 강한 어조로 간곡하게 말했다.

"폐하! 그 명을 거두어주시옵소서! 소장은 국내성에 갈 수 없나이다. 폐하의 명을 받잡지 못하는 소장의 죄 죽어 마땅하오나, 그럴 수 없음을 혜량하여 주시옵소서."

일목은 고개를 깊이 숙이며 읍소했다. 그의 외눈에 눈물이 비쳤다.

"함께 국내성으로 가서 우리 고구려를 강성한 국가로 만들자는데, 장군께선 어찌하여 그토록 산동으로 돌아가려고만 하십니까?"

"그 이유는 말씀드릴 수 없사옵니다. 소장은 이미 오래전에 죽었어야 할 몸이옵니다. 이렇게 멀쩡하게 살아 있는 것조차 실로 부끄러운 일이옵니다. 그러나 아직 앞으로도 이 몸은 할 일이 많사오니 폐하께서 그 점을 양해하여 너그러이 용서해 주시길 바랄 뿐이옵니다."

일목은 이제 무릎을 꿇고 엎드려 어깨까지 떨었다.

"장군! 갑자기 왜 이러시오?"

담덕은 같이 허리를 굽혀 일목을 일으켜 앉혔다. 그는 아무래도 일목과 태후 사이에 무슨 사연이 있을 거라고 짐작했다. 바로 그가 산동에서 본 문제의 단도가 그 증거였다.

"폐하! 그 이유만은 제발 묻지 말아주시옵소서."

일목이 흐르는 눈물도 닦지 않은 채 담덕을 바라보았다.

"솔직히 말씀드리면, 어머니께서 간절하게 일목장군을 찾고 계십니다. 그러니 군주이기 이전에 아들 된 도리로서 그 소원을 들어드리지 않을 수 없습니다. 어머니와 굳게 약속을 했으니 장군과 함께 국내성을 가지 않으면 불효가 됩니다."

담덕은 태후라 하지 않고 애써 어머니로 표현함으로써 그 뜻을 어기는 것이야말로 큰 불효임을 상기시켰다.

"태후 전하께옵서?"

일목은 그 순간 몸이 굳는 듯했다.

"장군께선 삼태극 무늬가 새겨진 단도를 가지고 있지 않습니까? 요하전투에서 개선했을 때 어머님께 장군이 지니고 있는 그 단도에 대해 말씀드렸더니 깜짝 놀라시는 표정이었습니다."

담덕은 마침내 마음속에 간직해 두고 있던 극약 처방을 꺼낼 수밖에 없었다. 분명 태후와 일목 사이에는 그 단도에 관한 어떤 사연이 있을 것이라고 판단했던 것이다.

"태후 전하께옵서…… 그 단도를?"

일목은 그다음 말을 잇지 못했다. 가슴으로부터 북받쳐 오르는 그 무엇이 목울대에 걸려 넘어오지 않았던 것이다.

"그 단도에 무슨 사연이 있는지 모르지만, 회한이 있다면 풀어야 하는 게 마땅하다는 생각입니다. 어머님은 장군께서 장차 우리 고구려를 위해 큰 힘이 되어줄 것이라 굳게 믿고 계십니다."

담덕은 태후와 일목의 관계를 알지 못하지만 그렇게 넘겨짚을 수밖에 없었다.

"태후 전하께옵서 그리 말씀하셨사옵니까?"

"부왕께서 승하하시기 며칠 전에 어머님께서 특별히 부탁을 하셨습니다. 장군을 꼭 국내성으로 모셔 오라고……."

담덕의 말에 일목은 다시 엎드려 머리를 바닥에 대고 울먹였다.

"폐하! 진정 태후 전하께서 그렇게 말씀하셨사옵니까? 그 말씀을 듣고 어찌 소장이 더 이상 고집을 부릴 수 있겠나이까? 폐하, 내일 당장이라도 함께 국내성으로 떠나시지요."

말을 마친 일목은 감히 태왕 앞에서 울 수 없다고 생각했지만, 입술 사이로 터져 나오는 통한의 울음을 막지 못했다. 그의 성한 오른쪽 눈에서는 피눈물이 쏟아지고 있었다. 그는 적어도 그렇게 생각했다.

"장군! 고맙소. 이제 관미성 정비도 끝났고 하니 내일 당장 출발토록 하십시다."

담덕은 다시 허리를 꺾어 일목을 부축해 일으켰다.

다음 날 연나부 수장 우형을 관미성 성주로 삼아 고구려 군사 1만 5천을 지휘해 방어토록 한 후, 태왕 담덕은 2만 남짓한 군사들을 군선에 태워 국내성으로 향했다. 이미 육로를 통해 관미성을 공략한 1만의 군사들은 다시 예성항으로 건너가 관미령을 넘었다. 그리고 관미령에서 각기 5천씩 평양성과 수곡성으로 길을 나누어 회군했던 것이다.

한편, 일목은 해룡부대 군사들을 산동으로 보내면서 다음과 같이 지시했다.

"나는 국내성으로 간다. 이제부터 해룡부대의 지휘는 탁보 장군에게 맡기겠다."

일목은 특별히 탁보에게 서신을 써서 졸개들에게 전해 주도록 했다.

탁보는 일목이 뗏목을 탈 때 하명재 상단에서 곡물 거래 행수로 일하다가 산동 해룡부로 합류해 해적을 퇴치하는 장수로 활동하고 있었다. 말하자면 그는 해룡부대 군사들을 이끄는, 일목 다음가는 책임자가 되어 있었던 것이다.

백제의 관미성을 공략하고 개선하는 고구려군을, 국내성 백성들이 압록강 선착장까지 나와 환영했다. 군선에서 내리는 태왕 담덕을 보자 백성들이 일제히 만세를 불렀다.

"고구려 만세!"

"태왕 폐하 만세, 만만세!"

백성들의 환영 대열은 압록강 선착장에서 국내성까지 이어졌다.

일목은 감개무량했다. 실로 얼마 만에 국내성을 다시 보는 것일까. 그는 잠시 마음속으로 헤아려 보았다. 고국원왕이 평양성 전투에서 전사한 후 꼭 20년 만의 일이었다.

국내성 남문 앞에 태후 하씨와 대신들이 도열하여 태왕 담덕의 개선을 축하했다. 일목은 멀리서 일산 아래 서 있는 태후의 모습을 보면서 묘한 감정의 일렁임으로 가슴이 메는 것을 느꼈다. 곧 태후는 태왕 담덕과 함께 성문 안으로 들어갔다.

그날 오후, 일목은 태왕 담덕을 통해 태후의 부름을 받았다. 그는 자신의 품속에 간직하고 있는 단도를 손으로 만져보았다. 20년 동안 그의 품에서 떠나본 적이 없는 보물이었다. 평양성 전투 이후 패수 강변에서 자살하려던 그의 목숨을 구해 준 것이 바로 그 단도였다.

"이곳이 태후전입니다. 여기까지만 안내를 하겠습니다."

태왕 담덕이 직접 일목을 태후전으로 인도한 후 말했다. 태후 하씨의 특별 부탁이 그러했기 때문에, 내관을 보내지 않고 태왕이 직접 안내를 했던 것이다. 그만큼 일목은 특별한 인물임에 틀림없었다.

"폐하와 함께 태후 전하를 뵙는 것이 아니었습니까?"

"아닙니다. 어머님의 분부가 그러했습니다."

담덕은 발길을 돌렸다.

곧 시녀가 태후전에 일목의 도착을 알렸다.

"어서 드시라 해라!"

태후의 목소리는 매우 상기되어 있었다.

일목은 두려운 마음을 갖고 태후전으로 들어섰다.

"신 일목, 태후 전하를 뵙습니다."

일목은 군례로 태후를 향해 인사를 올렸다.

"너희들은 잠시 물러가 있거라!"

태후 하씨는 시녀들을 물리쳤다. 일목과 단둘이서 할 이야기가 많았던 것이다.

"살아 계셨군요!"

태후가 왼쪽 눈을 가죽 안대로 가린 일목을 바라보았다.

"태후 전하! 신이 죽을죄를 지었나이다. 지금이라도 신이 죽음으로써 그 죄를 달게 받겠나이다."

일목은 태후 앞에 털썩 무릎을 꿇었다. 그의 울먹이는 목소리는 처절했다. 오른쪽 눈에서 흘러내리는 외줄기 눈물이 바닥을 적셨다. 그의 어깨가 몹시 흔들렸다.

"일목장군! 아니, 추수 사범! 일어나세요."

태후의 목소리도 어떤 감정의 회오리에 휘말려 사뭇 떨리고 있었다.

"신에게 죄를 내려주시기 전에는 그리 못하겠습니다."

"추수 사범께서 죄를 짓다니, 그게 무슨 소립니까?"

"대왕의 호위무사로서 임무를 다하지 못했기 때문이옵니다. 고국원대왕 폐하의 훙거는 제 잘못이 크옵니다. 그 죄를 죽음으로써도 다 상쇄할 수 없음을 신은 지금도 뼈서리게 느끼고 있나이다."

"그것은 추수 사범의 죄가 아닙니다. 평양성 전투가 끝나고 나서 대왕 폐하를 모시던 다른 호위무사들을 통해 당시 사연을 자세히 들어 알고 있습니다. 폐하의 앞에서 적의 화살을 막다가 왼쪽 눈을 다쳤으나, 그 즉시 화살을 뽑아버리고 적을 향해 달려가 용감하게 싸웠다는 이야기를……. 그러니 어서 일어나세요, 추수 오라버니!"

태후의 말에 깜짝 놀란 일목이 얼굴을 번쩍 들었다.

"오라버니라니요? 태후 전하, 누가 들으면 큰일 날 말씀이옵니다. 그 말씀을 거두어주소서!"

일목은, 아니 예전의 추수는 하가촌 무술도장에서도 들어보지 못한 오라버니라는 소리에 가슴이 벌렁거렸다. 그 도장의 을두미 사부 밑에서 같이 사범으로 장정들을 가르칠 때, 그는 태후가 연화였던 시절에도 상전으로 대했었다. 그 당시에도 들어보지 못했던 오라버니라는 소리가 태후의 입에서 나왔으니, 그는 몸 둘 바를 모른 채 그저 어안이 벙벙할 따름이었다.

"아닙니다. 그래서 시녀들을 내보낸 것입니다. 이곳에는 추수 오라버니와 나밖에 없으니 안심하세요. 하가촌 도장에서 있을 때부터 그렇게 한번 불러보고 싶었으나 그러질 못했습니다."

"황공하옵니다, 태후 전하!"

추수는 문득 품속에 지니고 있던 단도를 꺼내 태후 앞에 내밀었다. 그러면서 그는 그 단도가 패수 강변에서 자살하려던 자신을 살린 저간의 사연을 털어놓았다.

"오, 그런 사연이 있었군요. 그 단도가 태왕의 호위무사 마동과 추수 오라버니 두 사람의 생명을 살렸군요."

"태후 전하! 이제야 이 단도를 돌려드릴 수 있게 되었습니다. 받아주십시오."

"아닙니다. 추수 오라버니를 살린 단도이니 계속 품속에 간직하세요."

"그렇지 않사옵니다. 이것과 똑같은 단도를 태왕 폐하도 갖고 계신 것으로 알고 있습니다. 이 단도는 아무나 가질 수 있는 것이 아니옵니다. 이제 태후 전하께서 지니셔야 하옵니다."

추수는 태후를 향해 단도를 받든 손을 거두지 않았다.

"좋습니다. 일단 내가 받지요."

태후는 추수에게서 단도를 받아들었다.

"소신의 생명은 태후 전하께서 지켜주신 것이옵니다. 그러므로 이제 호위무사로서 고국원대왕의 목숨을 지키지 못한 죄를 죽음으로 대신할 수 있게 해주십시오."

"추수 오라버니! 내가 이렇게 부르는 것은 태왕, 아니 우리 아들 담덕의 어미로서 사사롭게 부탁을 드리기 위한 것입니다. 다시 이 단도를 드리겠습니다. 이제부터 우리 아들을 곁에서 지켜주세요."

태후는 다시 단도를 추수에게 내밀었다.

그러나 추수는 차마 그 단도를 받을 수가 없었다.

"태후 전하! 어찌 다시……."

"나는 지금까지 부처님께 빌었어요. 추수 오라버니가 반드시 살아서 내 앞에 나타나게 해달라고. 오늘에야 그 소원을 이루었습니다. 그러나 그 소원이 다 이루어진 것은 아닙니다. 추수 오라버니가 우리 아들 담덕이를 곁에서 지켜준다는 약속을 받아내기 전까지는……."

태후의 이 같은 말에 추수는 울컥, 가슴 저 밑바닥에서 솟아오르는 감정의 끈끈한 덩어리를 느꼈다. 그것은 너무 간곡한 것이어서 차마 거절할 수 없었다.

"예, 태후 전하! 감히 다시 그 단도를 받겠사옵니다!"

추수는 태후로부터 두 손으로 정중히 단도를 받아들었다.

"고마워요, 추수 오라버니!"

그 순간 태후의 두 눈에도 그렁그렁 눈물이 맺혔다. 이제는 두 사람의 신분이 천양지차로 달라졌으나, 태후 역시 추수가 한때 자신을 연모했다는 사실을 잘 알고 있었다.

평양성 대법회

1

새해가 밝아 영락 2년 정월이 되었다. 고구려 태왕 담덕은 백제 공략에 이어 이번에는 신라를 다스려 남쪽 변방의 안정을 도모하기로 했다. 혹시 백제가 신라와 동맹을 맺고 협공할 경우에 대비하기 위해서는 어르고 달래는 이중의 전략을 구사하여 두 나라가 가까워지는 것을 적극 막을 필요가 있었다. 그렇게 두 나라를 묶어놓아야만 마음 놓고 서북방으로 진출할 수 있기 때문이었다. 서북방의 선비나 거란은 피를 흘리지 않고는 결코 뚫기 어려운 장벽임을 담덕은 너무나도 잘 알고 있었다.

"백잔보다 신라는 강하지 못한 데다, 오래전부터 우리 고구려 땅을 통해 전진과 외교를 해온 것으로 알고 있소. 그러나 신라와 백잔이 동맹을 맺을 경우 우리 고구려에게는 큰 근심거리가 될 것이오. 따라서 짐은 앞으로 백잔의 경우 무력으로 공략하되, 신라는 구슬리고 달래서 거수국으로 삼을 생각이오. 지금 곧 신라의 왕손을 볼모로 보내도록 하라는 사신을 파견하여 저들의 손발을 묶어놓아야 할 것이오."

태왕 담덕은 새로 주부가 된 정호를 신라에 사신으로 보내기로 했다. 정호는 을두미가 국상으로 있을 때 태학에서 가장 총애를 받던 유생으로 문무를 두루 겸비한 인재였다. 담덕은 태왕이 된 후 태학박사로 후학을 가르치고 있는 그를 전격적으로 발탁하여, 왕명 출납 업무를 맡는 행정관인 주부의 자리에 앉혔다.

신라에 파견할 사신단은 정호를 정사正使로 하고 무장 원삼을 부사副使로 삼아 40여 명으로 구성했다. 여기에는 왕당군 소속의 호위무사 10여 명도 포함되어 있었는데, 이들은 무술에 뛰어난 데다 백제와의 전쟁 때 첩보활동을 한 자들이었다.

신라는 내물이사금이 통치하고 있었다. 이사금이란 신라에서 왕을 지칭하는 것으로, 당시는 내물이사금 재위 37년이었다.

신라는 연전에 백제가 고구려와 크게 싸워 관미성을 내주었다는 소식을 듣고 두려움에 떨고 있었다. 그런데 새해가 되자마자 고구려에서 사신단을 파견한다고 하니 신라는 더욱 겁을 집어먹지 않을 수 없었다.

지리상으로 볼 때 신라는 왜국과 가까웠는데, 흉년이 들면

대마도의 왜구들이 남쪽 해안으로 쳐들어와 농촌 마을을 쑥대밭으로 만들고 인명 살상과 약탈을 일삼곤 했다. 불과 3년 전에는 역병이 돌아 백성들이 병고에 시달리다 죽은 자가 지천이었는데, 그해에는 흙비가 내리고 한창 곡식이 익을 무렵 우박까지 떨어지는 등 기상이변에다 큰 흉년까지 겹쳤다. 그 여파는 3년이 지나도록 완전히 회복되지 않고 있었다.

이러한 때에 이사금 내물은 또다시 왜구가 쳐들어올까 노심초사하지 않을 수 없었다. 그런데 백제를 크게 제압한 고구려가 40여 명이나 되는 사신단을 보낸다는 소문을 듣고 내심 걱정부터 앞섰다.

내물은 문무 대신들 앞에서 크게 한숨을 쉬었다.

"대체 고구려 사신단은 우리에게 무엇을 요구하러 오는 것 같소? 제신들은 고구려 사신단을 어떻게 맞이해야 할지 대책부터 내놓도록 하시오."

내물의 말에 아찬 위두가 선뜻 앞으로 나섰다.

"폐하! 고구려 사신단은 크게 걱정할 것이 없사옵니다. 오래전부터 고구려는 우리 신라와 우호적인 관계를 유지하고 있었으니, 백제와는 다르게 대할 것이옵니다. 이 기회에 오히려 강력한 군사력을 가진 고구려와 더욱 밀착된 외교를 펼쳐야만 왜구가 쳐들어올 경우 원군을 요청할 수 있을 것이옵니다."

"허면 아찬은 지금 고구려가 갑자기 우리 신라에 사신단을 파견하는 이유가 무엇이라 생각하시오?”

　“말씀드린 바와 같이 우리 신라와 더욱 굳건한 외교관계를 맺고자 함일 것이옵니다. 고구려는 이번 관미성 전투에서 승리했지만, 군사력이 약화된 백제가 우리 신라와 동맹을 맺게 될 것을 우려해 선수를 치는 외교전략을 구사하고 있는 것으로 판단되옵니다. 전에 고구려는 전진과 끈끈한 외교관계를 맺어 승려 순도를 통해 불경과 경문을 들여왔으며, 동시에 강남의 동진과도 돈독한 관계를 유지하여 그 2년 후에는 승려 아도를 불러들였사옵니다. 이처럼 어느 한 나라에 치우치지 않고 중립을 지향하면서 국익을 챙기는 외교전략을 등거리외교라고 하옵니다. 지금 전진의 부견은 망하고 중원 북방에서 선비의 일종인 탁발씨가 북위를 세워 그 남쪽의 모용선비가 세운 후연을 압박하고 있사옵니다. 이러한 역학 관계에서 고구려는 모용선비를 견제하기 위해 탁발씨의 북위와 외교관계를 수립하였고, 이를 통해 북방의 안정을 도모하고 있사옵니다. 이제 고구려가 우리 신라에 사신단을 파견하는 것은 등거리외교의 원칙을 살려 남방의 안정을 꾀하고자 하는 전략임이 분명하옵니다. 그러하므로 이 기회에 우리 신라는 외적으로 강력한 군사력을 가진 고구려의 요구를 들어주는 척하면서, 내적으로는 실리를 챙기는 전략을 구사할 필요가 있사옵니다. 분명히 고구려는 달고 쓴 것이 든 두 가지 보따리를 가지고 올 것이옵니다.”

"달고 쓴 것이라? 단 것은 무엇이고, 쓴 것은 무엇이오?"

내물은 눈을 찡그려 이마에 깊은 주름을 잡으며 위두를 바라보았다.

"단 것은 우리 신라에게 군사적 지원을 약속하는 일일 것이옵니다. 그러나 쓴 것은 구체적으로 무엇일지 모르오니, 미리 걱정할 필요 없이 그때 가서 고심해도 좋을 듯하옵니다."

"허허, 저들의 흑심이 뭔지 알아야 미리 대비를 할 것이 아니오?"

내물은 답답하다는 듯 자신의 가슴을 두드렸다.

"곰곰이 생각해 보았습니다만, 아무래도 인질을 보내라는 것이 아닌가 싶사옵니다."

이렇게 말한 것은 이찬 대서지였다.

"……인질을?"

내물은 눈을 껌뻑거리며 제신들을 둘러보았다.

신라의 문무 대신들은 일제히 이찬 대서지를 향해 눈길을 돌렸다가 저희들끼리 웅성거리며 자못 심란한 표정들을 지었다.

"아마 그럴지도 모르겠습니다."

위두도 대서지의 말을 긍정하고 나섰다.

"허면, 이에 대한 대책을 세워야 하지 않겠소?"

내물은 문득 자신의 아들 삼형제를 떠올렸다. 만약 고구려가 인질을 요구한다면 눌지·복호·미사흔 세 왕자 중 누구를 보내야 할 것인가, 실로 난감한 일이 아닐 수 없었다. 그는 공주만 내리 낳다가 나이 들어 뒤늦게 얻은 왕자들이라서, 세 아들 모두를 눈에 넣어도 아프지 않을 만큼 사랑했다.

이처럼 신라 조정에서는 아직 도성인 금성에 고구려 사신단이 도착하지도 않았는데 인질로 누구를 보낼 것인가를 두고 설왕설래 말이 많았다. 그러나 정작 이사금 내물이 세 왕자 중 누구도 양보할 생각이 없으므로 공론만 무성하다 종국에는 고구려 사신단을 맞고야 말았다.

"우리 고구려는 천자국으로 영락이란 연호를 사용하고 있으며, 따라서 저 중원의 역대 제국들처럼 황제와 맞먹는 태왕이라 칭하고 있소. 신라왕은 고구려 담덕 태왕의 친서를 받으시오."

고구려 사신단의 정사 정호는 신라 문무 대신들이 시립한 가운데 이사금 내물을 향해 말했다.

친서의 내용은 세 가지였다. 첫째로 신라는 고구려의 신민으로 천자국에 대한 예의로써 해마다 조문을 하고 조공을 바칠 것, 둘째로 신라 왕자 한 명을 인질로 보낼 것, 그리고 셋째로 신라 땅에 고구려 군사기지를 두어 외적이 침입할 때 적극 지원을 하겠다는 것 등이었다.

이러한 고구려 태왕 담덕의 친서 내용을 두고 신라 대신들의 얼굴 표정은 가지각색이었다. 모두가 마땅한 표정들이 아니었다. 마지막으로 외적이 침입할 시에 고구려가 군사적 지원을 한다는 것도 사실상 신라 땅에 고구려의 군사기지를 만들어 지배력을 강화하자는 목적에 다름 아니기 때문이었다. 물론 고구려 군사들 때문에 왜구가 침입하길 두려워하는 면도 없지 않아 있겠으나, 신라 왕실은 그만큼 고구려의 눈치를 보아야만 하는 불편한 입장에 놓이게 될 것이 불을 보듯 뻔한 노릇이었다. 결국 세 가지 모두 신라에게는 불리한 조건들이었다.

그러나 신라로서는 고구려 태왕 담덕의 친서 내용을 그대로 수용하지 않을 수 없었다. 당장 서쪽 경계에 백제가 도사리고 있고, 서남쪽에는 가야국이 있었다. 그리고 백제와 가야는 왜국과 친밀한 외교관계를 맺고 있어, 고구려와 선린관계를 유지하지 않으면 동서남북 사면이 모두 적국에 둘러싸이게 될 판이었다. 다행히도 북쪽에 고구려가 있어 왕자를 인질로 보내는 대신 군사적 지원을 아끼지 않겠다는 친서를 보내왔으므로, 약소국으로서 굴욕적인 외교지만 강대국의 요청을 거절하기 어려웠던 것이다.

그러나 문제는 이사금 내물의 세 왕자 중 누구를 고구려에 인질로 보내야 하느냐를 두고 제신들 간에 이견이 많았다. 우선 내물 자신이 세 왕자 누구도 인질로 보내지 않겠다는 뜻을 분명히 하고 있었기 때문이다.

고구려 사신단이 객사로 물러간 후, 이사금 내물은 제신들을 향해 자신의 굳건한 결심을 말했다.

"왕자들은 아니 되오. 인질로 끌려가기엔 아직 나이들이 어리기도 하지만, 그보다도 우선 아무리 국력이 강한 고구려라 하더라도 신라 왕실을 약화시키려는 저들의 음모에 이대로 끌려 들어갈 수는 없소. 이것은 우리 신라의 자존심이 걸린 문제요. 그러니 제신들은 이 문제를 슬기롭게 풀 수 있는 의견들을 제시해 주시오."

이때 이찬 대서지가 나섰다.

"소신의 아들 중 실성이 있습니다. 왕자님들을 대신하여 실성을 고구려에 인질로 보내면 어떠하겠사옵니까?"

그러자 신라 제신들 모두 놀란 눈으로 대서지를 바라보았다. 대서지는 김알지의 후손으로 미추이사금의 막내아우였다. 그러므로 그의 아들 실성은 신라 왕실의 피를 이어받은 성골로 적통 왕손임에 틀림없었다. 이사금 내물이 세 왕자 누구도 인질로 보내길 저어하는 마당에 대서지가 자신의 아들을 추천하는 것에 대해 제신들 모두 놀라움을 금치 못했던 것이다.

"허어? 이찬은 아들 실성을 설득시킬 자신이 있으시오?"

내물은 내심 천만다행으로 생각하면서도 다른 한편으로는 대서지의 말이 믿기지 않아 되물을 수밖에 없었다.

"물론 아들을 설득시켜야겠지요. 폐하께서는 너무 심려치 마시옵소서."

"고구려가 우리 신라의 왕자가 아닌 이찬의 아들을 인질로

290   광개토태왕 담덕

받아주려 들겠소?"

제신들 중 누군가가 대서지를 걱정스런 얼굴로 바라보았다.

"물론 고구려 사신 또한 설득을 시켜야지요."

대서지는 이미 결심을 굳힌 모양이었다.

"아들은 그렇다 치고, 어떻게 고구려 사신을 설득시키려고 하는 것이오?"

이사금 내물은 왕자들 대신 자신의 아들을 인질로 보내겠다는 대서지가 고맙기는 했지만, 고구려 사신이 그 조건을 받아들일지 않을 경우에도 대비해야 하므로 심히 걱정스런 눈길을 보냈다. 다른 한편으로는 대서지가 무슨 꿍꿍이로 자신의 아들을 인질로 보내겠다는 것인지도 의문스럽지 않을 수 없었다.

"우리 신라를 위한 일이니 목숨을 걸고라도 고구려 사신을 설득시켜야지요."

대서지의 말에 이사금 내물은 물론 제신들 어느 누구도 다른 의견을 제시하지 못했다. 왕자들이 어려서 인질로 보낼 수 없다는 데 대한 대안으로 자신의 아들을 보내겠다는 배포가 그들에게는 없었던 것이다. 대신들 중 이찬처럼 성골 출신이 있었지만, 그들도 감히 그런 용기를 내지 못했다.

결국 대서지의 아들 실성을 고구려에 인질로 보낸다는 것이 신라 조정의 중론이 되었다. 그러나 고구려 사신단이 이를 허락하지 않으면 안 되는 일이었다. 예상했던 대로 신라가 왕자 눌지를 대신해 이찬의 아들을 인질로 보내겠다고 하자, 고구려의 정사 정호는 그것을 순순히 용인하지 않았다.

"반드시 왕자 중 한 명을 인질로 보내야 하오."

정호가 딱 잘라서 말했다.

"그렇게는 못하오. 아직 왕자들이 어리기 때문이오. 나의 아들 실성은 왕자들과 숙질간이오. 성골 혈통의 왕손이므로 인질로 손색이 없다고 생각하오."

대서지도 물러서지 않았다. 이사금 내물의 왕후는 미추이사금의 딸로 대서지의 조카였던 것이다. 그러므로 그의 아들 실성은 신라 왕자들의 외당숙이 되는 셈이었다.

"좋소이다. 왕자 눌지가 어려서 안 된다니 성년이 되면 그때 가서 인질을 교체하도록 하겠소."

정호가 협상안을 제시하자 대서지도 거기에 동의하지 않을 수 없었다.

신라 조정에서는 다시 대신들 간에 긴급회의가 열렸고, 대서지가 가져온 고구려 사신단의 협상안을 가지고 갑론을박을 벌였다. 그러나 말만 많았지, 협상안 이상의 대안이 도출되지는 못했다. 결국 신라에서는 왕자 눌지가 성인이 되면 그때 가서 고구려와 다시 협상하기로 하고, 일단 대서지의 아들 실성을 인질로 보내기로 최종적으로 결정했다.

인질 문제는 대서지 덕분에 어렵사리 해결을 보았지만, 신라로서는 조공과 군사기지 제공 문제가 또한 큰 근심거리로 남아 있었다. 전부터 고구려가 신라에게 대륙으로 가는 길을 열어주어 통행세 명목으로 특산물을 바쳐온 것이 사실이므로, 조공 문제는 조금 더 신경을 쓰면 그다지 어려울 것이 없었다. 그러나 군사기지 제공은 결국 그 지역의 지배권을 고구려가 장악하게 되므로, 신라로서는 울며 겨자 먹기로 땅을 내주는 꼴이었다. 하지만 신라로서는 고구려의 군사력으로 이웃 나라의 공격을 막아야만 했으므로, 그 요구조건을 들어주지 않을 수 없는 노릇이었다. 당장 서북쪽으로 백제와 국경을 접하고 있으며, 서남쪽의 경계에 있는 가야도 만만하게 볼 수 없는 상대였다. 더군다나 동남쪽의 바다를 면한 땅은 왜구들이 호시탐탐 쳐들어와 약탈을 일삼았으므로, 신라는 사방을 적과 대치하고 있는 상황이었다. 그런 와중에도 다행스러운 것은 북쪽 경계의 고구려가 우호관계를 맺고자 하니 그나마 숨통이 트였다.

"우리 고구려는 신라를 우방으로 삼아, 인근의 적들을 경계할 수 있는 요지에 군사기지를 마련할까 하오만……."

이렇게 고구려 사신단 정사 정호가 운을 뗐다.

고구려가 요구하는 군사기지는 미을성(충주)이었다. 그곳은 달천(달래강)이 한수 상류에서 만나는 합수지점으로, 그 물길은 백제의 도성 한성 북편을 끼고 돌아 서해로 빠져나가고 있었다.

"그곳은 백제와의 경계를 이루는, 우리 신라에서도 아주 중요하게 생각하는 지역이외다. 한때 백제가 낭자곡성을 쌓아 지키던 곳을 우리 신라가 되찾아왔소이다. 어렵게 찾아온 그 지역을 고구려에게 군사기지로 내주기는 곤란하지 않겠소이까?"

신라의 군사를 책임지고 있는 병부령 박실상의 말이었다.

"미을성은 백제의 옆구리에 해당하는 곳입니다. 따라서 우리 고구려의 군대가 주둔하게 되면 저들도 감히 신라를 넘보기 어려울 것이오. 또한 남쪽의 가야가 신라 국경을 침범할 경우, 그다지 먼 거리가 아니라서 고구려군이 출동하면 쉽게 제압할 수 있습니다."

고구려 사신단 부사인 무장 원삼이 군사적 효용성을 적극 거론하고 나섰다.

"우리 신라는 육지로 백제 및 가야와 국경으로 삼고 있고, 바다로는 남쪽의 왜구와 인접해 있소. 우리 신라는 미을성이 반도 가운데 위치해 있다 하여 따로 중원성이라 부르기도 하는데, 고구려군이 그곳에 주둔하게 되면 바다로 쳐들어오는 왜구들을 소탕할 방법이 없질 않겠소?"

병부령 박실상은 어차피 미을성을 고구려 군사기지로 내줄 입장이라면, 국익에 좀 더 도움이 되는 방향을 모색해 보아야 한다는 계산을 머릿속에 그리고 있었다.

"그래서 더욱 신라로선 미을성을 우리 고구려 군사지기로 제공해야 한다는 것이오. 바닷길로 왜구가 쳐들어올 경우 미을성 군사기지에서 곧바로 국내성으로 파발을 띄워 원군을 요청하기 수월하기 때문이오."

원삼도 태왕 담덕의 특별한 지시를 받고 왔기 때문에 물러설 입장이 아니었다. 어떻게든 이 군사회담이 성사되어야만 백제의 옆구리를 시리게 할 고구려 군사기지를 만들 수 있을 것이었다. 이미 담덕은 미을성에 군사기지를 만들 경우 국원성이라는 고구려의 새로운 성곽을 세울 요량까지 염두에 두고 있었다.

"만약 왜구가 쳐들어올 경우 고구려에서 원군을 보내줄 것을 이 자리에서 약속해 주시오. 그런 연후 미을성에 군사기지를 세우는 일을 다시 논의해 보십시다."

신라의 병부령 박실상은 이렇게 다짐을 박았고, 고구려 정사 정호과 부사 원삼도 그 협상안을 받아들였다.

이러한 군사회담의 내용은 신라 이사금 내물에게 보고되어 최종 확정이 되었고, 국원성의 위치와 규모, 군사의 수 등에 관한 사항은 고구려의 무장 원삼과 신라의 병부령 박실상이 구체적인 논의를 거쳐 진행하기로 했다.

2

신라 조정에서 최종적으로 고구려 인질 문제를 매듭지은 후

집으로 돌아온 대서지는 곧바로 큰아들 실성을 내실로 불러들였다. 그 자리에는 대서지 아내 이리부인도 함께 자리하고 있었다. 이리부인은 탈해이사금의 후손인 아찬 석등보의 딸이었다.

"실성아, 이제부터 내 말을 잘 들어라. 부인도 놀라지 말고 침착하게 경청하시오."

대서지가 이렇게 운을 떼자 모자는 문득 긴장하지 않을 수 없었다.

"아버님, 무슨 말씀이온지요?"

실성은 이미 열여덟 살로 곧 혼인을 앞두고 있었다. 혼인 상대도 미추이사금의 막내딸로 정해져 있었다. 대서지가 미추이사금의 막냇동생이므로, 그 자식들은 사촌 간에 혼인을 하게 되는 셈이었다. 신라 왕실에서는 성골 혈통을 유지하기 위해 가까운 집안끼리 혼인하는 것이 필수조건이었던 것이다.

이처럼 혼사가 오가고 있는 마당이라 사실 대서지는 실성을 고구려에 인질로 보낸다는 말을 꺼내기 쉽지 않았다.

"실성아, 밖에 주변을 살펴서 아무도 듣는 자가 없도록 해라."

대서지는 먼저 실성에게 내실 근처에 다른 귀가 있을까 염려되어 그런 지시를 내렸다.

내실 문밖을 두루 살피던 실성이 돌아와 말했다.

"아버님, 노복들을 근처에 얼씬도 하지 못하게 했으니 이제 안심하고 말씀하십시오."

실성의 목울대가 꿀럭, 하고 한 번 움직인 것으로 보아 부친의 입에서 무슨 이야기가 나올 것인지 자못 긴장하고 있음이 분명했다.

"실성아! 네가 이번에 고구려 사신단과 함께 인질로 가야겠다."

"······예에?"

실성은 너무 뜻밖이라 입을 벌린 채 그저 부친의 얼굴만 바라보았다.

"당신! 바, 방금 뭐라고 말씀하셨습니까?"

이리부인은 자신의 귀를 의심했다.

"이건 우리 가문을 바로 세우기 위한 고육지책으로 내가 먼저 선택한 일이다. 지금 고구려는 우리 신라의 주변국 중 최강국이다. 작년에 백제는 관미성에서 고구려에게 크게 패한 후 반역이 일어나 왕까지 교체되었다. 고구려의 외교전략은 백제를 무력으로 제압하되 신라와는 상호 교린관계를 맺는 정책을 펴고 있다. 작금의 우리 신라는 풍전등화와도 같은 위기에 처해 있다. 고구려와 백제 등 주변국이 모두 강국인 데다, 저 바다 건너 왜구들 또한 호시탐탐 쳐들어와 노략질을 일삼고 있다. 이때 우리가 군사강국 고구려와 손을 잡지 않으면 나라를 부지하기 어려운 실정이다. 고구려는 원래 왕자들 중 한 명을 인질로 요청해 왔으나, 장자인 눌지 왕자가 이제 열 살이다. 그 밑에 두 살 터울로 여덟 살 난 복호 왕자, 여섯 살 난 미사흔 왕자가 있으니 도대체 누굴 인질로 보낼 수 있겠느냐? 그래서 내가 왕자들을 대신해 너를 인질로 보내겠다고 자원했다."

"갑자기 영감께서 망령이 드신 것 아닙니까? 어찌 우리 귀한 아들을 적지로 보낸단 말입니까?"

이리부인이 화들짝 놀라 남편을 원망하는 눈으로 바라보았다.

"그게 아니오. 나는 다만 이 기회를 놓칠 수 없었기 때문이오. 신라로 볼 때는 위기지만 우리 가문으로 볼 때는 천재일우의 기회가 아닐 수 없소. 위기야말로 기회라는 말은 이런 때를 두고 하는 소리요."

"아버님, 어찌 고구려에 인질로 가는 것이 우리 가문의 기회란 말씀이옵니까?"

실성이 물었다.

"잘 들어보거라. 고구려에 인질로 가서 몇 년을 견뎌야 할지 지금으로서는 기약하기 어렵다. 다만 고구려에 가 있는 동안 내심 제왕의 수업을 닦는다 생각하고 견디다 보면, 다시 신라로 돌아올 길이 열릴 것이다. 작년에 왕위에 오른 고구려 태왕 담덕은 너보다 불과 한 살 위인데, 매우 지략이 뛰어나고 담력이 큰 인물이라 들었다. 네가 고구려에 인질로 가서 제왕의 수업을 열심히 닦는다면 나중에 태왕 담덕은 너에게 신라왕이 되는 길을 열어줄 것이다. 눌지 왕자가 있지만, 고구려는 아무래도 인질인 너를 더 믿을 수 있는 인물로 생각할 것이기 때문이다."

대서지는 말을 멈추고 그윽한 눈길로 아들 실성을 바라보았다.

"하지만 눌지 왕자를 대신해서 소자가 고구려에 인질로 보내진다는 것은 싫습니다. 누구의 인생을 대신해서 사는 것만큼 자존심 상하는 일도 없으니까요."

실성은 왕자 눌지 때문에 자신이 가시밭길을 걸어야 하는 것이 못내 억울했던 것이다. 그는 내심 부친이 이사금 내물의 강압에 못 이겨 끝내 인질 건을 수락했을 것이라고 생각하고 있었다.

"실성아! 이 아비가 자원을 했다. 그러므로 너는 당당하게 고구려에 인질로 가는 것이다. 결코 눌지 왕자를 대신하는 것이 아님을 알아야 한다."

"하지만 영감도 알다시피 우리 아들은 곧 혼인을 앞두고 있어요. 그것을 잘 아는 분이 그런 결정을 갖고 오시면 어떡해요?"

이리부인은 어느새 그렁그렁 눈물이 맺힌 얼굴로 남편을 바라보았다.

"때로 대大를 위해선 소小가 희생될 수도 있는 법이오. 이런 때일수록 뼈를 깎는 고통을 감내하면서라도 대담한 결단을 할 필요가 있단 말이오."

"너무하십니다. 하물며 자식의 일인데, 어찌 인륜지대사인 혼인을 소라고 할 수 있습니까?"

"어허. 나라의 일과 한 가정의 일 중 어느 것이 더 중한지 부인도 잘 아시면서 그런 말씀을 하시오? 이는 이미 조정에서도 결정된 일, 실성이 너도 마음을 단단히 먹도록 해라."

대서지는 더 이상의 논의는 없다는 듯 단호하게 말했다.

그 순간 실성의 눈앞에 어른거린 것은 곧 아내가 될 미추이 사금의 막내딸 금낭 공주의 얼굴이었다. 실성보다 두 살 아래인 금낭 공주와는 이웃에서 함께 자랐다. 곧 혼인을 앞두고 있었는데, 만약 그가 고구려에 인질로 가게 된다면 두 사람은 생이별을 할 수밖에 없는 처지였다.

"아버님, 그러면 혼인은 없었던 일로……."

실성은 부모의 눈치를 살폈다.

"혼인은 그대로 진행한다. 다만 날짜를 당겨서 네가 고구려로 떠나기 전에 치러야지. 씨는 만들고 가야 할 것이 아니냐?"

"혼인하자마자 생이별이라니? 어찌 자식에게 그렇게 야박한 말씀만 하십니까?"

이리부인의 눈에서는 마침내 눈물이 뚝뚝 방바닥으로 떨어졌다.

모친이 눈물을 흘리는 것을 보자 실성은 얼른 외면을 한 채 이를 악물었다. 이미 부친이 신라 조정에 약속한 일이라면 그것은 번복이 불가능하다고 생각했다.

그로부터 사흘 후, 실성과 금낭의 혼례가 갑작스럽게 치러졌다. 축제로 즐거워해야 할 자리이건만, 신랑이나 신부 당사자들은 물론이고 양가 모두의 얼굴에는 짙은 그늘이 드리워져 있었다.

신혼 첫날밤을 맞은 실성은 눈물이 그렁그렁해 바라보는 금낭을 달래느라 쩔쩔매고 있었다.

"공주! 이 몸은 앞으로 사흘 후면 고구려로 떠나야 하오. 시간이란 마음먹기에 따라 다를 수도 있소. 천 년이 하루 같다는 말도 있지만, 때론 하룻밤에 만리장성을 쌓기도 한다고 하질 않소? 우리 사흘을 백년해로하듯 지내봅시다. 그러니 이렇게 울고 있을 시간이 없소."

실성의 말을 듣고 나서야 금낭의 들먹이던 어깨가 조용히 가라앉았다. 비단옷에 가려져 있었지만, 목으로부터 어깨선을 따라 동그스름하게 내려온 몸의 곡선이 아름다운 자태를 그대로 드러내고 있었다.

실성이 어깨에 손을 대자 금낭은 그대로 안겨들었다. 실성은 키가 7척 5촌이나 되는 건장한 체구였다. 그의 넓고 큰 가슴에 안겨든 금낭은 가녀린 한 마리 새와도 같았다.

"사흘을 백년해로하듯 살 수는 없어요. 그것으로 우리 인연이 끝이라면 싫어요. 언제가 될지 모르지만 고구려에서 돌아오시길 기다리고 있겠어요. 그때 다시 만나 백년해로를 하면 되잖아요."

금낭은 실성의 가슴에 볼을 비벼대며 속삭였다.

"그대의 말이 맞소. 나는 반드시 돌아와 오늘 우리가 맺은 백년가약의 맹세를 지키도록 할 것이오. 비록 고구려에 인질로 가지만, 나는 유학을 간다고 생각하기로 했소. 고구려에는 명문귀족의 자제들이 다니는 태학이 있다 들었소. 나는 고구려에 가서 우리 신라를 강하게 만들기 위한 공부를 하고 돌아올 것이오. 그대도 그렇게 생각하고 기다려주기 바라오. 이 세상 모든 인생사는 마음먹기에 따라 달라지는 법이오. 사랑과 이별이 그렇고, 생과 사가 그렇고, 하늘과 땅의 이치가 그렇소. 그러한 두 가지의 이치는 따로 떨어져서 생각할 수 없는 하나의 논리 속에 존재하는 것이오. 마치 손바닥과 손등이 같이 있어야 손으로서의 역할을 다할 수 있는 것과 같소. 그러므로 그러한 것들은 마음먹기에 따라 손바닥을 뒤집는 것처럼 쉬운 일일진대, 사람들은 너무 어렵게 생각하는 것 같소. 나는 고구려에 가서 그 이치를 깨닫고 돌아올 것이오. 이제 우리는 사흘 밤을 새고 나면 헤어지게 될 운명이오. 이렇게 진실로 사랑하는 사이지만 이별을 해야 한단 말이오. 이것을 나는 우리 둘 사이에서 일어난 일시적인 환난이라고 생각하오. 환난을 견디면 곧 환희로 바뀌는 것이 세상의 이치요. 그러니 지금은 우리 둘이 이 위기를 견디는 힘을 길러야 할 때요. 방금 내가 말한 바처럼 사랑과 이별은 손바닥과 손등 같은 이치임을 그대는 알아야 하오. 자, 손을 한번 뒤집어 보시오. 이렇게 쉽게 손등이 손바닥으로 바뀌지 않소? 사랑과 이별도 그렇소. 가슴 아픈 일이지만, 생각해 보면 쉽게 뒤집을 수 있는 것……. 우리 사흘 후 헤어질 때 이처럼 손바닥 뒤집듯 곧 이별이 사랑으로 바뀔 것이란 기대를 가집시다. 눈물을 안으로 삼킨 채 일가친척들 앞에서 웃는 모습을 보여줍시다. 지금으로선 그것이 내가 인질로 끌려가는 신라인으로서, 마음으로나마 고구려를 이길 수 있는 유일한 길이오."

실성은 칼로 가슴을 저미는 듯 마음이 아팠지만, 어떻게 해서든 아내 금낭을 위로해 주고 싶었다.

"서방님! 이제부터는 울지 않을 거예요. 서방님이 고구려에 가서 몸 건강히 계시다 돌아오시길 손꼽아 기다리면서 살 거예요."

금낭은 더욱 실성의 품으로 안겨들었다.

실성은 금낭의 어깨를 잡고 그 얼굴을 가만히 들여다보았다. 화장한 얼굴에 눈물 자국이 남아 있었지만, 그 표정에선 씻은 듯이 슬픔의 기색이 사라지고 어느새 엷은 미소가 번져나고 있었다.

황촉불의 그림자가 일렁이는 가운데 실성은 곧 금낭을 금침으로 이끌었다. 사흘 후면 헤어질 운명이므로 두 사람의 첫날밤은 애틋하면서도 격렬했다. 시간을 아껴 쓴다고 했지만 그 나머지 나날도 금세 흘러가 버렸다.

실성이 고구려로 떠날 때, 대서지는 집안에서 부리던 이십 대 전후의 남녀 노복 두 명을 딸려 보냈다. 첫날밤 잠자리에서의 약속처럼 금낭은 남편과 헤어질 때 밝게 웃는 것을 잊지 않았다.

"그럼 다녀오세요."

마치 낭군에게 잠시 나들이 떠났다 돌아올 사람을 대하듯 하는 금낭을 보며, 시어머니 이리부인은 더욱 안쓰러워 옷고름으로 연신 눈가를 훔쳐냈다.

실성을 보내고 나서 금낭은 방 안으로 들어와 엎어졌다. 누가 들을까 두려워 소리 내지 않으려고 했지만, 두 볼을 타고 흘러내린 눈물이 입술로 흘러 들어갔다. 아무리 입술을 꼭 다물려고 했지만, 설움이 복받쳐 입술을 비집고 나오는 소리를 막을 수는 없는 노릇이었다. 새색시 금낭은 어깨를 들먹이며 울었다.

그때 가만히 방문을 열고 들어온 이리부인이 조용히 그 어깨에 손을 얹어 다독거려 주었다.

"참아야 한다. 지금으로선 그 길밖에 없느니라."

이리부인의 말에 금낭은 시어머니의 가슴에 눈물범벅이 된 얼굴을 파묻었다.

3

봄은 나뭇가지의 끝자락에서부터 돋아나오고 있었다. 잎보다 먼저 봄꽃이 서둘러 피기 시작했다. 먼 산에서는 진달래가 분홍빛으로 물들고, 집 가까이 울타리에서는 개나리가 햇병아리의 부리 같은 노란 싹을 한창 틔워 올리고 있었다.

실성은 고구려 국내성의 왕궁 구중심처에 마련된 처소 앞마당에서 먼 산을 바라보고 있었다. 자연은 때가 되면 변함없이 그 모양과 색깔로 계절의 변화를 알려주었다. 그래서 그런 것을 두고 '자연스러움'이라 말하는 모양이었다. 그러나 사람에게는 계절의 변화에도 불구하고 잘 변하지 않는 것이 있었다. 바로 마음이었다.

고구려에 온 지 두 달이 지났지만, 실성은 서라벌에 두고 온 아내 금낭을 단 한시도 잊은 적이 없었다. 생각하지 않으려고 굳게 마음먹었지만, 그럴수록 더욱 간절하게 보고 싶은 것이 사랑인 모양이었다.

'금낭은 지금 어떻게 지내고 있을까?'

먼 산의 진달래꽃, 그 분홍빛과 어우러진 연초록의 산자락을 바라보다가 실성의 시선은 가까운 거리의 개나리꽃 울타리에 가서 꽂혔다. 울타리 속에 갇혀 있는 자신의 신세를 생각하니 문득 울화가 치밀어 올랐다.

'왜 내가 왕자 놓지 대신 이곳에 와서 수인囚人처럼 감시를 받으며 갇혀 지내야 하는가?'

실성은 아직도 자신의 억울한 처지를 이해할 수 없었다. 부친이 가문을 일으킬 절호의 기회라고 했지만, 그 의미의 대강은 알겠으나 전혀 피부에 와 닿지 않았다. 태왕 담덕은 그에게 국내성 안 어디든 가고 싶은 데가 있으면 마음대로 다니고, 태학에 가서 공부도 할 수 있도록 자유를 주었다. 그러나 일단 처소를 벗어나게 되면 반드시 감시자가 따라붙었다. 그가 처소에서 좀처럼 문밖출입을 하지 않는 것은 그런 이유 때문이었다.

처소를 둘러싼 개나리 울타리의 노란 꽃무더기를 바라보던 실성은 문득 아내 금낭을 떠올리다가 눈앞이 뿌옇게 흐려졌다. 자신도 모르는 사이에 눈물이 그렁그렁해지고 만 것이었다.

그 흐려진 시야에 먼빛으로 너울거리는 홍개의 모습이 보였다. 바로 홍개의 그늘 아래는 태후 하씨가 천천히 걸음을 옮기고 있었고, 시녀들이 그 뒤를 따랐다. 따사로운 봄볕을 밟으며 나들이를 나온 모양이었다.

태후의 홍개는 점점 실성의 처소 가까이로 다가왔다. 개나리 울타리 곁을 지날 때 그는 홍개의 행렬을 향해 허리를 숙였다.

"이곳은 누구의 처소인고?"

잠시 홍개가 멈추더니, 개나리 울타리 너머에서 태후가 마당 안의 실성을 바라보며 시녀들에게 물었다.

"신라에서 온 실성 공의 처소이옵니다."

시녀가 태후 가까이 다가가 손으로 입을 가린 채 작은 소리로 대답했다.

"흐음, 인질이 왔다는 소리는 들었다만…… 이곳에 처소가 마련된 줄은 몰랐구나."

태후는 태왕 담덕을 통해 신라의 인질 실성이 혼인한 지 사흘 만에 생이별을 하고 고구려로 왔다는 이야기를 들었다. 왕자 눌지와는 숙질간으로, 조카가 너무 어려 신라 왕실에서는 대신 그를 인질로 보낼 수밖에 없었다고 했다.

그 이야기를 들으며 태후는 인질 실성에 대해 안쓰러운 마음을 갖게 되었다. 잠깐 스쳐 지나가는 길이었지만, 개나리 울타리 안에 갇혀 있는 실성의 모습을 보자 그의 심정을 십분 이해할 수 있을 것 같았다.

'봄은 그리움의 계절이지.'

태후는 마음속으로 이렇게 되뇌면서 이미 시야에서 멀어진 실성의 모습을 애써 지우려고 노력했다. 그런데 그러면 그럴수록 실성의 고독한 얼굴이 눈앞에 어른거렸다.

'혼인한 지 사흘 만에 생이별을 하다니……'

인질도 국가의 외교전략에 의한 궁여지책의 수단이긴 하지만 실성 개인을 위해서는 너무 잔혹한 일 같아서, 태후는 좀처럼 안쓰러운 마음을 지우기 어려웠다.

문득 태후는 시녀들로 하여금 태왕 담덕이 있는 편전으로 가자고 명했다.

"봄볕이 너무 좋아서 오랜만에 밖에 나와 보았습니다."

편전에 들어서며 태후는 담덕을 향해 밝게 웃었다.

"이제 추위는 물러간 것 같습니다. 자주 밖으로 나들이를 하시어 자연 속에서 심신을 정제하십시오."

담덕은 옥좌에서 내려와 태후를 맞았다. 곧 다담상을 가운데 두고 마주 앉은 모자는 오랜만에 도타운 정을 나누며 한가롭게 담소를 즐겼다.

"봄빛이 화사해 꽃구경을 하다 우연히 발길이 개나리 울타리가 있는 집까지 이르렀는데, 노란 꽃이 아주 보기 좋아 봄을 알리는 전령사 같다는 생각이 들지 뭡니까?"

"개나리 울타리가 있는 집이라뇨? 어디를 가셨기에……?"

담덕은 태후가 무슨 이야기를 꺼내려고 갑자기 화제를 돌리는지 자못 궁금했다. 뭔가 특별히 할 이야기가 있기 전에는 편전에 잘 들르지 않는 태후였으므로, 아까부터 그 눈치를 살피고 있었던 것이다.

"신라에서 인질로 온 실성 공이 거처하는 집이었어요."

"실성 공이요?"

"실성 공이 마당에 나와 개나리 울타리에 핀 노란 꽃을 바라보는데, 그 눈빛이 어찌나 처연해 보이는지……. 혼인을 하자마자 부부가 생이별을 했으니, 아마도 신부 생각이 간절하겠지요."

태후는 그러면서 슬며시 담덕의 눈치를 살폈다.

"딴은 그렇겠습니다."

"나라의 평화와 안정을 위해 신라의 인질이 꼭 필요한지 모르겠구먼. 주상께선 어찌 생각하세요?"

태후의 이 같은 말을 듣고 담덕은 잠시 생각에 잠겼다가 이내 대답했다.

"그건 우리 고구려나 신라에게 다 도움이 되는 일이옵니다. 실성의 처지가 딱하기는 하지만, 신라 왕실에서 선택한 일이니 이제 와서 인질을 바꿀 수도 없는 노릇이고……."

"어찌하여 신라에서 온 인질이 자국에 도움이 된다고 생각하는지, 주상의 말을 이 어미는 잘 이해할 수가 없구먼."

"실성이란 인질로 인하여 첫째, 신라가 백제와 동맹을 맺는 것을 방지하는 효과가 있으니 그것이 우선 우리 고구려에 득이 되는 일입니다. 그리고 둘째, 고구려와 선린관계에 있다는 것을 주변 나라들에 널리 알려 그들로 하여금 함부로 넘보지 못하게 하니 그것이 신라에게 도움이 되는 일 아니겠습니까?"

담덕의 말에 태후가 가볍게 고개를 끄덕였다.

"이제야 주상의 뜻을 알 듯하오. 허면 실성 공이 고구려로 오기 전에 급하게 혼인을 서두른 이유가 뭔지는 아시나요?"

"하하핫! 그건 언제 인질에서 풀려날지 모르니 씨라도 받아두자는 것이겠지요."

"해서 말인데, 우리 고구려 왕실이 튼튼해지려면 주상도 하루빨리 국혼을 치러야 하지 않겠습니까?"

태후의 말에 담덕은 다시 껄껄대고 웃었다.

"그 말씀을 하시려고 에둘러서 인질 이야기까지 꺼내셨군요? 그렇지 않아도 우적 사부와 선재 사범을 태후전으로 보내려고 했습니다. 중이 제 머리를 깎을 수는 없는 일 아니옵니까?"

"아, 알겠어요. 사부와 사범, 두 분과 얘길 하면 주상의 중신 아비가 되어줄 것이라는 뜻이로군요?"

"부왕이 계시지 않으니 국혼은 어차피 태후전에서 주도하여야 할 일! 어머님이 두 분과 상의하면 좋은 의견이 나오겠지요."

"이제 주상의 뜻을 잘 알았으니 이 어미는 안심하고 기다리면 되겠군그래."

태후의 얼굴에 금세 화색이 돌았다.

그로부터 며칠 후, 우적과 선재 두 대신이 태후전을 방문했다. 관미성 전투 이후 우적은 위두대형, 선재는 중리대형의 관직에 제수되었다. 그러면서 여전히 두 사람은 전처럼 태왕 담덕의 무술을 가르치는 사부와 사범 역할을 맡고 있었다.

"올해 안으로 국혼을 치러야 하겠어요. 주상께서 두 분과 상의를 해보라고 하기에 기다리고 있었습니다. 선왕이 살아 계실 때 진작 국혼을 치렀어야 하지만, 당시는 환후가 위중해 기회를 놓치고 말았지 뭡니까? 국혼을 치르기 위해서는 간택령을 내려야 하겠는데, 두 분께선 어찌 생각하시는지요?"

태후가 두 사람을 넌지시 바라보았다.

"태후 전하! 아마도 폐하께서 소신들과 상의를 해보라고 말씀하신 것은 저 부여 땅에 있는 아미령 낭자를 마음에 두고 있기 때문인 것 같사옵니다. 만약에 그러하다면 간택령을 내릴 것이 아니라 부여 땅에 가서 장차 왕후가 될 신붓감을 모셔 와야 할지도 모르겠습니다. 태후 전하께선 아직 모르고 계셨사옵니까?"

우적이 빙그레 웃으면서 선재를 힐끗 쳐다보았다.

"금시초문입니다. 주상에게 그런 낭자가 있었습니까? 워낙 주상께서 이성에 관해서는 무덤덤한 편이라, 이 어미에게조차 그런 말을 하지 않았습니다. 그동안 두 분께서 조금이라도 언질을 주셨다면 혼자 끙끙대며 노심초사할 일도 없었을 터인데……."

태후는 약간 서운한 눈빛으로 두 사람을 바라보았다.

"태후 전하! 죄송하옵니다. 사사롭게는 아미령 낭자가 소신의 조카딸이 되옵니다만, 폐하께서 그런 부분에 대해서는 전혀 속내를 밝히지 않으시니 먼저 말을 꺼내기 어려웠사옵니다."

선재의 말에 태후의 눈빛이 달라졌다.

"사범의 조카딸이라면?"

태후는 선재의 직급인 중리대형보다 전부터 태왕 담덕의 사범으로 대하던 것이 익숙해 그렇게 불렀다.

"부여 우가부의 대사자 아진비는 선재 사범의 매제가 됩니다. 즉, 아진비의 부인이 선재 사범의 친누이동생입니다."

우적이 대신 거들었다.

"오, 그런 관계로군요. 허면 사범께선 부여 출신이신가요?"

"아니옵니다. 압록곡 태생이옵니다. 원래 소신의 조상은 동부여 금와왕의 막내아들로, 대무신대왕 당시 고구려에 귀화해 압록곡에 정착했사옵니다."

그러면서 선재는 갈사국왕의 손녀가 대무신왕의 둘째 왕비가 되어 왕자 호동을 낳았다는 것과 그때부터 압록곡의 부여씨는 고구려인이 되었다는 이야기까지 털어놓았다.

"그만하면 뼈대 있는 집안임에 틀림없는 것 같군요. 아미령은 어떤 낭자요?"

태후 하씨가 조용히 머리를 끄덕이며 물었다. 이번에는 우적이 나서서 말했다.

"요조숙녀로 미모도 뛰어나지만 매우 총명합니다. 그런데 올해 스무 살이니, 폐하보다 한 살 더 많습니다."

"나이 한 살 많은 것이야 흠이 되지 않습니다. 두 분께서 주상과 상의해 국혼을 준비토록 하세요."

태후는 흔쾌히 허락했다. 사실 태후는 이미 고인이 된 선왕보다 네 살이나 많았던 것이다.

곧 우적과 선재는 태왕 담덕을 알현하고, 태후로부터 부여 땅에 사는 아미령 낭자와의 국혼을 성사시키라는 명을 받았다고 말했다.

"두 분께서 수고 좀 해주셔야겠습니다. 부여 땅에 가면 혹시 마가부의 족장 아들이 미령 낭자를 호락호락 놓아 보내지 않으려고 할지도 모릅니다. 군사들을 줄 터이니 만약의 사태에 대비토록 하십시오."

담덕은 우적과 선재로 하여금 휘하의 호위무사와 왕당군에서 가려 뽑은 군사 50명을 이끌고 부여 땅으로 가도록 했다. 곧 우적은 소금상단의 대행수, 선재는 호위무사 겸 행수로 변장하여 상단 장정들로 꾸민 휘하 군사들과 함께 국내성을 출발했다.

4

산 능선에서 북과 꽹과리, 징 소리가 요란하게 울렸다. 사냥감 몰이를 하는 장정들의 함성도 우렁차게 들려왔다.

"저기 노루가 뛴다! 잡아라!"

장정들의 함성이 언덕 아래 계곡에서 길목을 지키는 부여 마가부 족장의 아들 견성의 귀에도 들려왔다. 바위 뒤에 숨은 그는 화살을 겨누고 노루가 자신의 곁으로 가까이 다가오기만을 기다리고 있었다. 그러나 노루는 그가 지키는 계곡의 길목을 놔두고, 갑자기 방향을 틀어 언덕으로 겅둥거리며 뛰어 달아났다.

"뭣들 하느냐! 몰이꾼들이 언덕을 지키고 있다가 이쪽 계곡으로 사냥감을 몰았어야지."

견성이 가까이 있던 휘하 장정들에게 소리쳤다.

"그쪽으로도 몰이꾼들을 보냈습니다."

장정 하나가 말을 끝내기 무섭게 언덕 위에서 몰이꾼들의 함성이 들려왔고, 그 소리에 놀란 노루는 다시 방향을 틀어 계곡을 향해 내리닫기 시작했다.

"옳지! 여기서 네놈이 나타나기를 기다린 지 오래다."

견성은 다시 활을 겨누어 달려오는 노루를 쏘았다. 그 순간, 노루가 펄쩍 공중으로 치솟는 듯하다 땅바닥으로 곤두박질쳤다.

"잡았다!"

견성 뒤에 있던 장정들이 노루를 향해 달려갔다.

"역시 명궁이십니다!"

호위무사가 곁에 있다가 견성을 향해 오른손 엄지손가락을 치켜세웠다.

그때 저 멀리 들판을 가로질러 달려오는 말 한 필이 보였다. 견성이 사냥을 하고 있는 곳은 마가부와 우가부의 접경지대였는데, 달려오는 말은 바로 우가부 쪽에서 나타났던 것이다.

"우가부에 무슨 일이 있는 모양이다."

견성이 혼잣소리처럼 뇌까렸다. 가까이 다가온 말에는 우가부 대사자 아진비의 저택에 박아둔 세작이 타고 있었다.

"공자님!"

말에서 뛰어내린 세작은 거친 숨을 헐떡거렸다.

"뭐냐?"

"며칠 전 대사자 아진비의 집에 소금상단이 도착했는데 아무래도 수상쩍은 느낌이 들어 이렇게 달려왔습니다."

"수상쩍다니?"

"비려 땅에서 온 소금상단이라고 하는데, 아무리 보아도 그들은 고구려 장정들 같습니다. 무려 50여 명이나 되는 그들은 소금 짐을 수레에 바리바리 싣고 왔지만 순수한 상단이라기보다는 무사 집단처럼 보입니다. 소금 짐 사이에 병장기들이 숨겨져 있는 걸 보았습니다. 소금 짐 또한 수레 위에 얹은 한두 가마를 빼곤 모래나 재, 톱밥 같은 것들이 가득 들어 있었습니다.

눈속임이 틀림없습니다."

이때 견성의 머리는 빠르게 돌아갔다. 세작의 말을 듣고 그는 곧 소금상단을 위장한 장정들이 고구려 태왕 담덕의 밀명을 받고 파견된 무사들일지도 모른다는 생각을 했다.

견성은 우가부 아진비의 딸 미령 낭자에게 정식으로 청혼을 해놓고 있었다. 마가부 족장이 우가부 족장에게 중신을 서도록 하는 절차를 거쳤던 것이다. 그런데 이때 대사자 아진비는 우가부 족장의 위신을 세워주기 위해 청혼을 받아들여야 마땅하지만, 딸 미령이 반대를 하는 바람에 당사자가 중병을 앓고 있다는 핑계를 내세워 차일피일 미루고 있었다.

그동안 세작의 보고에 의하면 미령의 숙소에서 탕약 달이는 냄새가 자주 났다는 말을 들었으나, 견성은 그것 역시 눈속임일지도 모른다고 생각하고 있었다.

"소금상단이 대사자 저택에 온 지 며칠이나 되었느냐?"

"나흘째입니다."

"그런데 왜 이제야 내게 알리는 것이냐?"

견성이 버럭 소리를 질렀다.

"그게 사실은…… 대사자 어르신께서 철저히 감시를 시키는 바람에 소금 짐을 수색하기가 어려웠습니다. 더구나 소금대상 우두머리들이 며칠 동안 대사자 어르신과 밀회를 하는 것 같았는데, 역시 감시가 심해 그 장소로 접근하기 쉽지 않았습니다. 그로 인해 소금대상의 정체를 파악하기가 힘들었습니다."

"흐음, 그랬구나!"

견성은 한동안 고민에 싸인 채 머리만 가볍게 주억거렸다.

"공자님, 어찌해야 하올지……."

세작은 잠시 짬을 내어 달려온 길이라 아진비의 저택으로 급히 돌아가야만 한다는 생각에 마음이 조급했다.

"너는 먼저 가서 그들의 동태를 계속 살펴라. 내가 지금 곧 졸개들을 끌고 가서 아진비 대사자의 저택을 물샐 틈 없이 포위하겠다. 미령 낭자를 고구려 놈들에게 빼앗길 순 없지."

견성은 세작을 돌아가게 한 후 곧바로 사냥터의 몰이꾼 장정들을 불러 모았다. 장정들은 사냥꾼 복장이었지만 마가부 소속의 군사들로 각자 칼과 활 등 무기를 갖고 있었다. 몰이꾼들이 다 모이자 기백 명이 되었다.

마가부 소속 군사들은 견성의 지휘에 따라 우가부 경계를 넘어 아진비의 저택으로 말을 몰았다.

곧 우가부 아진비 대사자의 저택은 견성의 무리들에 의해 포위되었다. 저택에서는 눈치를 채지 못하게 몰래 외부로 나가는 길목 좌우에 군사들을 매복시켜 놓은 것이었다. 다만 기병들은 말을 숨겨야 했으므로 산 뒤쪽의 계곡에 숨어 있다가 유사시에 행동을 개시하기로 했다.

한편, 우적과 선재는 아진비와 함께 밀실에 둘러앉아 부여에서 고구려로 어떻게 탈출할 것인가를 놓고 설왕설래하고 있는 중이었다. 이미 아진비 부부는 딸 미령만 홀로 보내기가 안타까워 고구려로 망명하기로 굳은 결심까지 해놓은 마당이었다. 그러다 보니 재산을 정리하여 금괴로 바꾸는 일 때문에 시일이 조금 지체되었다.

"대사자 어르신! 급히 보고드릴 것이 있습니다."

아무도 밀실 근처에는 얼씬 못하게 했는데, 젊은 집사 유수의 목소리가 문밖에서 들려왔다.

유수는 몇 년 전에 마가부 족장의 아들 견성이 세작으로 심어놓았던 집사를 제거하고 믿음직한 수하 중에서 가려 뽑은 아진비의 호위무사였다.

"무슨 일이냐?"

아진비가 문을 살짝 열고 밖을 내다보며 물었다.

"방금 전에 마가부 족장 아들 견성이 심어놓은 세작을 붙잡았습니다. 전부터 행동이 수상쩍어 감시를 하고 있었는데, 그자가 방금 말을 타고 나갔다가 돌아오는 것을 잡아 창고에 묶어두었습니다."

"그래서?"

"문초를 해본 결과 견성이 사냥하고 있는 곳까지 달려가 소금상단의 정체를 모두 발고한 모양입니다. 견성이 사냥터에서 몰이꾼으로 부리던 군사들을 이끌고 와서 이 저택을 포위하겠

광개토태왕 담덕

다고 말하더랍니다. 어찌할까요?"

유수가 말을 끝내며 아진비를 바라보았다.

"수하를 내보내 견성의 무리들이 정말 포위를 하고 있는지 알아보고 나서 곧바로 보고토록 하라. 사방으로 뚫린 길 좌우를 살피되, 저들이 의심하지 않도록 철저히 주의를 시키도록!"

"예, 명심하겠습니다."

유수가 깊이 허리를 꺾은 후 물러갔다.

문을 닫고 방 안에 좌정한 아진비는 근심 어린 눈빛으로 우적과 선재를 바라보았다.

"작전을 다시 짜야겠군요."

이미 밖에서 집사 유수가 아진비에게 보고하는 내용을 들은 우적이 먼저 입을 열었다.

"더 이상 날짜를 지체할 수 없으니 서둘러야겠습니다."

선재가 사사롭게는 매제가 되는 아진비를 쳐다보았다.

"그래야겠지요. 재산을 다 정리한 것은 아니지만, 나머지는 포기하고 이곳을 떠나는 수밖에……."

아진비는 견성의 무리들이 둘러싼 포위망을 뚫고 어떻게 부여를 탈출할 것인가에 대해 고심하지 않을 수 없었다. 곧 세 사람은 머리를 맞대고 논의를 거듭하며 밤새워 새롭게 작전 계획을 짰다. 일단 견성의 무리들이 저택을 둘러싸고 있는 포위망을 뚫는 것이 선결 과제였다. 많은 인력이 안전하게 고구려 국경까지 가는 것은 그다음의 일이었다.

다음 날 아침, 아진비는 집사 유수로부터 견성의 무리들이 길목에 매복해 있다는 보고를 들은 후 곧바로 휘장을 친 수레 네 채를 준비하라 일렀다. 우적과 선재 또한 소금상단으로 꾸민 수하들에게 작전 계획대로 각자 맡은 역할을 알려주고, 이에 대한 사전 준비에 차질이 없도록 철저히 지시를 해놓았다.

이에 따라 위장한 소금 짐을 실은 수레만 열 채, 휘장을 친 수레까지 하면 총 열네 채가 저택 안마당에 늘어섰다.

가장 먼저 아진비가 말을 타고 집사 유수가 이끄는 수하 10여 명과 함께 휘장을 친 수레 한 대를 호위하며 대문을 나섰다. 가는 방향은 우가부 관부가 있는 쪽이었다. 10여 필의 말과 한 채의 수레는 대문을 나설 때부터 전속력으로 달렸다.

길목에 매복하고 있던 견성의 무리들은 순간 당황하지 않을 수 없었다.

"저 수레가 수상하다. 어서 말을 타고 뒤를 쫓아 저들의 앞길을 막아라!"

견성이 곁에 있던 호위무사를 향해 소리쳤다.

마가부의 일부 무리들이 계곡에 숨겨둔 말을 타고 아진비 일행을 쫓기 시작했다. 얼마 지나지 않아 그들은 수레를 따라잡을 수 있었다.

"멈추어라! 수레를 조사해야겠다."

마가부 무리들이 아진비 일행의 수레를 세웠다.

그때 아진비가 말 위에서 호통을 쳤다.

"나는 우가부 대사자로 우가부 족장을 만나기 위해 관부로 가는 길이다! 너희들은 대체 어떤 놈들이냐? 어서 길을 비키지 못할까?"

아진비는 칼을 빼어들었다.

"대사자 어르신! 수레 안에 누가 탔는지 확인을 해야겠습니다."

마가부 무리들은 아진비와 수레 사이를 가로막았고, 두 명이 양편에서 가려진 휘장을 들쳐 올렸다. 수레 안에는 대사자 부인이 홀로 앉아 있다가 준엄하게 꾸짖었다.

"대체 이 무슨 짓들이오? 감히 아녀자의 수레를 넘보다니, 우리 우가부의 형벌이 두렵지 않은가?"

마가부 무리들은 찔끔하여 수레 휘장을 덮었다.

"속았다. 미령 낭자가 아니다."

마가부 무리들은 곧 말 머리를 돌려서 오던 길을 되돌아 질주하기 시작했다.

한편, 견성은 일부 병력만 보낸 채 다시 길목을 지켰다. 방금 지나간 것은 10여 명에 불과하므로, 세작이 말한 50여 명의 무리들은 저택 안에 그대로 남아 있는 것이 분명했다.

아니나 다를까, 잠시 후 대부대가 떼를 지어 대문을 통과해 나오는데 무려 수레가 10여 채에다 호위하는 기마 병력도 50여 명이나 되었다.

"저놈들이다! 모든 병력을 동원해 저들을 쫓아라! 휘장을 친 수레가 세 채다. 저 중 한 채에 미령 낭자가 타고 있을 것이다."

견성이 휘하 졸개들을 향해 다급히 외쳤다.

이때부터 쫓고 쫓기는 각축전이 벌어졌다.

"각자 흩어져라!"

소금상단의 지휘를 맡은 우적은 한동안 달리다가 휘장을 친 세 채의 수레를 향해 세 갈래로 흩어지도록 지시했다. 이미 작전 계획대로 소금상단으로 꾸민 무리들은 각기 맡은 휘장 친 수레 한 채씩을 호위하며 갈라져 나갔다.

견성도 휘하의 무리들을 셋으로 나누어 각기 휘장을 친 수레를 뒤쫓게 했다. 그들이 바짝 뒤를 쫓아오자 소금 짐으로 위장한 수레에서는 모래와 톱밥과 재가 뿌려졌다. 그러자 무작정 뒤를 쫓던 견성의 무리들이 여기저기서 재채기를 하고 눈을 뜨지 못해 말에서 떨어졌다.

수레가 다 비워지자 이번에는 빈 수레를 길바닥에 팽개친 채 말과 장정만 가벼운 몸이 되어 도망쳤다. 쫓아오던 견성의 무리들은 수레에 차여 넘어지고 다쳤다. 그러는 사이 소금상단으로 위장한 장정들은 휘장을 친 수레만 호위하며 멀찌감치 달아나 버렸다. 이러한 상황은 세 갈래로 갈라진 각 무리들에게서 똑같이 벌어졌다.

한편, 이때쯤을 기하여 아진비의 저택에선 선재가 남장을 한 미령과 함께 후원에 마련된 작은 비밀 문을 통하여 말을 타고 빠져나왔다. 그들은 각자 주변을 살펴가며 조심스럽게 말을 몰았다. 이미 견성의 무리들은 모두들 휘장을 친 수레를 쫓아갔기 때문에 감시하는 자들이 없었다.

꼬박 하루를 달린 후 선재와 미령은 고구려 국경에서 우적과 함께 있는 아진비 부부와 조우할 수 있었다. 소금상단으로 위장했던 고구려 병사들이 곧 그들을 호위해 국내성으로 향했다.

5

고구려로 망명한 부여 우가부의 대사자 아진비 부부는 딸 미령과 함께 압록곡에 머물면서 국혼 날짜가 다가오기만을 기다리고 있었다. 압록곡은 아진비 아내의 친정으로 부여씨들의 집성촌이었다.

태왕 담덕은 8월 한가위를 맞이하기 전인 10일을 국혼 날짜로 정하고, 그 무렵에 때맞춰 평양성의 아홉 개 절 창건 기념 대법회를 열기로 했다. 사실상 아홉 개의 절을 완성한 것은 태왕 담덕이 즉위한 해 8월이었다. 그러나 당시 고구려는 백제의 관미성 전투를 준비 중에 있었으므로, 사찰을 완공하고 나서도 차일피일 대법회를 미루고 있었다. 그로부터 다시 1년이 지난 8월 대보름을 기해 사찰 창건을 기념하는 대법회를 열게 된 것이었다.

이에 따라 국내성에서는 국혼과 대법회라는 두 개의 큰 행사를 앞두고 초여름부터 그 준비로 눈코 뜰 새 없이 바빴다.

한편, 백제 대왕 아신은 고구려의 국혼과 대법회 소식을 듣고 조회에서 대신들에게 다음과 같이 일갈했다.

"고구려왕 담덕의 간이 배 밖으로 나온 모양이오. 감히 다른 나라의 낭자를 납치해서 국혼을 치른다, 평양에 아홉 개의 절을 세워 대법회를 연다, 하여 기고만장해 있다 들었소. 특히 아홉 개의 절을 세우는 의미가 고구려 주변을 둘러싼 적성국들을 물리치겠다는 기원을 담고 있다 하니, 이를 가만히 두고 볼수 없는 일 아니겠소? 좌장께서는 어찌 생각하시오? 짐은 작년에 우리가 담덕에게 관미성을 어이없이 내준 것을 생각하면 분통이 터져 도무지 잠을 이룰 수가 없소이다. 모름지기 전쟁이란 선수를 누가 잡느냐에 따라 승패가 갈리는 법, 적국 고구려가큰 행사를 준비하는 틈을 타서 우리가 관미성을 탈취하는 것이 어떠하겠소?"

좌장은 관미성 전투 직후 대왕 진사를 죽이고 아신을 왕위에 앉힌 진무를 가리키는 말이었다. 사사롭게 아신에게는 외삼촌이 되는데, 그 공을 널리 치하하여 즉위 다음 해인 정월 초에 좌장으로 삼고 병마를 관장하는 일을 전격적으로 맡겼던 것이다.

이때 대왕 아신이 왕위에 오름과 동시에 내신좌평에 제수된 사륜이 앞으로 나섰다.

"폐하! 아직 우리 백제는 힘을 길러야 할 때이옵니다. 작년 관미성 전투에서 많은 군사들을 잃은 데다, 나라 정세 또한 안정을 되찾으려면 시간이 걸립니다. 군사의 움직임은 기세가 좌우하는 것인데, 이는 나라 내정이 안정되고 군사의 사기가 충천하지 않으면 거병하기 어렵다는 뜻이옵니다. 통촉하여 주시옵소서."

문신이지만 경서를 많이 읽은 데다 병법서에도 통달한 사륜의 말은 이치에 맞았다. 그러나 대왕 아신은 아직 나이가 젊은 관계로 혈기에 넘쳤으며, 전왕 진사보다 능력이 뛰어나다는 것을 만백성들에게 보여주고자 하는 의욕이 강하여 자신의 뜻을 좀처럼 굽히려 들지 않았다.

"무슨 말씀이시오? 절호의 기회란 쉽게 오는 것이 아닙니다. 작년에 관미성 전투에서 성공한 이후 고구려는 기고만장해 있소. 신라에 엄포를 놓아 실성을 인질로 삼은 데다, 이번에는 부여 우가부의 대사자를 꾀어내 망명케 한 후 그 딸을 왕후로 삼기 위해 국혼을 준비하고 있소. 더구나 고구려는 담덕의 태자 책봉 직후부터 평양성에 아홉 개의 절을 짓기 시작해 오래도록 국비를 낭비한 데다, 이제 그 절들을 완공해 곧 호국을 내세운 대법회를 열겠다는 것이오. 이는 우매한 백성들을 호도하는 행위가 아니고 무엇이겠소? 바야흐로 우리 백제에게 기회가 온 것이오. 좌장께선 그렇게 생각하지 않소이까?"

대왕 아신의 눈길이 진무에게로 옮겨 갔다.

"지당하신 말씀이옵니다. 허나 이번 기회에 군사를 일으킨다면 속전속결로 전투를 끝내야만 합니다. 적이 두 개의 큰 행사를 치르는 동안 관미성을 탈취한다면 모르겠지만, 바다 가운데 있는 요새라 접근하기 쉽지 않아 시일이 오래 걸리게 될 경우 아군에게 불리해질 수도 있사옵니다."

진무는 대왕 아신의 말을 곧바로 부인하기도 어렵고, 그렇다고 내신좌평 사륜의 체면도 세워줘야 한다고 판단하여 어중간한 입장을 취하지 않을 수 없었다.

"관미성은 우리 백제의 관문 역할을 하는 곳으로 중요한 군사요충지요. 더구나 인삼 재배단지인 부소갑과 갑비고차가 코앞에 있는 데다 인삼 교역의 항구인 예성항과 인접하고 있어 반드시 우리 백제가 탈환해야 할 숙원사업이라 생각하오. 그렇지 않소이까?"

아신은 자신의 주장을 반드시 관철하겠다며 제신들을 두루 둘러보았다.

그러나 내신좌평 사륜도 아신 못지않은 꼬장꼬장한 성격이었다. 더구나 그는 대왕 아신의 왕자 시절 태부이기도 했다.

"옛 병서에 장수는 반드시 용병을 할 때 천도에 부응하고, 시기에 맞고, 인의를 좇아야 승리할 수 있다고 했사옵니다. 그러므로 모처럼의 기회라고 해서 시기만 좇아서는 아니 될 줄로 아옵니다."

"허허, 내신좌평께선 너무 이론에 얽매여 현실을 보는 눈이 부족한 것 같소이다. 근초고대왕 이래 관미성은 물론이거니와 갑비고차와 부소갑 일대의 인삼 재배단지가 모두 우리 백제의 땅이었소이다. 그곳을 고구려왕 담덕이 탈취했으니, 그에 대한 보복을 하는 것이 어찌 천도에 어긋난다고 할 수 있습니까? 또한 인의를 좇는다고 했는데, 우리 백제는 작년에 고구려에서 보낸 첩자에 의해 진사대왕을 잃었소이다. 즉 인의를 배반한 쪽은 고구려이므로 이를 징치하겠다는 것이니, 내신좌평께서 예로 든 옛 병서의 용병에도 오히려 합당하다고 생각됩니다. 군사 1만을 내줄 터이니, 좌장께서는 출병을 서둘러주세요."

대왕 아신은 더 이상 제신들이 반대 의사를 밝히지 못하도록 아예 단단히 못을 박아버렸다. 어명을 받은 진무는 고구려의 국혼이 치러지기 직전인 8월 초에 군사를 일으켜 관미성을 포위했다.

그로부터 얼마 후, 부소갑 북변에서 고구려 국내성으로 파발마가 날아들었다.

"폐하! 백제군 1만이 관미성을 포위했사옵니다."

한창 국혼 준비로 부산하던 국내성은 바짝 긴장하지 않을 수 없었다.

"백제왕 아신은 인의를 모르는군!"

태왕 담덕이 조용히 말했다. 아무리 원수를 진 적국이라 하더라도 경조사가 있을 때는 군사를 일으키는 법이 아니라고 그는 생각하고 있었다. 그는 20여 년 전 평양성에서 고국원왕이 독화살을 맞아 전사했을 때, 백제의 근초고왕이 군사를 물려 회군한 일을 일찍이 소수림왕으로부터 들어서 잘 알고 있었다. 마땅히 그러해야 한다고 알고 있는데, 인륜지대사인 국혼을 앞둔 시기에 백제왕 아신이 군사를 일으켰다는 것은 인의에 어긋나는 일이었던 것이다.

"폐하! 너무 상심하지 마시옵소서. 소장이 국혼에는 참여하지 못할지언정 군사를 이끌고 가서 일거에 백잔을 무찌르고 오겠사옵니다."

이렇게 나선 것은 관미성 전투 직후 그 공을 인정받아 태대형의 벼슬에 오른 일목장군 추수였다. 그는 고국원왕이 전사한 평양성 전투 이후 해적 소탕으로 유명한 산동의 해룡부를 이끄는 일목장군으로 불렸으나, 20여 년이 지나 다시 국내성으로 돌아와서 옛 이름인 추수를 되찾았다. 그러나 사람들의 입에서는 그 이름 앞에 여전히 일목장군이란 별호가 붙어 다녔다.

"폐하! 소신도 관미성으로 보내주십시오."

이렇게 나온 것은 태왕 담덕의 홍일점 호위무사인 수빈이었다.

"폐하! 소신도 따라가겠나이다."

이번에는 역시 호위무사 마동이 나섰다.

"허허! 짐의 좌우를 맡은 호위무사들이 모두 나서는군!"

태왕 담덕은 태대형 추수가 관미성 인근의 해저 지리를 잘 알기 때문에 자청한 것은 알겠는데, 호위무사 수빈과 마동이 따라가겠다고 하자 의외라는 생각이 들었다. 마동은 부친인 추수를 호위하겠다는 의지가 강하니 그럴 수 있다고 이해하겠으나, 수빈이 굳이 관미성 전투에 자원하고 나선 것은 전혀 뜻밖의 일이었다.

"마동의 출전은 허락하지만, 수빈이 너는 짐의 곁을 지키는 것이 어떠하냐?"

담덕이 미소를 지으며 말했다.

"아니옵니다, 폐하! 소신을 반드시 이번 관미성 전투에 참여케 해주시옵소서."

그러는 수빈의 눈가에 살짝 이슬이 맺혔다. 바로 옆에 있던 마동은 그 눈물의 의미를 알았다.

"폐하! 수빈이 관미성 전투 참여하는 것을 허락해 주시옵소서."

마동이 옆에서 거들었다.

"허허허, 정 그러하다면 두 사람 모두 태대형 추수 장군을 옆에서 호위토록 하라!"

담덕은 이내 허락했다.

태대형 추수는 태왕 친위대인 왕당군 5천을 이끌고 곧 관미성으로 출진했다. 담덕이 기병 5천을 더하여 1만을 이끌고 가라고 했으나, 그는 군사가 많으면 더 번거롭다며 끝내 사절했다.

추수가 이끄는 왕당군 5천은 곧바로 관미성으로 가지 않았다. 일단 군선을 이끌고 바다로 나갔다가 갑비고차로 상륙하여 백제군의 보급로부터 끊어놓았다. 갑비고차 동북 해안과 남서 해안에 군사를 배치하여 백제 한성으로부터 관미성으로 들어오는 뱃길을 막아 군량미 조달에 차질이 빚어지도록 조처한 것이었다.

또한 추수는 국내성을 떠날 때 미리 산동으로 전령을 보내 해룡부대 선단으로 하여금 서해 해상에서 관미성을 포위한 백제군을 위협하라고 명했다. 접전은 하지 말고 일정 거리를 유지하며 겁만 주되, 적선들이 남쪽으로 달아날 경우 애써 격퇴하지 말고 퇴로를 열어주라는 작전을 미리 고지해 주었던 것이다.

이처럼 추수가 백제군과 근접전을 벌이지 않으려는 데는 남다른 이유가 있었다. 그는 오로지 눈앞에 둔 고구려의 국혼과 평양성의 아홉 개 절 창건을 기리는 대법회를 무사하게 치르기 위해, 이 기간만큼은 경건한 마음을 가지겠다는 깊은 뜻을 새삼 숨기고 있었던 것이다.

추수는 출진하기 전에 일러준 태왕 담덕의 말을 잊지 않고 있었다.

'되도록이면 살상을 피하도록 하십시오. 대행사를 앞두고 마가 끼는 것을 꺼려하는 까닭입니다.'

갑비고차 북편 관미성이 마주 바라다보이는 곳에 고구려 주력군을 배치시킨 추수는 물개처럼 헤엄을 잘 치는 군사 한 명을 선발해 백제군의 포위망을 뚫고 성안으로 침투시켰다. 관미성을 지키는 군사들로 하여금 철저히 방어를 하되, 갑비고차의 고구려 원군과 호응하여 백제군의 사기를 꺾어놓도록 하는 전략을 알려주었던 것이다.

그 작전은 주효했다. 관미성을 포위하고 있는 백제 군선을 향해 갑비고차 북편의 고구려 주력군이 일제히 화살을 쏘아대자, 성내의 관미성 군사들도 크게 함성을 지르며 호전적으로 나왔다. 결국 바다 가운데서 오도 가도 못하게 된 백제의 군선들은 포위를 풀고 서남 방향으로 선수를 돌려 빠져나가기 시작했다.

'제기랄! 제대로 한번 싸워보지도 못하고 후퇴를 하다니! 무슨 면목으로 한성에 돌아가 폐하를 뵙는단 말인가?'

선두에서 백제 군선들을 지휘하면서 진무는 이렇게 마음속으로 투덜거렸다. 그러나 군량미를 싣고 한성을 출발한 배가 고구려군에 의해 뱃길을 차단당한 마당이라 철군 이외에는 다른 방도를 찾을 길이 없었다.

애초 한성에서 1만 군사를 이끌고 관미성으로 향할 때는 속전속결로 성을 탈취한 후 곧바로 부소갑으로 진격해 석현성 등 최소 다섯 개의 성을 되찾을 결심이었다. 그렇게 되면 갑비고차는 저절로 고립되어 다시 백제의 수중에 들어올 것이라고 생각했던 것이다. 그래서 선봉부대가 탄 군선을 출항시키고 나서 후군으로 하여금 군량미를 싣고 뒤늦게 출발하도록 한 것인데, 그 사이를 고구려군이 갈라놓았다. 졸지에 군량을 나르는 길이 끊기는 바람에 관미성을 회복하기는커녕 제대로 된 전투 한번 치르지 못하고 철군을 하게 되니, 진무로서는 허탈하다 못해 속이 쓰린 심정이 되어 그저 하늘만 바라볼 뿐이었다.

이때 휘하의 부장이 진무에게 달려와 급히 보고했다.

"대장군! 서쪽에서 또 다른 적선이 나타났습니다."

"무, 무엇이?"

하늘로 향하고 있던 진무의 시선이 급히 서쪽의 수평선으로 향했다.

"산동의 해룡부대가 출동한 것 같습니다. 이번에 국내성에서 군사를 이끌고 온 고구려 장수는 작년까지만 해도 해룡부대를 이끌던 일목장군이라는 자입니다."

"흐음, 양동작전을 펴겠다는 수작이로군! 일찌감치 관미성 포위망을 풀고 바다로 나오길 잘했다. 전 군선에게 신호를 보내 적과 대치하지 말고 빠른 속도로 미추홀을 향해 철군토록 하라."

진무는 전체 군선의 선두에 서서 미추홀을 향해 급히 뱃머리를 돌렸다. 그 뒤를 백제의 군선들이 일제히 꼬리를 물고 따라붙었다.

6

392년(영락 2년) 8월 15일. 평양성은 아홉 개의 사찰 창건을 기념한 대법회로 대낮부터 거리가 떠들썩했다. 대보름 행사로 사찰마다 오색 빛깔의 연등이 걸려 화려함을 수놓았고, 성내의 주요 거리에는 연등을 든 인파들로 북새통을 이루고 있었다.

고구려가 평양성에 세운 아홉 개의 사찰은 법력으로 주변의 구이九夷들을 물리친다는 기원을 담고 있었다. 숫자 구九는 우주와 세계의 원리를 의미하며, 무한하게 많다는 것을 이르는 말이기도 했다. 숫자를 세는 단위 중에서 '구'가 가장 큰 수이기 때문이었다.

애초에 고구려는 주변의 많은 종족들을 거수국으로 삼아 세계 화평의 시대를 열겠다는 염원으로 아홉 개 사찰을 창건토록 했던 것이다. 이 사찰들은 태왕 담덕이 태자로 책봉되던 해부터 건축하기 시작했으므로, 완공까지 무려 7년 가까운 기간이 소요되었다.

새로 창건한 아홉 개의 절 경내에선 연등회 준비로 부산했고, 평양성 가운데 너른 공터에는 야단野壇을 쌓아 사부대중四部大衆이 모여 시끌벅적한 가운데 법석法席을 열었다. 대법회의 설법은 주장자를 들고 나와 앉은 석정이 주도했다. 이미 노승이 된 초문사의 승려 순도와 교리를 번역하는 일에 심혈을 기울여온 이불란사의 승려 아도가 그동안 길러낸 고구려 출신 비구들과 함께 법회에 참석했다. 이 법회에 참석한 비구와 비구니들만도 수백 명에 이르렀다. 소수림왕 2년에 불교를 공인한 이래 고구려에서는 그만큼 많은 불제자들이 늘어났으며, 재가불자를 포함한 일반 신도들도 그 수를 헤아리기 어려울 정도였다.

"사부대중은 부처님을 받들어 복을 구하시오!"

석정의 입에서 처음으로 나온 일성이었다. 이미 이순 가까운 나이였지만, 그의 목소리는 유리처럼 투명한 창공으로 낭랑하게 울려 퍼졌다. 그 소리를 따라 수천을 헤아리는 사부대중들이 두 손을 모으고 '나무아미타불 관세음보살!'을 읊조렸다.

"저 옛날 부처님이 태어나신 천축국에는 불교를 국교로 받들어 모시고 주변국을 평정, 나라를 통일한 아육왕이란 군주가 있었소이다. 통치의 수레바퀴를 굴려 나라를 통일했다고 해서 전륜성왕이라고도 하는데, 이제 우리 고구려도 바야흐로 불교를 숭상하여 나라의 안정을 기하고 구이를 평정하여 모든 백성이 평화로운 세상을 열어가야 할 것이오. 그 시작을 알리기 위하여 평양성에 아홉 개 사찰을 창건, 천자의 나라 고구려의 위용을 만천하에 공표함으로써 불국정토의 기치를 드높이 올렸소이다. 사부대중이 부처님을 받들어 한마음으로 불심을 일으킬 때, 바야흐로 우리 고구려는 강력한 위세를 만천하에 떨쳐 통일국가의 기틀을 다지고 아울러 평화세계를 이룩할 수 있을 것이외다."

석정은 불교를 정신적 지주로 삼아 나라를 강국으로 만들자는, 이른바 정치승려로서의 사명감에 불타고 있었다. 따라서 정통 불교의 논리로 백성을 교화하기보다는 나라 안정을 통하여 평화의 시대를 여는 데에 더 중점을 둔 선동적 성격이 강한 설법을 구사했다. 그동안 오래도록 전쟁으로 시달려온 고구려 백성들은 그의 설법에 크게 위무되어 쉬지 않고 배례를 하고 경전을 암송했다.

한편, 패수 선착장 인근의 너른 평지에선 대규모의 장터가 펼쳐졌다. 서해 바다를 건너 중원에서 온 대상들, 북방의 초원로를 통해 압록강을 건너 평양성에 입성한 서역 상인들, 그리고 고구려의 토산품들을 파는 평양 시전 상인들까지 임시로 천막 점포를 연 가운데 각인각색의 인종들이 한데 어우러져 붐비면서 장관을 이루었다. 자못 그 규모가 국제시장을 방불케 했던 것이다.

장바닥에는 으레 놀이판·춤판·씨름판 등을 벌여 각종 기예를 선보이는 패들이 사람들을 끌어모으게 되어 있었다. 장꾼들이 많이 찾는 싸전과 피륙전 사이의 공터는 각종 기예를 자랑하는 재주꾼들의 공연장으로 활용되고 있었다. 이 공연장에서는 음악·무용·곡예 등 고구려를 비롯한 중원과 서역 각국의 전통예술을 선보이고 있었다.

이처럼 대법회와 아울러 대규모 장터를 열도록 명한 것은 태왕 담덕이었다. 중원은 물론 서역 상인들까지 불러들인 것은 고구려가 아홉 개의 사찰을 세움으로써 불국정토의 나라로 우뚝서게 되었음을 만천하에 알리기 위한 것이었다. 장사꾼들은 물건을 교역하면서 그 나라의 문화와 전통은 물론 통치체제 전반에 걸쳐서도 널리 전파하는 주역들이었다. 이른바 그들은 정보 전달체계를 갖춘 조직력으로 무장되어 있었다. 장사를 하는 데 있어서 정확한 정보와 문화의 속성을 아는 것이 그들에게는 필수였기 때문이다.

밤이 되어 보름달이 떠오르자 아홉 개의 사찰에서는 연등행사가 이어졌다. 대법회에 모였던 수천의 사부대중들이 자연히 연등회에도 참여함으로써 각 절의 탑돌이 행사는 대성황을 이루었다.

국혼을 치른 지 며칠 안 되는 태왕 담덕도 왕후가 된 아미령과 함께 연등회에 참석하여 탑을 돌며 국가 안녕을 빌었다. 석정이 목탁을 두드리고 염불을 외면서 그 탑돌이 행사를 이끌어 나갔다.

탑돌이 행사가 끝나고 나서 석정은 태왕 담덕을 자신의 거처인 조용한 요사채로 안내했다. 왕후는 특별히 마련한 숙소로 먼저 갔고, 담덕만 석정과 자리를 같이했다. 방 안에는 다담상이 마련되어 있었는데, 차를 끓이는 일은 석정의 시봉 명선이 맡고 있었다.

"명선아! 장안에서 온 대행수를 모시고 오너라."

석정은 손수 태왕 담덕의 찻잔에 차를 따른 후 명선을 향해 말했다.

"예, 스님!"

명선이 조용히 문을 닫고 나가더니, 잠시 후 장안의 대행수를 데리고 방 안으로 들어왔다.

"시생 조환이 태왕 폐하께 인사 올리옵니다."

장안의 대행수는 다름 아닌 조환이었다. 대행수 조환이 담덕을 향해 큰절을 올렸다. 굳이 왼팔의 쇠갈고리가 아니더라도 담덕은 그가 누구인지 금세 알아볼 수 있었다.

"오, 조 행수! 이것이 대체 얼마 만입니까?"

담덕은 마동과 함께 유랑하던 왕자 시절 서역의 길목에서 우연히 조우한 바 있는 조환을 기억하고 있었다.

"기억하고 계시는군요? 폐하께서도 초면은 아니라고 들은 바 있어 이렇게 격식도 제대로 갖추지 않고 조 행수를 불렀사옵니다."

석정은 조환에게도 차를 따랐다.

"기억하다 뿐이겠습니까? 장안에서 조 행수의 도움을 많이 받았습니다."

"폐하! 도움이라니요? 부끄럽기 짝이 없사옵니다."

조환이 머리를 조아렸다.

"폐하! 이번에 아홉 개 사찰을 짓는 데도 조 행수가 큰 시주를 했사옵니다. 저 장안에서 이곳까지 사람을 보내 많은 황금과 은화를 시주하여 공사가 순조롭게 진행될 수 있었사옵니다. 실은 오늘 폐하께 그 사실을 보고 드리기 위해 조 행수를 부른 것이옵니다."

"오, 그래요? 이처럼 고마울 데가 있나. 오래전 장안을 떠날 때 조 행수께서 주신 황금이 고구려 유민들을 규합해 태극군을 만드는 데 큰 도움이 되었고, 그 태극군이 지금의 왕당군으로 확장되는 데 크게 기여를 하였습니다. 그런데 이번에 또 아홉 개 사찰을 짓는 데 큰 시주를 하셨다니, 무엇으로 보답을 해야 할지 모르겠습니다."

태왕 담덕은 석정의 말을 듣고 조환에게 다시 한번 고마움을 표했다.

"아니옵니다. 폐하! 수천수만 기왓장 중에서 겨우 한두 장 얹은 격밖에 안 되옵니다."

"이번에 마침 잘 와주시었소. 그렇지 않아도 조 행수에게 부탁할 일이 있어 장안으로 사람을 보낼까 하던 참이었소."

"무슨 부탁이온지요? 태왕 폐하의 명이시라면 장안이 아니라 저 서역 땅에 가 있다가도 불원천리 달려올 수 있사옵니다."

"그건 국내성으로 돌아가서 이야기하도록 하십시다. 따로 소개할 사람도 있고요. 참, 석정 스님께 묻고 싶은 게 있습니다."

담덕은 말끝에 시선을 조환에게서 석정 쪽으로 옮겼다.

"무슨 말씀이온지요?"

"낮에 대법회에서 스님께선 저 천축국을 통일한 아육왕에 대해 설법을 하셨습니다. 그가 전륜성왕이 될 수 있었던 것은 무엇 때문이었다고 생각하십니까?"

태왕 담덕은 잔을 들어 차를 한 모금 마셨다. 그는 어린 시절 석정에게 불법을 배우면서 아육왕에 대해서 간혹 들은 적이 있었지만, 전륜성왕의 통치방법이나 치적에 대해서는 구체적으로 알지 못했다.

석정은 오래전 소수림왕의 태자 시절 그에게 했던 강론을 태왕 담덕에게 다시 들려주었다.

"아육왕이 전륜성왕으로 추앙된 것은 무엇보다 불교를 국가의 정신적 지주로 삼았기 때문이지요. 불교를 통해 모든 백성의 마음을 하나로 묶을 수 있었다고 보시면 되겠습니다. 정복

군주로 아육왕이 천축국을 통일하는 과정에서 피아를 막론하고 많은 군사들이 희생을 당했지요. 뿐만 아니라 전쟁 중에 백성들 수십만이 질병과 기아선상에서 고통을 당하다 죽어갔습니다. 이에 아육왕은 어느 때부턴가 깊은 자책감을 느끼게 되었고, 무력 정복보다는 불법으로 주변국을 위무하고 다스리는 덕의 정치를 실현하리라 마음먹었습니다. 또한 대규모 관개사업으로 농사를 장려하여 백성들이 풍족한 삶을 유지하며 살 수 있도록 했고, 도성에서 사방으로 뻗어나가는 도로를 닦아 각종 물산의 교역을 통해 경제부흥을 일으켜 나라를 부강하게 만들었사옵니다. 나라 백성들의 삶을 풍족하게 하는 것을 내치라 하고, 나라 밖의 제 민족을 다스리는 것을 외치라고 합니다. 아육왕은 전국을 중앙 직할지 외에 지방 총독이 통치하는 동서남북 4개 지역으로 나누어 다스렸습니다. 그리고 정기적으로 순찰관을 보내 간접통치로 나라를 경영하는 내치에 힘썼사옵니다. 또한 중앙과 지방 간의 도로를 정비하고 사방으로 물산을 실어 나르는 운송체계를 세웠으며, 곳곳에 역마시설을 만들어 외방의 정보까지 빠른 시일 안에 확보할 수 있는 연락체계를 갖추는 등 외치에도 힘을 기울였습니다. 즉 외방으로 통하는 관문을 크게 열어 외국의 물산과 문화를 받아들이고, 내국의 물산과 문화를 외국에 전파하는 개혁적인 통치철학을 갖추고 있었사옵니다."

석정의 말에 담덕은 갑자기 눈이 환하게 밝아지는 느낌이었다.

"과연 전륜성왕으로 추앙받을 만하군요. 흐음, 내치와 외치라…… 우리 고구려는 산이 많아 넓은 도로를 내기가 쉽지 않습니다. 수레가 다닐 수 있는 도로가 많지 않은 것은 그 때문인데, 그동안 선왕들께서 애써 도로를 닦지 않았던 것은 외세의 침략을 방어하기 위해서였습니다. 큰 도로는 적이 쳐들어오는 전쟁로가 될 수 있기 때문이었겠지요. 그것은 결국 수구적일 수밖에 없고, 나라 발전에 큰 도움이 되지 못함을 아육왕의 통치철학을 통해 깨달았습니다."

태왕 담덕은 어떤 감동으로 인하여 자신도 모르게 무릎을 쳤다.

"아육왕은 상업을 살리기 위해 도로를 닦은 것은 물론이거니와 길 양측에 나무를 심어 여행자들이 그늘에서 쉴 수 있도록 하는 배려를 아끼지 않았으며, 일정 거리마다 우물을 파고 숙소를 마련해 외방에서 들어오고 국내에서 나가는 대상들에게 최대한의 편의를 제공하도록 힘썼사옵니다."

"허어! 그것 참 대단한 일이오."

담덕은 연신 무릎을 쳤다.

"그뿐만이 아니옵니다. 아육왕은 도처에 불탑을 건설하고, 정책이나 법령을 새긴 탑을 전국 수십 곳에 세워 백성들로 하여금 불법과 나라 정책의 전모를 알 수 있도록 했사옵니다."

석정의 말 한 마디 한 마디는 담덕의 가슴과 영혼을 울려주기에 충분했다.

밤이 늦어 요사채를 나설 때 담덕은 저절로 기운이 솟는 듯한 기분에 휩싸였다. 그런데 문 입구에는 호위무사 마동 혼자서 지키고 있었다. 그는 벌써 아버지 일목장군과 함께 백제군을 무찌르고 관미성에서 귀환했던 것이다.

"아니, 수빈이는 어디 갔느냐?"

늘 호위무사로 마동과 수빈이 뒤따랐기 때문에 담덕은 그렇게 묻지 않을 수 없었다.

"저쪽에서 달을 바라본 채 훌쩍이고 있습니다."

"뭐? 울고 있다고? 무슨 일이 있었느냐?"

"아닙니다. 마음의 병이 깊은 모양입니다."

"마음의 병……?"

담덕은 마동의 손짓을 따라 시선을 옮겼다. 거기, 수빈이 등을 보인 채 달을 바라보고 있었다.

"수빈아! 대체 거기서 뭘 하고 있는 것이냐?"

"……네? 폐하! 아, 아닙니다."

수빈은 옷소매로 얼른 눈물을 닦았다.

"울고 있었구나? 뭔가 남모를 고민이 있는 모양이군! 보름달을 보니 갑자기 비려 땅에 있는 어머니가 보고 싶어 그러느냐?

정 가고 싶다면 보내줄 수도 있다."

"폐하! 아니, 아닙니다. 그런 것이 아니라……."

"수빈이 네가 요즘 수상쩍구나. 요전에는 추수 장군을 따라 관미성으로 출전하겠다며 고집을 피우질 않았느냐? 그런데 이번에는 왜 또 보름달을 보고 우는 것이냐?"

담덕의 말에 수빈은 갑자기 돌아서더니 무릎을 꿇었다.

"폐하! 비려 땅에는 가지 않겠어요. 저는 평생토록 호위무사로 폐하의 곁을 지키겠사옵니다. 저를 평생 곁에 두겠다고 약속해 주십시오."

그러더니 수빈은 애써 울음소리를 죽이며 어깨를 들먹였다.

"이런! 허헛, 참! 이미 성년이 지난 나이에 어리광도 아니고……. 도무지 네 속내를 알 수가 없구나. 수빈이는 여자다. 남자라면 마동처럼 호위무사로 평생 짐의 곁을 지킬 수도 있겠지. 그러나 너는 좋은 남자를 만나 시집도 가야 하니 평생 짐의 곁을 지키기가 곤란하지 않겠느냐?"

담덕의 말은 기어코 수빈의 울음보를 터지게 하고야 말았다.

수빈은 철부지 어린아이처럼 엉엉, 소리를 내어 울었다.

"태왕 폐하! 약속해 주세요. 저는 시집 같은 거 안 갈 거예요. 평생토록 폐하 곁을 떠나지 않을 거예요."

수빈은 거의 떼를 쓰다시피 했다.

"수빈아! 폐하께선 이제 쉬셔야 한다. 호위무사로서의 임무를 잊었느냐? 그렇게 떼를 쓰니 폐하께서 난감해 하시질 않느냐?"

마동이 참다 못해 질책을 하며 손을 뻗어 수빈을 일으켜 세우려고 했다.

"오라버니가 뭘 안다고 그래? 폐하께서 약속해 주시지 않으면 이 자리에서 안 일어날 거야."

"하하하! 그래, 내 약속하마!"

태왕 담덕의 승낙이 떨어지고 나서야 수빈은 옷소매로 눈물을 훔치며 일어섰다.

눈물 어린 수빈의 시선이 하늘로 향했다. 둥근 보름달이 더 크게, 더 환하게 절 마당을 비추고 있었다.

'왜 내 눈엔 저 보름달이 미워만 보이는 걸까?'

수빈은 보름달을 향해 삐죽 입술을 씰룩이며 자신도 모르는 사이에 한숨을 폭 쉬었다.

〈6권에 계속〉

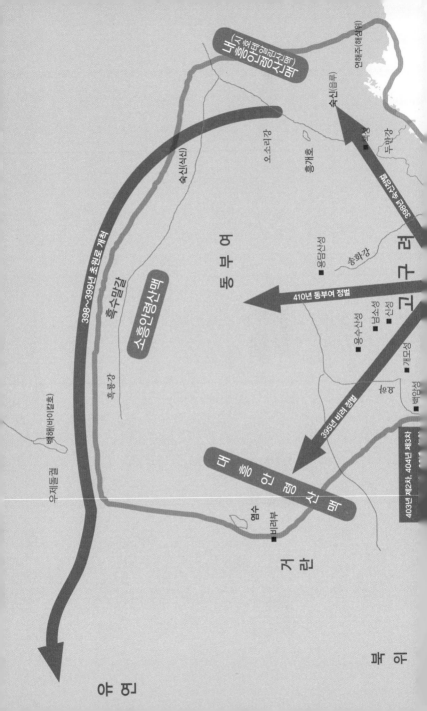